풍수 ❷

나남
nanam

김 종 록 (金鍾祿)
1963년 운장산에서 나서 마이산과 전주에서 성장했다.
전북대 국문학과와 성균관대 한국철학과 대학원을 마쳤으며
청오 지창룡 박사에게 풍수사상을, 동원 남탁우 선생에게
《주역》을 배웠다. 한국인의 얼을 소설화하는 데 주력한 작가는
이 소설을 쓰기 위해 백두산에서 한라산까지는 물론,
만주벌판, 알타이, 홍안령, 바이칼, 히말라야, 카일라스, 세도나 등을
장기간 여행했고, 동서양 고전과 천문학, 물리학을 공부했다.
저서로 《바이칼》, 《장영실은 하늘을 보았다》, 《내 안의 우주목》 등
다수가 있다.

김종록 소설 풍수 2

2006년 9월 5일 발행
2006년 9월 5일 2쇄

저자 ··· 김종록
발행자 ··· 趙相浩
발행처 ··· (주)나남출판
주소 ··· 413-756 경기도 파주시 교하읍
　　　　　 출판도시 518-4
전화 ··· 031) 955-4600(代)
FAX ··· 031) 955-4555
등록 ··· 제 1-71호(79.5.12)
홈페이지 ··· www.nanam.net
전자우편 ··· post@nanam.net

ISBN 89-300-0578-0
ISBN 89-300-0576-4 (전5권)

책값은 뒤표지에 있습니다.

김종록 소설
풍수 ② 바람과 물의 노래

나남
nanam

차례

풍수 ❷
바람과 물의 노래

5. 바람과 물의 얼굴 · · · 11

제정신을 찾은 득량은 진태을을 따라 파란만장한 풍수의 길로 들어선다. 본격적인 산공부에 들어가자 스승 진태을은 바람의 얼굴을 보라는데, 바람과 물의 얼굴을 어떻게 본단 말인가? 득량의 번민은 계속되고, 때마침 서울에서 알고 지내던 신여성 하지인이 적극적으로 애정을 표현하며 그의 마음을 뒤흔든다.

6. 땅의 마음 · · · 85

정 참관의 명당을 훔친 게 탄로나 피걸레가 된 채 쫓겨난 조 풍수 일가는 경상도 가야산에 터를 잡는다. 조 풍수, 조관기는 수단방법을 가리지 말고 살길을 찾는 것이 우선임을 강조하고, 영리한 둘째아들 영수는 기막힌 처세술로 조선 풍수의 실태를 조사하는 일본인을 돕는다.

7. 풍수의 길 · · · 139

태을은 정 참관이 묻힌 호승예불혈이 아직 때가 아니라며 이장하도록 하는데…. 도선국사 옥룡자의 판석이 묻힌 천하대명당은 결국 정씨의 차지가 되지 못하는 것인가? 한편, 사생아로 태어나 천덕꾸러기로 자란 도선은 어떻게 풍수의 비조가 되었는가?

8. 쇠말뚝을 박는 사람들 · · · 211

일본은 왜 풍수탄압을 하는가? 일본은 조선의 정기를 끊으려 전국의 명혈자리를 찾아 쇠말뚝을 박는 데 혈안이 된다. 조영수는 일본의 풍수침략을 돕는 데 앞장서지만, 태을과 득량은 쇠말뚝에 신음하는 산하를 걱정하며 일본이 박은 쇠말뚝을 제거한다. 쇠말뚝이 박힌 조선의 정기는 이대로 끊기고 마는가.

풍수 제3권 땅의 마음

9. 명당 찾아 삼천리
조영수는 신분상승 욕구가 강한 사람들을 상대로 본격적인 명당 장사치로 나선다. 한편, 득량은 하지인의 사랑을 바람에 새긴 채 명당순례의 첫발을 내딛는다. 달아매 놓은 치마형상(縣裙形) 마을에서는 어떤 일이 벌어졌을까?

10. 이 강산 지킴이
선산 해평 도리사, 그곳에는 생불이라 칭송 받는 동타스님과 이 땅의 지킴이 무성거사가 있다. 일본은 조선민족의 뿌리를 흔들어 놓겠다며 고승들의 법력을 약화시키려고 미인계를 동원하는데….

11. 동기감응의 숨은 이치
명당발복에 남녀유별할까? 며느리를 명당에 묻으면 복은 어디로 가는가? 숙호형(宿虎形) 대지에 조상을 모신, 형형한 눈빛의 소년 박정희는 과연 군왕이 될까? 태을과 득량의 발이 닿는 곳마다 풍수와 관련된 흥미로운 이야기가 펼쳐진다.

12. 어디서 살 것인가
조영수는 사이비교주 차 천자를 상대로 금혈장사를 해 큰돈을 얻으면서 성공가도를 달린다. 이제야 명당바람이 시작되는 것일까? 명당도둑 집안은 성하지만 득량은 속세의 권력과는 담을 쌓고 명문가의 집성촌을 찾아가며 큰 인물이 나오는 명당의 이치를 깨닫는다. 큰 인물을 낳기 위해 10년간 벙어리 흉내를 낸 류성룡의 어머니, 도깨비가 인정한 천하대명당에 묘를 쓴 동래정씨의 시조… 과연 명당에서 인물이 나는가, 사람이 명당을 만드는가?

풍수 제4권 춤추는 용

13. 인연풀이
반상의 개념이 무너지고 토지가 일본인에게 넘어간 세상, 조영수는 난세에 신분을 상승시키고 재물을 모으기 위해 고단하게 몸과 머리를 굴린다. 한편, 득량은 이숙영과 서둘러 혼인하고 하지인은 그리움을 가슴에 묻는데…. 엇갈린 인연과는 별개로 득량은 스승과 호남땅을 답사하다 스승에게서 '우규'라는 호를 받는다. 바람을 타고 드높은 구름길에 오른 기러기의 아름다운 비상을 어느 누가 어지럽힐 것인가.

14. 다시 떠도는 바람결에

조영수의 놀라운 변신! 서울에 입성한 조영수는 엿장수 노릇을 하며 헐값에 골동품을 수집하고 이것을 비싼 값에 되파는 골동품 수집상이 된다. 득량은 다시 길을 나선다. 이하응은 하늘이 이제껏 누구도 허락하지 않던 천하대명당에 아버지의 묘를 써서 아들을 왕으로 만든다. 풍수에 담긴 욕망의 끝은 어디인가.

15. 조 풍수 집안의 훈풍

정말 명당바람이 부는 것일까, 그날이 오는 것일까. 골동품 사업을 하는 조영수의 집에 돈이 쌓이며 승승장구한다. 그러나 구한말 뱁새둥지 같은 우리 땅의 슬픔을 온몸으로 느끼며 미래를 걱정하는 태을과 득량이 있었으니….

16. 그리운 저 만주벌판

골동품 사업으로 돈을 번 조영수는 이제 땅장사로 눈을 돌린다. 명당바람을 타고 부자가 된 그에게 새로운 사랑이 찾아오고…. 태을과 득량은 일본의 풍수탄압으로 허리가 끊긴 호랑이 형국의 산하에 가슴 아파한다.

17. 스승을 길에 묻고

태을은 득량과 함께 서둘러 자하도인을 만나고 자하도인은 학의 다리뼈로 만든 피리를 득량에게 건네고 선화한다. 기나긴 풍수답사를 마친 태을은 임진강에서 하염없이 눈물을 쏟은 후 숨을 거두는데….

풍수 제5권 인간의 대지

18. 집단무의식의 원형질

강 박사는 죽은 윤서가 남긴 파일을 정리한다. 그 속은 세속도시와 대자연 사이에 낙원을 세우려는 계획과 빛나는 아포리즘으로 채워져 있는데…. 9·11테러를 계기로 영적 세계에 눈을 뜬 미국인 억만장자 앨빈이 한국에 세우려는 이상향이 점점 실체를 드러낸다.

19. 혼자 가는 길

스승을 묻은 득량은 상실감을 뒤로한 채 공부를 시작한다. 비밀의 문을 열려고 애쓰는 구도자의 고독은 더해만 가고, 가문을 뒤흔들고 자신을 풍수의 길로 이끈 무안 승달산의 호승예불혈 정혈을 찾는 것은 쉽지 않은데….

20. 풍운의 땅

태을이 죽은 지 10년 후, 득량은 자배기에 담긴 별로 영성을 체험하며 정진하다 백두산에 올라 운명처럼 하지인을 만난다. 한편, 조영수는 아내와 자식이 있음을 속이고 최민숙과 결혼해 달콤한 생활에 젖지만….

21. 불멸의 혼

해방, 조선의 산하는 다시 일어선다. 산에서 떨어져 죽을 뻔한 득량을 조 풍수의 큰아들 조민수가 구해줘 정씨가문과 조씨가문의 긴 악연을 마무리한다. 한편 득량이 제자로 받아들인 지청오는 동작동의 국립묘지 터를 잡으면서 국사가 된다. 지청오는 이승만과 박정희와의 인연을 어떻게 풀어갈 것인가.

22. 천하명당은 어디에

앨빈과 정한수, 강 박사는 정득량 재단을 설립하고 이상향을 구체화한다. 정치나 이념, 종교, 가족을 넘어선 세계정신과 우주정신이 서린 공간, 세계평화도시로서의 이상향은 실현될까? 정득량의 삶과 사상을 체득한 세 사람의 인생은 크게 변하는데….

풍수의 등장인물

···**진 태 을** 구한말 전설적 풍수. 묘를 파보지 않아도 땅속의 조화를 알고, 순간순간 내뱉는 말들은 그대로 예언이 된다. 정도령의 출현을 믿는 정 참판의 무안 승달산 호승예불혈 사건을 계기로 정득량을 제자로 맞은 후 바람의 얼굴과 물의 마음을 찾아 풍수답사를 떠나 우리 강산 곳곳에서 동기감응의 한국적 체험을 같이한다.

···**정 참 판** 자신의 후손 가운데 왕이 나기를 바라는 마음으로 천하대명당을 찾는 야심가. 수십 년의 노력 덕분에 명풍수 미후랑인이 남긴 천하대명당 무안 승달산 호승예불혈의 지도가 그의 손에 들어온다.

···**정 득 량** 정 참판의 둘째 손자로 경성제국대 법학부에 재학중인 수재. 정 참판이 묻힌 천하대명당 때문에 미치광이가 된다. 전설적 풍수 진태을이 명당에 얽힌 계략을 밝혀낸 후 그를 스승으로 모신다. 풍수의 삶을 시작한 우리의 주인공 득량은 바람의 얼굴과 물의 마음을 보기 위해 고군분투하는데···.

···**조 판 기** 정 참판댁 풍수였으나 천하대명당에 눈이 멀어 군왕지지를 훔친다. 결국 초주검이 되어 쫓겨났으나 아무도 모르는 또 하나의 비밀을 명당에 묻어놓고 조씨 집안에 훈풍이 불기를 기다린다.

···**조 영 수** 명당도둑 조판기의 둘째 아들. 구한말과 6·25 등 난세에 풍수를 이용해 날이 갈수록 부를 축적한다. 훔친 명당의 바람 때문일까? 철저히 은자로 살다 간 득량과 완벽한 대조를 이루며 소설《풍수》의 또 다른 중심축이 된다.

···**하 지 인** 정득량을 사랑하지만 태을의 반대로 이어지지 못하고 평생 그리움을 안고 사는 신여성. 그녀가 키우는 아들 하득중은 과연 득량에게 이르는 무지개 돌다리가 될까?

···**지 청 오** 은자의 삶을 택한 득량을 대신해 현대의 국사가 된다. 국립묘지의 터를 잡고, 청계천 복개공사를 반대하며, 이승만, 박정희 대통령을 비롯한 역대 정치인과 삼성가 등 재계인사들의 묘를 소점한 실존인물로 이야기에 생동감을 더한다.

···**정 윤 서** 정득량의 증손자로 미국 유학중 바다에서 자살하는 사람을 구하려다 젊은 나이에 생을 마감한 비운의 청년. 그가 남긴 파일에는 낙원은 없다고 단언하고 세속도시와 대자연 사이에 낙원을 세우려는 계획이 담겨 있는데….

···**앨   빈** 뉴욕의 성자라 불리는 억만장자. 9·11테러를 온몸으로 겪은 후 인위적인 고통이 없는 이상향, 무릉도원을 꿈꾼다. 정치나 각종 종교로부터 중립적이고 진화된 영혼만으로 구성된 마을이 죽은 윤서가 남긴 파일과 강 박사, 윤서의 아버지 정 교수의 도움으로 현실화된다.

···**강 박 사** 죽은 정득량이 남긴 자료를 바탕으로 그의 삶을 복원하는 이 소설의 화자격인 인물. 명풍수 진태을의 외손자이자 동양철학 박사다.

5

바람과 물의 얼굴

첫 번째 관문

여름이 지나고 늦가을이 되었다. 계절이 바뀔 때마다 재작년, 1926년 잡지 《개벽》 6월호에 발표해 대학생들 사이에서 화제가 된 이상화 시인의 "지금은 남의 땅— 빼앗긴 들에도 봄은 오는가"라는 시가 생각났다. 득량보다 네 살 위인 청년 시인의 시였다.

식민지 나라에도 어김없이 봄은 왔고 여름 가고 가을이 왔다. 시인은 봄조차 빼앗기겠다고 절망을 노래했지만, 계절은 천도(天道)였다. 제국의 야욕이 능히 빼앗을 수 없는 것이었다. 식민지 국가 지식인이 스스로 느끼는 비애일 뿐이었다.

득량이 스승 진태을이 머물고 있는 마이산에 가기로 한 날이 다가오고 있었다. 그 사이 득량은 《주역》을 한 번 읽었고 그 가운데 〈계사전〉은 암송하다시피 여러 번 읽었다. 《주역》은 공자가 죽간(竹簡,

종이책 이전의 대나무를 얽어맨 책)을 묶었던 가죽끈이 세 번이나 떨어졌을 만큼 읽고 또 읽었다는 경전이다. 〈계사전〉은 공자가 역(易)을 깊이 읽고 지은 철학적 해석이었다.

그 사이 득량의 집안에 또 다른 일이 생겼다. 득량의 부친 정진국이 세상을 떠난 것이다. 진태을의 말처럼 정진국은 채 여름을 나지 못하고 죽었다. 정 참판의 묘와는 상관없는 자연사였다.

정진국은 모악산 동쪽자락에 묻혔다. 구이 저수지와 접한 풍취양류형(風吹楊柳形) 자리로 버드나무가 바람에 휘날리는 모습이다. 명당을 위해 별도로 구산(求山)하지 않고 선산 안에서 잡은 자리였다. 물론 진태을이 소점(所占, 묘를 잡음)했다. 버드나무는 줄기찬 생명력을 지녔고 버들잎은 잡귀를 물리친다고 한다. 때문에 이런 자리에 묻히면 큰 욕심 없이 대를 이어나가게 된다. 정 참판의 무모한 욕심을 지켜본 진태을의 배려를 짐작할 수 있었다. 굳이 큰 자리를 찾으려고 했다면 얼마든지 전라도 일대의 명혈을 잡았을 터였다.

정진국이 떠난 사랑채는 그의 장자 세량이 새 주인으로 주석했다. 선친이 그러했던 것처럼 청의백의(靑衣白衣) 차림으로였다. 그 역시 아우 득량처럼 정감록을 신봉하지 않았지만, 그렇다고 전연 무시하지도 않았다. 인물이란 아무 데서나 태어나는 게 아니었다. 준비하고 기다리는 집안에서 나오게 마련이었다. "개천에서 용 난다"는 말은 다 허튼소리였다. 찾아보면 그럴 만한 사연이 있었다.

"형님, 저 득량입니다."

정세량이 마침 조부와 선친이 풍수에 집착하던 일을 떠올리고 있을 때 득량이 하직인사를 왔다. 이 아우가 정 도령인가, 아니면 후대에?

"어서 들거라."

두 형제가 서안을 사이에 두고 마주 앉았다. 세량은 이제 서른이었지만 집안의 장자로서 제법 위엄을 갖추고 있었다. 그에 비해 장가도 들기 전인 득량은 앳된 구석이 많았다. 득량의 입매에는 공부를 위해 떠나는 사람의 결의 같은 게 배어 있었다.

"준비는 다 되었느냐?"

"예, 형님."

"물자는 넉넉히 실었느니라. 내 가끔 들를 요량이지만 불편한 게 있으면 아무 때고 통기하도록 하고 스승님 말씀 하나도 놓치지 않도록 해라. 우선은 배운다는 생각보다 스승님을 시봉한다고 생각하는 게 좋을 게다. 교분이 두텁고 뜻이 맞게 되면 배움도 훨씬 쉬워지리니."

"명심하겠습니다, 형님."

"할머님, 어머님께는 서신이라도 자주 올리고. 아버님 돌아가시고 너마저 떠나니 무척 쓸쓸해하신다."

"그리 멀지 않은 곳인데요, 뭐. 짬이 나는 대로 자주 찾아뵙겠다고 했습니다. 하루걸음이면 충분하니까요."

"득량아."

"예, 형님."

"넌 현명하니까 어련히 알아서 할까마는, 벌써 내 친구들의 입방아가 요란하다. 경성제국대학 법학부씩이나 다니던 아우를 뭐가 못마땅해서 산으로 내쫓아 그런 허무맹랑한 잡술을 배우게 하느냐는 거다. 우리 집안의 내력을 잘 아는 그들도 그러니 다른 사람들은 오죽하겠느냐. 어쨌든지 제대로 배워서 남들이 가지 않는 그 길에서 일가(一家)를 이뤄야 할 것이야. 다른 사람들이 뭐라고 반목하던 나는 상관치 않는다. 서구 열강의 각축전 아래, 신학문이 들어오면서 우리 것이면 무엇이건 천대시하는 풍토가 되었다만 누군가는 그 맥을 이어야 한다고 본다. 풍수가 아니라 무당질이라 해도 함부로 버릴 건 아니다. 특히 왜인 세상이 되면서 우리 민속신앙 전반을 도나캐나 미신이라고 치부해 버리는데, 미신이 어디 있느냐. 모두 왜놈들이 만들어낸 말이다. 지금과 맞지 않으면 그저 흘러간 전통인 것이지 미신이라니."

"잘 알겠습니다, 형님. 어차피 스승님이 아니었다면 미쳐 지내고 있을 몸입니다. 한 번 열심히 배워보겠습니다."

"장가도 들어야 하는데 힘든 공부를 하는구나. 제대로 배워보되, 아니다 싶으면 언제고 돌아오너라. 법학공부를 계속해도 되고 사금광 관리를 해도 좋다."

"형님, 고맙습니다."

사랑채를 물러나오는 득량의 어깨는 무거웠다. 어느 때보다도 형님 세량의 말에는 힘이 실려 있었다. 아무리 남의 일에 참견하기 좋아하는 사람들의 말이라 하더라도 오목가슴에 걸렸을 것임에 틀림없었다.

득량의 귀에 들리는 말도 여간 험한 게 아니었다. 저 집은 땅귀신에 씌운 집이라느니, 형이 재산을 혼자서 차지하려고 똑똑한 동생을 내보낸다느니 가지가지였다. 득량은 잘 알고 있었다. 형 세량은 법이 없어도 살 분이라는 것을. 형님은 결코 아우와 재산다툼을 할 분이 아니다.

그러나 땅 귀신에 씌웠다는 말은 자꾸 걸렸다. 길지, 곧 좋은 땅을 찾으려는 생각은 이 땅 사람이라면 누구나 지니고 있었다. 조상묘 한 장만 잘 쓰면 벼락같이 부와 권세가 일어난다는데 어느 누가 모른 체하랴. 사람들은 그런 자리를 찾지 못해서 안달이었다. 다만 형편이 여의치 않다 보니 감히 엄두를 못 내고 있을 뿐이었다. 재산깨나 있고 힘깨나 쓴다는 집안은 부지런히 이름 있는 풍수들을 불러들였다.

그렇더라도 땅귀신에 씌웠다는 말이 나도는 건 달갑지 않았다. 사람들의 그 말에는 조롱이 섞여 있었다. 반평생을 명당찾기로 보내다가 종내 수하로 부리던 조 풍수를 매질해 죽인 조부, 청의백의를 걸치고 서 때를 기다리던 선친, 수재 났다고 온 고을이 떠들썩하더니 고작 풍수쟁이로 빠지고 만 아들 삼대가 다른 사람들에게는 땅귀신 씌운 일로 받아들여지는 모양이었다.

그날이 왔다.

득량은 쌀가마와 생필품이 넉넉히 실린 짐마차에 올라 동녘 하늘을 우러렀다. 노령산맥이 우뚝 막아선 하늘은 높고 파랬다. 스승 진태을은 저 태산준령 너머 진안고원에 있었다. 아흔아홉 구비나 된다는 곰티재〔熊峙〕를 넘어야만 스승에게 갈 수 있다. 험한 곰티재는 임진왜란 때, 조선의 의병들과 왜구들이 피를 흘렸던 전장(戰場)이었다.

스승은 이 미욱한 청년에게 도통의 경지를 열어줄 것인가.

스승이 깨친 건 비단 풍수뿐만이 아니었다. 오늘을 보아 과거를 알고 또 내일을 예견하는 지혜를 터득하고 있었다. 그걸 도(道)라 이름할 수 있으리라. 살아가는 것이 도 아닌 게 없다지만 그래도 일상을 넘어선 심오한 경지에 이르지 않고서는 그런 지혜를 터득하기가 불가능했다. 그러나 세상은 나날이 변하고 있다. 득량은 마음이 무거워졌다.

그 도(道)를 배워서 어디다 써먹을 것인가. 이 땅에는 예부터 수많은 도인이 있었다. 그들은 저마다 세상을 읽는다고 자부했지만 결국 나라가 망하는 데도 어쩌지 못했다. 방책을 세우지 못할 예견이라면 효용이 없다. 혹 내가 배우려는 풍수가 그런 건 아닌가. 좋은 땅을 찾다가 끝내 못 찾으면 헛수고 아닌가. 그리고 그 좋은 땅이라는 게 한 사람이나 한 가문을 영화롭게 하는 데서 그친다면 도라고 말할 수 없질 않는가. 모름지기 도란 세상의 많은 사람을 상대로 한 것이라야 한다.

그는 스승에게로 가는 길에서부터 사유가 깊어지고 있었다. 오늘까지 살아오면서 처음 헤아려보는 생각이기도 했다. 그는 이제 더는 평범한 스물넷의 청년이 아니었다. 스승을 만나고 아버지를 여의면서, 신학문을 버리고 《주역》을 읽으면서부터 그는 이미 도의 문을 두드린 나그네였다.

득량이 마이산 금당사에 당도한 때는 오후 새참 무렵이었다. 짐마차를 끌고 온 두 머슴 김 서방과 박 서방은 장아찌에 찬밥을 퍼먹고 곧장 되돌아갔다.
가을 마이산은 빼어난 풍광을 자랑했다. 불타오르는 단풍과 검은 바위산, 쪽빛 하늘이 선경이었다. 당대 최고의 스승에게 은비학(隱秘學)을 배우기에는 더없이 좋은 산이었다.
절집 식구는 단출했다. 구암선사와 불목하니 바우 내외가 전부였고 언제 훌쩍 떠날지 모르는 스승 진태을이 머무르고 있을 뿐이었다. 득량까지 모두 다섯 식구의 거처가 된 절은 아주 작았지만 신라 때 세워진 고찰이었고 법당에 모셔진 은행나무 목불과 초대형 괘불(掛佛)이 유서 깊었다. 옛날에는 규모가 무척 컸음을 말한다.
"네가 머물면서 공부하게 될 이곳은 도학공부를 하기엔 더없이 훌륭한 터이니라. 예부터 현인들이 수양 삼아 반드시 거쳐 간 명산이다."
진태을은 득량을 이끌고 산을 오르기 시작했다. 옥빛 계류를 가둬둔 호수를 지나니 싸리와 갈대숲이 나왔다. 허리끈을 풀어놓은 모양의 오솔길은 그 사이로 흐르고 있었다. 갈대숲이 다하면서 계곡은 다시 좁아졌다. 이윽고 나타난 천길 바위산, 곧 마이산이었다.
"비경입니다, 선생님."
아름드리 숲 속에 무리를 이루고 서 있는 돌탑을 발견하고 득량이 외쳤다. 사람의 넋을 빼앗아가는 풍광이었다.

"이 또한 네가 공부해야 할 현장이다. 누가 왜 이 탑들을 세웠을까?"

"……?"

진태을은 탑 무리 오른쪽으로 지나쳐 한층 가팔라진 길을 탔다. 뒤따르면서 탑 쪽을 보니 산막 하나가 바위 밑에 엎드려 있었다. 아무래도 여느 사람이 사는 처소가 아니었다. 분명 비인간의 경계였다.

다시 우뚝 막아서는 거대한 준봉, 마이산 동봉이었다.

"잘 보아라. 무슨 형상같이 보이느냐?"

그것은 거대한 돌기둥이었다. 조물주가 아니면 누구도 세울 수 없이 엄청나게 큰 마천루였다.

"희한한 모양이네요."

"두상 같지 않느냐. 도학자의 눈에는 신선으로, 불자의 눈에는 관음상으로 보이느니라."

"정말 그렇군요. 선생님, 흡사 코끼리처럼 보이기도 합니다."

"그렇지? 그 아래 평평한 곳이 진짜 절터니라. 지금은 작은 초가집 한 채뿐이지만 나중에는 제법 큰 절이 들어설 테니 두고 보아라."

진태을은 암자를 지나쳐 다시 가풀막으로 걸음을 재촉했다. 돌계단이 놓인 계곡은 이제 양팔을 벌리면 닿을 정도로 좁아지고 길은 다락에 놓인 사다리 같았다. 갈참나무와 너도밤나무, 느티나무가 바위틈에 뿌리를 내려 하늘을 뒤덮고 있었다. 대낮이건만 저물녘처럼 어둡고 음산했다. 한복차림에 갓 쓴 노스승과 말끔하게 양복을 차려입은 젊은 제자는 헉헉 소리를 내며 산길을 탔다. 남쪽 방향에서 북쪽 방향으로 난 길이다.

"저기 보이는 곳이 진안읍내다. 그 뒤로 수려하게 솟은 산이 진안읍의 진산 부귀산이니라. 저 사자머리 형상의 바위 아래에 대지가 하나 있지."

 두 봉우리 사이의 가파른 계곡을 다 오르니 북쪽 조망이 시원스레 열렸다. 계곡 북쪽으로부터 세찬 바람이 불어왔다. 그 바람은 양쪽 바위벼랑에 부딪쳐서 산짐승이 우는 듯한 소리를 냈다.

 위잉— 위잉—.

 바위산 곳곳에 뚫린 구멍에서 산비둘기들이 날아올랐다.

 득량에게 갑자기 까닭 모를 두려움이 엄습했다. 바위산은 저 검고 육중한 품속에 무엇을 감춰두고 있는 것일까. 득량은 태어나서 처음으로 자연에 대한 외경심(畏敬心)을 품었다.

 "저 위에 석굴이 있느니라. 그 속에서 사철, 물이 나오는데 그 물을 먹고 치성을 드리면 아들을 낳는다는 속설이 있어서 부녀자들의 발길이 잦은 곳이다. 저 동봉을 아빠봉이라 이른 건 그 모양이 흡사 남자의 성기와 같대서인데 일종의 암석신앙이다. 바우란 이름은 돌에 치성을 드려 낳은 아들이라는 뜻이니라."

 동봉 허리께 파인 곳을 가리키며 진태을이 일러줬다. 그렇다면 절에 살고 있는 바우 형님도? 득량은 소리 없이 웃었다.

 "따라 오너라."

 진태을은 다시 산을 오르기 시작했다. 깎아지른 동봉보다는 좀 완만한 서봉에는 갈 지(之) 자 모양의 길이 나 있었다. 바위에 가까스로 뿌리를 서린 키 작은 관목과 바위손, 잡초더미가 길 가장자리로 밀려나 있었다.

 반 시간가량 올랐을까.

 더 이상 오를 곳이 없어지면서 밋밋한 평지가 나타났다. 시야가 확트였다. 그곳은 사방천지가 고스란히 보이는 조망대였다.

 "서쪽을 보아라, 무엇이 보이느냐?"

진태을은 그렇게 묻고 나서 득량의 대답을 기다리지 않고 다시 말꼬리를 이었다.

"저 멀리 보이는 산이 모악산이니라. 남쪽으로는 지리산 연맥이 보이고 동쪽으로는 덕유산, 북쪽으로는 운장산이 보인다. 이 마이산에서 밀어올리는 힘으로 운장산, 대둔산을 거쳐 계룡산까지 산맥이 달려가는 것이다."

득량은 스승이 가리키는 대로 몸을 한 바퀴 돌리면서 사방을 조망했다.

"이 마이산은 분수령이기도 하다. 산 남쪽으로 굴러 떨어지는 물방울은 임실, 남원, 곡성, 구례를 거쳐 하동으로 흘러가는 섬진강의 발원이 되고, 산 북쪽으로 굴러 떨어지는 물방울은 용담, 영동, 옥천, 공주, 부여로 흘러가는 금강의 발원이 된다."

"참으로 오묘한 산이군요."

"하면, 산줄기와 물줄기를 연결해 보거라. 무슨 모양이 되겠느냐?"

"고려태조 왕건이 반궁수(反弓水)라 했더니…."

"그렇다. 그건 단지 개성 쪽에서 봤을 때, 역수(逆水)한다는 의미에서였다. 하지만 어찌 그뿐이겠느냐."

진태을은 잠시 말을 멈추고 득량을 응시했다.

"넌 태극(太極)에 대해서 들은 바가 있느냐?"

"우리 태극기의 바탕이 되는 것으로 송나라 주렴계(周濂溪)의 태극도설(太極圖說)을 얼추 알고 있을 뿐입니다."

"옳거니. 뭐라 기록됐던고?"

"무극이태극(無極而太極)으로 태극이 움직여 양(陽)을 낳고, 움직임이 극(極)에 달하면 다시 고요하게 되며, 고요하여 음(陰)을 낳고 다시 움직이는 과정에서 우주의 두 기준이 확립된다…."

"그러하느니라. 태극이란 우주의 생성원리랄 수 있다. 불가(佛家)에서 말하는, 비어 있으되 꽉 차 있는 공(空)과도 같으니라."

"선생님, 저는 헤겔과 칸트철학을 좀 배웠습니다만 동양철학은 낯섭니다. 우선 논리나 개념이 명확하지 않습니다. 무극이태극이라는 첫 구절부터가 걸립니다. 해석하자면 '무극이면서 태극이다', 혹은 '무극이 태극이다' 라고 해야 할 것 같은데 그러면 주어가 없습니다. 무엇이 그렇다는 건가요?"

득량이 제법 치밀하게 의문점을 캐물었다.

"낯설다면서 제법 깊이 공부했구나. 나는 서양철학은 모른다. 무극이태극에 대해서는 주자(朱子, 1130~1200)의 주장을 따른다. 근원자가 태극이고 무극은 태극의 형식이라는 것이다. 형이상학적 개념이지."

"그렇군요. 이제 이해가 될 듯도 싶습니다."

진태을은 산정에 쪼그려 앉아 나무막대를 가지고 땅바닥에 무언가를 그렸다. 산태극 수태극도였다.

"이 마이산을 중심으로 해서 펼쳐지고 있는 산수도(山水圖)를 놓고 따져보도록 하자. 산은 이렇게 뻗어가고 물은 이렇게 흘러서 산태극·수태극을 이루고 있다."

진태을은 득량이 알아듣기 쉽도록 차근차근 설명해나갔다.

"모든 만유는 바로 이 태극에서 나왔다. 산천 또한 그러하니 형국이 산·수태극을 이루고 있음은 근원적으로 상서로운 곳이랄 수 있다. 계룡산에 왕기가 서렸다 함은 다 이런 연유에서니라. 그 밖에도 이 일대에는 무수한 명당이 깃들어 있느니라."

진태을은 아직 산에 대해서 아는 바가 없는 득량에게 더 깊은 얘기는 꺼내지 않았다. 회룡고조(回龍顧祖, 산이 몸을 돌려 조상 산을 바라봄)와 같은 말을 득량이 알아들을 리 없었다.

"놀랐습니다, 스승님."

"넌 지금 발아래 딛고 있는 이 산이 얼마나 의미 깊은 곳인지 알아야 할 것이야. 이런 지세는 이곳 말고 그 어디에도 없느니라."

둘은 산을 내려왔다. 정명암에 들렀으나 명봉 선생은 운장산에 머물고 있다고 했다. 금당사에 도착하니 이미 날이 저물어 있었다. 저녁 예불을 올리는 목탁소리가 낭랑한 풍경소리와 어우러져 고즈넉하기만 하다.

산사에서 맞는 첫날밤이 득량에게는 새뜻할 수밖에 없었다. 스승님의 말대로라면 이곳은 허드레 터가 아니다. 보이지 않는 근원적인 정기를 받을 수 있는 땅이다. 스승이 이곳으로 자신을 부른 까닭이 거기에 있었다.

"오늘부터 너는 하루 두 짐씩 땔나무를 해 나르도록 해라."

자고 일어나 조반상을 받자마자 밥상머리에서 떨어진 스승의 명이었다. 너무도 의외였다.

"......!"

"바우는 가을걷이 뒤끝을 추슬러야 하고 절집을 돌봐야 할 것인즉 겨우내 땔나무는 너의 몫이다."

땔나무라면 바우 형이 나중에 해도 될 일이었다. 그의 일손이 그렇게 바쁘다면 아랫마을에서 장정 두어 사람을 사서 장만해도 될 땔나무였다. 온 절집 식구가 다 써도 넉넉할 만큼의 돈을 가져오지 않았던가. 했거늘 굳이 자신에게 땔나무를 해오라니. 태어나서 오늘날까지 낫자루는커녕 장난 삼아 지게 한 번 져보지 않은 득량이었다. 그걸 모를 리 없는 스승이다.

"어서 서둘러라. 하루 두 짐 하기가 그리 쉽진 않을 게야."
농담이 아니었다. 스승의 말에는 씨알이 있었다.
"스승님, 전 아직 낫질도, 지게질도 못 해봤습니다."
"선생님, 사람마다 걸맞은 일이 있는데 해보지도 않은 일을 굳이 득량 아우가 해야 할까요? 이 손을 보십시오. 절대 못합니다. 소인이 다 하겠습니다요."
사람 좋은 바우가 득량의 계집애 같은 손을 만져보며 말했다.
"바우 너는 나서지 말거라."
"턱도 없어요. 저 손으로 어떻게 나무를 한대요. 놔둬요. 저 혼자서도 충분히 해낼 일이구먼요."
바우가 다시 나섰다.
"네 놈이 대신 살아줄 게냐!"
바우에게 불호령이 떨어졌다. 그에 바우는 슬그머니 꽁무니를 빼고 사라졌다.
"득량아, 그것도 공부니라."
"예."
득량은 도리 없이 바우의 작업복을 입고 지게를 지고 절을 나섰다. 보이는 게 사방천지가 다 산이라지만 어느 산에 가서 어떤 나무를 어떻게 해와야 하는지 종잡을 수가 없었다. 득량은 지게작대기를 끌며 타박타박 산을 올랐다. 나지막한 데는 감나무와 밤나무가 있었고, 좀 높은 데는 참나무와 소나무 따위가 있었다. 과실수는 자르면 안 되고 잡목을 잘라야 할 것 같았다. 나무를 잘라서 지게 위에 얹으면 땔나무가 될 것이다. 그런데 저것들을 어떻게 잘라 땔나무로 만들까.
득량은 잡목숲 밑에 서서 골똘히 위를 올려다봤다. 그야말로 솔방울이 딱하다며 울 노릇이었다. 그러다 어찌어찌 해서 한 다발을 만든 그는 기우뚱거리며 절 마당까지 왔다. 손가락은 낮에 베어서 싸맸고 옷은 지게를 지고 넘어져 무릎이 너덜거렸다. 시간도 점심때를 훨씬 넘기고 있었다. 나무 때문에 배가 고픈 것을 잊고 있었던 것이다. 마루에서 스님과 바둑을 두고 있던 스승의 말씀이 득량을 맥 빠지게 했다.

"보이는 게 온통 나무, 상 밑에서 숟갈 줍기와 같거늘 아궁이도 못 그스를 만큼 해오면서 때를 놓쳤구나. 점심을 먹는 건 상관치 않겠다만 저녁나절에도 한 짐을 더 해와야 하리."

말을 마친 태을은 태연하게 돌을 집어 응수했다. 맞서는 구암선사는 처음부터 아예 마당 쪽에는 시선도 주지 않고 바둑판에만 몰입했다. 참으로 대단한 노인네들이었다.

"시장하실 텐데 어서 드셔요."

바우의 처가 수줍어하며 상을 차려 내왔다. 그녀는 시집온 지 반년밖에 안 된 새색시였다. 금자동이 은자동이로 자랐을 부잣집 도련님이 차마 눈으로 볼 수 없으리만치 고생하는 걸 보는 그녀의 시선에는 측은함이 가득했다. 남편 바우를 시켜서 모르게 도와주게 하리라. 소박한 아녀자의 생각이었다.

득량은 허겁지겁 밥을 먹었다. 산사의 찬이라는 게 워낙 소찬이었지만 비지땀을 흘리고 나서 먹는 밥이라 꿀맛이었다. 그는 다시 지게를 지고 절을 나섰다. 산 높은 계곡 안이라서 벌써 서산마루로 해가 뉘엿뉘엿 지고 있었다. 그는 발걸음을 재촉했다. 무릎이 아프고 어깨가 결려왔다.

내 기어코 해오리라. 한 짐이 아니라 열 짐이라도 해오리라.

득량은 일을 해보지 않아서 그렇지 약골은 아니었다. 서울에서 수재들과 경쟁하느라 코피를 흘리면서 공부하던 것을 생각하면 못할 것도 없었다. 오기라면 누구한테 지지 않을 그였다. 대장부가 고작 땔나무하는 일에 오기를 부리는 게 못마땅했지만 지금으로선 어쩔 수 없었다.

그러던 어느날 첫눈이 내렸다. 함박눈은 새벽부터 내려 대지에 쌓이고 있었다. 이런 일기에도 스승은 나무를 해오라고 했다. 그는 그만 작파해버리고 싶었다. 따져보니 족히 한 달은 나무만 한 것 같았다. 낮에는 죽어라 산을 훑었고 밤에는 토막처럼 쓰러져 혼곤한 잠에 빠졌던 나날이었다. 덕분에 마당에 쌓인 나무가리는 모양이 어설퍼서 그렇지 제법 컸다. 삭정이와 물거리가 반반이었다. 득량의 입장을 빤히 알고 있는 바우 처가 나무를 아껴 마디게 때주었으므로 이 정도면 근근히 겨울을 날 수 있을 것도 같았다. 바우가 패 쌓아놓은 장작도 있질 않는가. 득량은 용기를 내어 스승께 말했다.

"나무는 그만해도 될 듯합니다."

"벌써 꾀가 났구나. 산공부하기가 싫어졌으면 그만 돌아가거라. 나도 배우기 싫은 놈한테는 아무것도 가르쳐 줄 뜻이 없느니."

진태을은 방문을 쾅하고 소리내 닫아버렸다.

"저는 공부하러 왔지 땔나무하러 온 게 아닙니다!"

득량은 닫힌 문에 대고 고함쳤다.

"옳거니. 그 생각이라면 넌 글러먹은 놈이다. 볼일 더 없으니 그만 돌아가거라. 내가 그때 사람을 잘못 봤지."

방 안에서 나오는 무정하고 섭섭한 소리였다.

"이유를 알려주십시오. 애초부터 절집 땔나무꾼으로 만들 작정이셨습니까?"

"닥쳐라, 이놈! 용렬한 것 같으니. 썩 하산하거라!"

"경성제국대 법학부에 다니던 몸이올시다. 나무하는 솜씨로는 모르겠으되 머리로는 누구한테 뒤진다고 생각하지 않습니다!"
 용렬하다는 말이 거슬려 지지 않고 대거리했다.
 "왜놈이 세운 학교, 짧은 글재주로 어떻게 들어간 모양이다만, 그깟 공부로는 사람 노릇하기는 틀렸다. 잘 해야 남 등쳐먹고 힘없는 나라 빼앗는 방법은 알겠다마는."
 스승은 변해 있었다. 전에 보던 자상함과 지성은 어디에도 없고 숫제 잡아먹으려 들었다. 무엇이 심사를 뒤틀리게 만든 것인가. 득량은 도무지 갈피를 잡을 수 없었다. 그래서 꼬박꼬박 말대꾸를 했다.
 "그래도 도끼를 갈아 바늘을 만들지는 않을 것입니다."
 "우매한 놈! 내가 바늘을 두드려 도끼로 만들려 했었나보군. 그 잘난 콧날이 아깝다. 눈앞에서 썩 꺼져라! 꼴도 보기 싫다."
 이 판국에 사람 콧날은 왜 또 들먹이는 것인가.
 "안 될 말씀입니다. 어서 약속대로 풍수를 가르쳐 주십시오."
 "허허! 그놈 참, 콩밭에다 간수 쳐 두부를 만들자고 대들 놈이로군."
 득량은 그 말에 지게를 지고 나섰다.
 그랬던가. 아무리 급하기로서니 콩밭에다 간수를 칠 수는 없었다. 기다려야 한다. 모든 일에는 때가 있다고 했다. 아직 시작도 해보지 않고 그만둘 수는 없다. 이렇게 돌아가면 형님은 얼마나 실망하겠는가. 노모는 또 어떨 것인가. 여기서 포기할 수 없었다. 아직 입문도 못해 보고서 돌아설 수는 없었다. 아니, 그간 한 달이나 줄곧 해온 나무가 아까워서라도 여기서 그칠 수는 없었다.
 득량은 발목까지 빠지는 눈밭을 헤치고 산에 올랐다. 꽁지깃이 기다란 장끼 한 마리가 저쪽 잔솔밭 언저리로 처박히는 게 보였다. 눈 덮인 겨울산은 그의 스산한 마음을 아는 것인지 모르는 것인지 여백을 살려 그린 동양화의 풍광만을 펼쳐 보일 뿐, 말이 없었다.

득량의 나뭇짐은 겨울 동안 내리 쌓여갔다.

전주 본가에서 설을 쇠고 온 며칠간만 지게질에서 놓여났다. 식구들은 산골 촌놈이 다 된 득량을 보고 놀라서 나자빠졌다.

"힘들면 그만둬라."

생각이 깊은 득량의 어머니는 다 이유 있는 고생이라면서도 그렇게 말했다.

"아직 공부는 시작도 안 했는걸요."

다시 마이산에 돌아온 득량은 지게질을 시작했다. 몇 달 동안 지게질을 해오면서 그는 제법 모양이 나는 나무꾼이 되어 갔다. 손가락을 베는 실수도 줄고 지게질하다 넘어지지도 않았다. 득량이 땔나무에서 벗어난 건 이듬해 봄이었다. 절집 마당에 쌓인 나뭇짐은 웬만한 집채만했다. 이 정도면 한 해 동안 때고도 남을 양이었다.

"나무는 이것으로 됐느니라."

태을이 봄바람처럼 온화한 음성으로 고개를 끄덕였다.

득량은 눈물이 핑그르 돌았다. 그동안 가근방의 산을 이 잡듯 더듬었던 자신이었다. 고생 모르고 자라온 그가 이토록 험한 일을 하리라고는 몽상조차 못해 봤었다. 그러나 그는 해냈다. 그는 자기도 모르게 양 손바닥을 펴봤다. 시련을 이겨낸 나무의 공이처럼 노르스름한 굳은살이 박여 있었다. 그는 그 굳은살을 보며 작은 성취감을 느꼈다.

"이제부터는 산채를 끊어오도록 해라."

"네?"

태을은 기막히다는 표정을 짓는 득량에게 다시 입을 열었다. 아주 담담하기만 했다.

"고사리를 말함이다. 수양산 백이숙제의 사연이 담긴 고사리를 모를 리 없을 테지. 이 나라 산천에 돋는 봄풀은 취하여 능히 못 먹을 게 없을 만큼 많지만 그 중에서 고사리가 으뜸이다. 너는 오늘부터 고사리를 꺾어 나르도록 해라."

산 넘어 산이었다.

"스승님, 고사리는 아녀자들이 꺾어도 되는 것, 장부가 고작 산채나 뜯으러 다녀서야 되겠습니까? 배움에는 일촌광음 불가경이라 했잖습니까. 차라리 책을 읽도록 해주십시오."

어이가 없어진 득량이 그렇게 청원했다. 저 노인양반이 젊은 놈 신세망칠 작정 아니냐는 내심으로.

"한가롭게 책장이나 넘길 시간이 어디 있느냐! 좀 하는가 보다 싶더니 또 지랄용천을 떠는구나."

태을은 버럭 성을 냈다. 그는 눈을 감아버렸다. 네놈처럼 형편없는 것은 보기도 싫다는 기색이 완연했다.

득량의 가슴에 찬바람이 불었다. 자신과 스승 태을 사이에 커다란 벌판이 가로놓인 것 같았다. 그 벌판으로 칼바람이 불어젖혔다. 처음부터 벌판이 있었던 건 아니었다. 작년 이맘때의 해후는 너무도 다정다감했다. 천륜의 정으로 맺어진 부자지간보다 더했으면 더했지 덜하진 않았다. 부친이 타계한 후 득량은 스승 태을을 아버지처럼 여겼다. 그리하여 이 산에 들어오던 첫날의 감동은 산보다 더 컸다. 엄마봉으로 데리고 올라가 지세를 조망케 하던 그때, 스승 태을은 당장 저녁에라도 깊은 공부를 시켜줄 눈치였었다. 했거늘 다음날 조반상을 물리면서 한 말은 너무도 엉뚱했다. 벌판은 그 순간부터 둘 사이에 비집고 들었달 수 있었다. 그리고 지금은 한없이 넓고 황량하기만 했다.

이렇게 끝나고 마는 것인가. 서로를 알아보고 즉석에서 사제의 인연을 맺었더니 이처럼 허망하게 끈이 떨어지고 마는 것인가.

어깨에 망태를 걸머지고 산길을 오르는 득량은 억울하다는 생각뿐이었다. 그는 오늘 하루가 마지막 산행(山行)이라고 내심을 굳혔다. 내일 아침이면 집으로 돌아갈 작정이었다. 가서 하던 법학공부를 계속할 참이었다.

그는 양지바른 곳을 찾아다니며 고사리를 꺾었다. 고사리는 죄진 사람처럼 머리를 숙이고 있다가 그의 손길이 닿자마자 허리가 부러졌다. 산 속에서는 시간이 빨리 갔다. 등성이 몇 개를 넘으니 어느덧 점심때였다. 그는 시장기를 속이느라 망태 속에 든 주먹밥을 꺼내 먹었다.

날이 저물어 그는 산을 내려왔다. 진종일 산을 탔으나 망태는 반에서 반도 채워지지 않은 채였다. 땅거미를 밟으며 절이 보이는 길모퉁이에 다다랐을 때였다. 사내 하나가 길섶 돌 위에 앉아 있었다. 그는 도학자처럼 청의백의를 걸치고 있었다.

"형님!"

득량은 망태를 부려놓고 형 세량의 손을 부여잡았다. 득량의 눈시울에는 벌써 눈물이 맺히고 있었다.

"그래, 고생이 많구나."

형 세량은 득량의 등을 토닥거려 주었다. 남루한 작업복 차림의 동생은 그새 딴 사람이 돼 있었다. 말끔하던 얼굴은 나뭇가지에 긁혀서 엉망이었고 새하얗던 피부는 봄볕에 타서 거무튀튀했다. 그러나 무엇보다도 형 세량이 가슴 결렸던 건 득량의 풀어진 눈과 축 늘어진 어깨였다. 동생은 힘에 부친 일을 가까스로 버텨내는 사람의 몰골이었다.

"할머님, 어머님, 형수님께서도 무고하시고 조카들도 잘 있죠?"

"그럼, 다 편안하다."

"언제 오셨습니까, 형님."

"아까 낮에 왔다. 갑갑해서 나와본 거다."

"보시다시피 저는 땔나무꾼이 돼버렸습니다, 형님."

득량의 입가로 쓸쓸한 웃음이 잠깐 흐르다 멈췄다. 누가 시킨 것도 아니고 스스로 택한 길이라는 자각 때문이었다.

"참고 견뎌야 한다. 그분이 너한테 이런 일을 시킬 때는 다 그만한 이유가 있어서일 게다."

세량이 어른답게 동생을 다독거렸다.

"이유는 무슨 이유입니까? 절 불목하니로 써먹고 있는데요. 뼛골 빠지게 지게질만 하다가 오늘부턴 나물망태나 질 뿐입니다."

볼멘소리를 하면서도 득량은 내일 함께 돌아가겠다는 말은 차마 하지 못했다.

"땔나무나 고사리 끊는 일, 둘 다 산에 올라가야 되는 일이로구나. 내 보기엔 넌 이미 산공부에 입문한 것이다."

"그럼 땔나무꾼들은 다 공부꾼이겠네요."

형 세량은 너부죽이 웃어주었다. 동생의 비아냥거림 속에서 괜한 투정 같은 걸 발견한 터수다. 말은 그렇게 하면서도 득량은 생각을 고쳤다. 내일 아침 당장 산을 내려가겠다는 생각은 진심이라기보다는 육체적 고단함 탓이었다. 어차피 편하게 살자고 배우려 한 산공부가 아니었다.

두 형제는 도란도란 얘기를 나누며 절집으로 돌아왔다. 절집 마당에 자동차 한 대가 서 있었다. 운전기사가 달려 나와 머리를 숙였다. 집안일을 돕던 김씨의 아들이었다. 머리에는 기름을 바르고 양복으로 말쑥하게 차려 입고 있어서 못 알아볼 뻔했다.

"형님, 짚차 사셨군요. 잘하셨습니다."

득량이 아이처럼 좋아하며 말했다.

"사금광 관리하고 다니는 것 때문에 한 대 뽑았다. 타라. 아랫마을 고모부댁에서 저녁 해놓고 기다린다."

세량은 구암스님과 진태을에게 양해를 구하고 차에 올랐다. 진태을은 형 세량에게는 깍듯한 예의를 갖추며 얼마든지 그러라고 했다. 득량은 그런 스승이 이중인격자처럼 보였다.

자동차에 올라 붕 하고 달리니 근심걱정이 일시에 사라졌다. 특히 형과 함께 나란히 차를 타고 봄날 석양을 향해 내리쏘는 기분은 날아갈 것만 같았다. 그간 집안에는 어두운 그림자들이 참 많이도 어른거렸다. 지금 가는 고모댁만 해도 그랬다. 작년 봄에 고작 마흔을 갓 넘긴 고모가 급작스레 죽은 것이다. 고모는 선친보다 열 살 손아래 누이였다. 고모부는 이 산골에서 인삼농사를 대량으로 짓고 있었는데 너무 이른 나이에 상처하고 말았다. 하여튼 정씨가문과 관련된 곳은 어디나 불행의 씨앗이 자랐다. 이제 다 떨쳐버린 것인가. 득량은 쌩쌩 달리는 자동차처럼 훌훌 털고 희망찬 미래만 있기를 기원했다.

"득량이 조카 어서 와. 조카도 참 무던하네. 코앞에 고모부집을 놔두고 어찌 한 번을 안 들러 글쎄."

득량의 고모부는 농사꾼 치고 세련된 사람이었다. 나이 들어서 전주농림을 마치고 인삼농사를 개척하느라 고생을 많이 했다. 그를 돕는 고모 역시 허리가 꼬부라지게 일했다. 겨우 이익을 낼 만하니까 세상을 버렸다.

"고모부, 제가 하는 공부가 좀 그렇습니다."

득량은 고모부에게 술을 따라 올리며 죄송해했다.

"이거 먹어봐. 방목해서 기른 흑염소전골이야. 절집에서 무슨 고기

맛을 보겠냐. 기운 떨어지면 내려오라고. 염소고기는 물리게 대줄 수 있으니까."

불쾌해진 얼굴로 말하는 고모부의 얼굴에 외로움이 묻어났다. 고모가 살아계셨더라면 이렇지는 않았을 터였다. 오늘 음식 장만도 고모부의 노모가 한 것이었다. 염소전골에 향 짙은 산더덕으로 부친 산적과 세근이라고 하는 1년근 인삼뿌리 무침, 취나물 반찬이 모두 맛있었다. 하지만 득량이 좋아하는 잡채는 없었다. 아마 고모가 있었다면 목이버섯 넣은 잡채를 만들어 내왔을 것이다.

"고모부, 그만 재혼하시죠. 어린 동생들도 그렇고 하니."

세량이 진지하게 제안했다. 고모부는 세량을 일별하며 딴청을 피웠다.

"크아―. 술맛 한 번 좋다. 조카들도 마셔. 작년 여름에 산에서 개복숭아 따다가 내린 소주로 담근 거야. 난 천도복숭아가 어떻게 생긴지 모르지만 이것만 맛이 못할 거여."

"고모부, 농사일 힘드시면 전주로 나오시든지요. 김제 사금광 관리를 맡아주시면 제가 편하지요."

세량은 인정이 많아서 자꾸 제안하는 말이 많다.

"조카는 그런 소리하는 게 아니네. 농사꾼이 농사져야지 무슨 노다지를 만져? 사람은 제 분수를 지키고 사는 것이 첫째 보배여. 나는 이 산골에서 인삼농사가 제격이야."

고모부는 이내 만취가 되어 자리에 누웠다.

"조카들, 잠자리 펴놨으니 자고 가."

세량은 사돈어른께 하직인사를 올리며 용돈을 쥐어주었다. 그는 득량과 함께 밖으로 나와 금당사 오르는 길을 타고 걸었다. 뒤에서 지프가 불을 비춰주며 따라왔다. 가까운 곳에서 소쩍새가 울어댔다.

"절집에 등산화와 모자를 몇 벌 갔다 놨다. 치수를 맞춰왔으니 진 선생님과 나눠 써라."

"형님, 절에서 주무시고 가실 거죠?"

"아니다. 집을 비워두고 어디서 자느냐. 임실 관촌 쪽으로 신작로가 잘 뚫려서 자동차로 가면 금방이다. 지금 몇 시야, 아이쿠! 열 시나 됐구나. 어서 차타고 가자. 데려다 주고 갈게."

세량은 손을 들어서 차를 불렀다.

"그리고 이건 너한테 온 편지다. 서울서 보낸 거더구나."

겉봉을 보니 하지인이 보낸 편지였다. 하지인, 그녀는 오랫동안 잊고 있었던 여인이었다.

형을 보내고 문 밖에서 스승에게 자신이 돌아왔음을 알린 득량은 자기의 방으로 건너가 편지를 읽어 내렸다.

득량 씨.

당신과 함께 걸어 올랐던 남산에 목련꽃이 환하게 등을 켜고 있어요. 며칠 전만 해도 봄빛이 희미하기만 했는데 엊그제 내린 봄비가 닫힌 꽃봉우리를 두드려 문을 열게 한 것이죠.

새 학기에 소식 들었답니다. 전주에서 겨울방학을 나고 온 친구로부터요. 득량 씨의 병이 말끔히 나았고 지금은 도학공부를 위해 어느 절집에 가 계신다고요. 여러 날 동안 애상에 젖어 있다가 용기를 내어 댁으로 편지를 씁니다. 소식을 접하는 순간, 처음에는 가눌 수 없는 기쁨으로, 나중에는 복받치는 서러움으로 애를 태워야 했답니다. 이 편지가 당신에게 전해질 날이 언제쯤일지 모르겠군요.

득량 씨, 저는 올해 학기 초부터 정명중학교 교사자리를 얻게 되었답니다. 기독교 재단에서 설립한 학교인데 매일 아침 기도시간이 있습니다. 저는 그때마다 주님께 간구했답니다. 득량 씨를 온전히 낫게 해달라고요. 그처럼 건승하시던 득량 씨가 하루아침에 미치광이가 되다니 이는 사탄의 농간이라 아니할 수 없더군요. 전 절망했답니다. 주님을 원망까지 했답니다. 차라리 팔 다리가 어떻게 됐다면 제가 대신 팔 다리 역할을 해드릴 수 있겠는데, 정신이상이라니 ….

하지만 이제 됐습니다. 주님은 제 기도를 저버리지 않으셨습니다. 소식을 전해준 친구는 득량 씨의 병이 조부님 묏자리와 관계 있었다고 하더군요. 전 솔직히 믿을 수 없답니다. 죽은 조상 뼈가 땅속에서 무슨 조화를 부려 산 자손을 해코지한답니까. 다 미신이고 허무맹랑한 요설에 지나지 않습니다. 모두가 마음이 약해서 생긴 허깨비입니다. 주님을 믿고 의지하면 그런 마귀는 단번에 물러가 버립니다.

득량 씨, 서울에는 언제 올라오십니까? 그리고 얼마 남지 않은 법학공부는 언제부터 다시 시작하고 마저 끝내시는 겁니까? 득량 씨의 법학부 동기생들은 지금 고등고시를 패스하여 동경으로 평양으로 부임한다고 들었습니다.

득량 씨, 우리가 서로 혼약이 있었던 건 아니지만 당신을 마음에 모신 지 오랩니다. 언제까지나 당신과 떨어져서 사는 저를 상상하지도 못합니다. 당신이 가는 그 엉뚱한 길을 되돌리고 다시 예전의 공부를 계속해 줬으면 싶지만 안타깝게도 그걸 강요할 권리가 제겐 없답니다.

저도 올해 스물둘이네요. 집안에서는 어서 선보고 시집가라고 성화입니다. 하지만 전 급하지 않다고 생각합니다. 답신 기다립니다. 아래 봉투에 쓴 학교주소로 보내면 됩니다. 득량 씨가 계신 곳이 너무 멀어 방학 때가 아니면 저는 못 찾아뵐 것 같네요. 내내 건승하시고 머잖아 서로 반갑게 재회하기를 고대합니다.

1929년(昭和 4년) 3월
서울에서 하지인

그랬던가. 지인이 있었던가. 하숙집과 고종사촌간이라는 전문학교 여학생 지인이 있었던가. 잊고 있었다. 까맣게 잊고 있었다. 하숙집에 그녀보다 한 살 위인 언니가 있었다. 그래서 가끔 놀러오는 그녀와 셋이서 자연스레 서구사상이나 자유연애 등에 관해 토론을 벌였던가. 그랬었다. 몇 차례 남산을 오르기도 했었다. 크고 호리호리한 몸매에 작고 단아한 얼굴이 떠올랐다.

깊은 관계랄 수는 없었다. 그저 '오빠, 동생' 하고 부르는 학생들이었고 얘기가 통하는 남녀였다. 그러다 어느 날 자신이 미쳐버렸고 둘의 관계는 그걸로 끝이었다. 기억마저도 없었으니까. 그런데 이제 다시 그 기억이 되살아나려는 것인가. 그녀와의 교감이 다시 이어지려는 것인가.

득량은 요를 깔지 않은 채 팔베개를 하고 방바닥에 누웠다. 천장의 호롱불 그림자 속에 지인의 얼굴이 어른거렸다. 전체 분위기는 금방 손에 잡힐 듯한데 이목구비는 좀처럼 그려지지 않는 얼굴이었다. 그는 가까스로 덧니 하나를 기억해냈고, 그것으로 희미하게 퇴색해버린 기억의 벽화에서 새침데기 얼굴을 복원해냈다. 결코 동양적인 미덕을 갖춘 여성상은 아니었다. 후덕한 인상이라 볼 수 없었다. 그러나 얇고 곱살한 얼굴 전체에 깨끗하고 이지적인 분위기가 흘렀다. 하지인은 독서광이었고 언변도 매우 논리적이었다. 나이든 이들에게 호감을 주지는 못하겠지만 그녀는 분명 새 시대에 걸맞은 신여성이었다.

문득 그녀가 보고 싶어졌다. 교사가 된 지금은 전보다 훨씬 성숙해 있으리라. 그는 눈을 감았다. 온몸이 더워지면서 맥박이 빨라졌다. 깊어가는 산사의 봄밤, 스물다섯 살 건장한 청년 하나가 한 여인을 그리워하고 있었다.

"득량 씨, 저 강 건너 남동쪽들을 왜 잠실(蠶室)이라고 하는지 아세요?"

봄날 어느 일요일, 남산 정상에 올라 지인이 뜬금없이 물은 말이었다.

"그야 뽕나무가 많으니까 붙인 이름이겠지."

득량이 소박하게 대답했다. 전주에서 올라온 지 채 1년도 안 됐기에 서울지리를 잘 알 리 없는 그였다.

"아녜요. 뽕나무 때문에 이름이 잠실이 아니라, 잠실이기 때문에 뽕나무를 많이 심은 거예요."

지인이 맑은 눈동자를 굴려댔다.

"그게 그거 아닌가?"

"다르죠. 선후문제가 있으니까요."

하긴 그랬다.

"왜 잠실인데?"

"애들 소꿉놀이처럼 유치하기는 하지만 재밌기도 해요. 할아버지 말씀인데, 이 남산은 누에 형상이래요. 누에는 뽕을 먹어야 자랄 수 있고 고치를 틀죠. 그래서 누에 모양의 이 산 앞의 저 들을 잠실이라 부르고 뽕나무를 심게 한 거죠. 그래야 땅의 기운이 왕성해진다나요? 기가 막히죠? 산을 살아 있는 동물로 본 거야 재미있는 거지만 강 건너 벌판에 뽕밭을 가꿔놓고 누에 모양의 산에 기운이 돌게 한다니 우습지도 않지요. 조선조 창업 때의 일이니 치졸하더라도 봐주자구요."

하지인은 전문학교에 다니는 신여성답게 똑 떨어지게 말했다. 듣고 보니 재미있는 한편 황당무계했다.

"그 지경이었으니 나라가 망했죠. 화란이나 독일, 미국, 러시아, 일본은 군함을 만들고 비행기를 만들어 하늘에 띄우는데 그만 전설 같은 짓거리나 하면서 잠만 잤으니 나라를 빼앗기죠."

 득량도 괜히 화가 치밀었다. 문득 호남일대를 무른 메주 밟듯 쏘대며 명당을 찾아다니던 조부가 떠올랐다. 그렇게 애써서 좋은 자리에 묻히시더니 특별히 나아진 건 무엇인가. 사람은 죽어 묻히면 그것으로 끝이었다. 그런데, 그런데 그게 그렇지가 않았다. 조부가 묻히고 3년도 안 돼서 집안에 풍파가 몰아닥쳤다. 발복(發福) 하기는커녕 거꾸로 앙화(殃禍)가 발생했다. 돌려서 생각하면 복을 받을 수도 있다는 얘기가 됐다. 여기에는 뭔가가 있었다. 단순하게 황당한 미신이라고 치부해버리기에는 너무도 비밀스런 힘이 작용했다. 앙화는 자신의 몸에도 미쳤다. 경성제국대 법학부 수재가 하루아침에 정신이 돌아버린 것이다.

 그리고 다시 2년 남짓 세월이 흘렀다. 하지인과 맹렬히 풍수를 비판하던 득량은 풍수의 힘을 빌려서 완치되었고 지금은 그 공부를 하겠다고 산에 들어와 있었다. 참 알다가도 모를 게 세상살이였다.

 스승 진태을이 언젠가 말했었다.

 "삶이 평탄한 사람은 풍수를 무시한다. 하지만 예기치 않은 일로 망가져 본 사람은 풍수에 매달린다. 그러면서 인생의 비밀에 조금씩 눈 떠간다. 그러나 그들은 모두 명당집 자손이 아니다. 진짜 명당집 자손은 행복할 때, 잘 나갈 때 풍수를 활용한다. 눈에 보이는 일에 최선을 다하고 보이지 않는 일에도 정성을 다해서 음덕(陰德)을 입는다. 큰일은 개인의 노력만으로 성취할 수 없음을 잘 아는 그들은 누울 자리를 보고 자리를 뻗는 것이다."

 과연 그런 것이 풍수일까. 한 번 파헤쳐보고 싶었다. 하지인, 그녀가 말하던 누에 형상의 남산과 잠실벌의 상응관계가 과연 있는가. 죽은 자의 유골과 산 자손의 감응이 가능한가. 나 자신이 체험한 정신병은 정말 조부의 묘가 사단이었을까. 의문은 끝이 없었다. 득량은 그걸 알아내고자 풍수를 배우려 했다. 했건만 이 깊은 산골에서 겨우내 땔나무를 해 나르고 봄부터는 고사리를 뜯으러 산을 뒤지는 신세였다.

지인이 이걸 알면 아직도 정신병을 앓고 있느냐고 물을 것이다. 따지기 좋아하는 그녀는 진태을에게 대들고 말 터였다. 당장 득량의 손을 낚아채서 하산해버릴 것이다. 편지에서는 완곡하게 표현하고 있었지만 시대착오적인 일에 젊음을 낭비하고 있다고 야단칠 것이다.

득량은 지인에게 편지를 쓰기 시작했다. 그는 자신과 가족들의 흉사 원인이 분명 묏자리에 있었다는 것, 유명한 지관의 도움으로 거짓말처럼 회복됐다는 것, 미신이라고 치부해 버리는 풍수에는 확실히 불가사의한 게 있다는 것, 이제까지 배운 신학문을 바탕으로 냉철하게 접근해보겠다는 것 등을 썼다. 아직 서울 나들이가 언제 될지 모르며 만일 서울에 가게 되면 꼭 찾아보겠다는 말도 썼다.

다음날 아침, 득량은 전날처럼 망태를 메고 절을 나왔다. 그는 곧장 마령 면소재지로 가서 편지를 부친 후 광대봉에 올랐다. 그곳에 올라서 보니 동쪽 멀리 보이는 마이산 아빠봉은 영락없는 관음상이었다. 보관을 쓴 관음이 그가 서 있는 방향을 향해 거룩한 미소를 머금고 있었다. 주변의 산들인 나도봉, 조화봉, 용마봉, 처사봉, 관암봉이 마이산 관음을 향해 머리를 조아리고 있었다. 득량의 입에서 저절로 탄성이 우러나왔다. 거대한 자연이 펼쳐 놓은 장엄경은 사람의 마음을 조복시키고 있었다. 마이산 아빠봉을 관음으로 본다면 뭇 중생들이 예불을 올리는 형국이요, 임금으로 본다면 만조백관이 배알하고 있는 형국이었다. 그는 뭇 산들처럼 그 자신이 하나의 산이 되어 관음을 향해 머리를 숙였다.

득량은 봄 햇살이 따사로운 양지바른 곳을 찾아 퍼질러 앉았다. 그는 넋 놓고 먼산바라기를 계속했다. 문득 산이 내면세계 속으로 성큼성큼 걸어 들어왔다. 그가 산을 보는데 산은 그의 내면세계 속에 담겨서 그를 보듬고 있었다. 자신과 산, 안과 밖의 경계가 서로 맞물렸다. 그는 깊고 길게 호흡했다. 산도 따라서 호흡했다. 산은 더 이상 저기 타자(他者)로 남아 있는 대상이 아니었다. 산은 바로 자신의 또 다른 모습이었다. 그게 어디 산뿐인가. 대자연과 자신이 따로 존재하는 게 아니었다. 이것을 물아일체(物我一體)라고 하는 것인가.

  득량은 그 자리에서 거연히 일어나 춤을 추었다. 산 속에 그가 있고 그의 마음속에 산이 있었다. 이것이 태극의 발현인가.

  산들바람이 불었다. 종달새는 하늘 높이 날고 민들레는 홀씨를 바람에 날렸다. 만물이 저마다 활발하게 자기의 성품을 드러냈다. 제각기 모양과 행동양식은 달라도 전체가 모여 하나의 교향악을 울린다.

  득량은 이제야 알 것 같았다. 스승 진태을이 왜 그렇게 자신을 산으로 내쫓았던 것인지를. 스승 진태을이 그에게 요구했던 건 한낱 땔나무나 고사리 따위가 아니었다. 그런 걸 절집살림에 보태자고 그처럼 호통을 쳤던 게 아니었다. 알량한 지식과 오만한 정신에 눌려 자연을 알 리 없는 그에게 자연을 호흡하고 느껴보도록 구실을 달아 산으로 내몰았던 것이다. 산공부를 하겠다는 놈이 산을 까맣게 모르고 있으니 산을 알게 하자는 뜻이 있었던 것이다. 나무꾼이 돼서 하심(下心)을 갖게 했다. 자연은 책으로 배울 수 있는 게 아니었다. 특히 고사리를 꺾게 한 것은 의미심장했다. 고사리는 양지바른 곳에 나는 산나물이었다. 그 고사리가 나는 곳과 묏자리에는 분명 상관이 있었다.

  득량은 스승의 깊은 가르침에 새삼 경의를 품었다. 그것도 모르고 원망으로 일관했던 자신이 너무 부끄러웠다. 큰 공부는 책 속에 있는 게 아니라는 어른들의 말씀을 비로소 알 것 같았다. 한가롭게 책장이나 넘기고 있을 시간이 없다던 스승의 말이 무엇을 의미하는지 그 또한 알 수 있을 것 같았다.

그는 해가 지고 산 그림자가 내리는 걸 보고서야 광대봉을 내려왔다. 그의 고사리 망태는 온전히 비어 있었다. 고사리 하나 들어 있지 않았던 것이다.

"스승님, 다녀왔습니다."

득량의 목소리는 어느 때보다도 맑고 힘찼다.

"어째 망태가 텅텅 비었느뇨? 벌써 고사리가 다 쇠버리고 없더냐?"

스승 진태을은 득량이 예상했던 대로 빈 망태를 물고 늘어졌다.

"겨우내 땔나무를 했고 어제는 고사리를 꺾었사온데 오늘은 만산(萬山)을 마음 안에 가두고 오느라 미처 망태를 채우지 못했습니다, 스승님. 어차피 이 작은 망태로는 산을 담을 수 없으니 내일부터는 망태 따위는 처음부터 지고 가지 않을 작정입니다."

말을 쏟아내니 정수리가 열리는 느낌이 들면서 시원한 기운이 쏟아져 들어왔다. 말씀은 곧 진리다. 체험을 말씀으로 정리하여 가슴에 담으면 그게 내공이다.

"좀 늦었구나. 입산한 지 오늘이 꼭 180일이니라."

태을은 날짜를 정확히 셈하고 있었다.

그는 보았다. 제자 득량의 얼굴에서 빛이 나는 것을. 그것은 고뇌와 절망을 뚫고 올라온 자신감의 표출이었다. 이 순간을 기다리느라 애태웠던 태을이었다. 그의 맘고생은 지게를 지거나 혹은 망태를 메고 산에 오르내렸던 득량의 몸뚱이 고생보다 훨씬 더한 것이었다. 생의 불꽃이 사위어가는 늘그막에 천하의 영재를 얻었으되 제대로 가르치고 싶은 욕심이 왜 없었겠는가. 더구나 온 세상에 보여줄 자리와 공부거리가 너무 많이 쌓였는데 남아 있는 시간이 얼마 없었다. 지난 6개월 동안의 시간은 피 같은 나날이었다. 머리 밝은 제자에게 부지런히 산서를 가르치고 천하를 주유하고 싶어 미칠 지경이었다. 그러나 직수굿이 눌러 참았고 바로 오늘 같은 날을 기다려왔었다. 이제야 비로소 한 고팽이를 넘기게 되었다. 내일부터는 본격적으로 공부를 시켜야 한다. 태을은 할 말이 많았지만 더 이상 토를 달지 않았다. 그저 거늑한 시선으로 제자를 응시할 따름이었다.

이렇게 해서 득량은 첫 번째 관문을 통과한 셈이었다. 그러나 득량이 들어가야 할 문은 아직 무수했다. 도중 어느 문 앞에서 쓰러지고 말지 아무도 모르는 일이었다.

두 번째 관문

다음날 아침, 태을은 득량에게 고사리를 그만 끊으라 했다. 대신 함께 가볼 데가 있다며 산행을 준비하라 했다. 그는 득량의 형 세량이 가져다준 등산화를 꺼내 신었다. 복장은 두루마기만 벗은 한복차림이었고 모자도 갓이었다. 득량이 챙이 넓은 등산모를 쓰며 태을에게 권했지만 한사코 갓을 고집했다. 평생 상투 틀고 써왔던 터라 바꾸기가 어려운 모양이었다.

진태을은 절집 아래로 길을 잡았다.

"득량아, 풍수가 무슨 뜻이냐?"

너무 생급스런 질문이었다.

"집터와 묏자리 잡는 법술 아닙니까?"

득량이 머뭇거리다가 그렇게 대답했다.

"도읍지를 잡거나 공부터를 잡는 건 풍수가 아니더냐?"

"그것도 풍수지요."

"뿐인 줄 아느냐? 사람과 사람의 관계나 교감도 다 풍수다. 공부가 깊어지면 결국 좋은 사람과의 인연 짓기라는 걸 알게 될 것이다."

"명당 기운 받아 출세하면 그렇겠네요."

"말은 쉽게 하는구나. 명당을 써서 발복한다는 것은 결국 인화(人和)를 주관하는 위치에 서게 된다는 것을 뜻한다. 세상 사람들이 발복의 의미를 잘못 생각하고 있다만 모두가 사람을 얻고 총화를 이루는 것이 발복이다. 높은 관직에 오르거나 큰 부자가 되거나 자기 분야에서 이름을 날리는 유명인사가 되면 자연히 사람들이 모이고 주도권을 행사하는 거지. 아무리 높은 지위를 얻거나 돈을 많이 벌어도 인심을 얻지 못하면 오래 갈 수 없다. 주체는 역시 사람이니까. 명당은 시간과 공간과 인간, 곧 삼간(三間)이 연출하는 예술이야. 시간은 천문(天文)이고 공간은 지리(地理), 인간은 사람이니 천지인(天地人) 삼재(三才) 사상의 핵심이지."

스승 진태을은 19세기 중엽에 태어난 사람 같지 않았다. 구학문만 했으면서도 비상한 두뇌 덕분에 언어순발력이 뛰어났다. 아마 일생 동안 아름다운 강산을 떠돌며 대자연 속에서 본질을 추상하다 보니 그 경지를 터득한 듯했다. 구암선사와 같은 선객들을 친구로 두어 담론한 것도 언어구사 능력을 배가시켰을 터이다.

"선생님, 무성영화 보셨죠? 변사로 나가셨어도 일류변사가 되셨겠습니다. 언어의 마술사세요."

득량은 스스럼없이 스승의 언변을 칭송했다. 그러나 그건 단순한 말재주가 아니었다. 사물의 본질을 파지(把持)하는 식견이 없고서는 그런 표현을 쓸 수가 없었다.

"허허, 그놈 참."

스승 태을은 재롱부리는 손자 대하듯 거늑하게 웃어주었다. 그는 다시 입을 열었다.

"나는 아까 풍수라는 말 자체의 뜻을 물은 것이니라."

"바람 풍(風)에 물 수(水)가 아닙니까?"

"그런데?"

"땅은 가만히 머물러 있고 바람과 물은 유동하여 조화를 부리는 거 아닌가요?"

득량의 말에 진태을이 깜짝 놀랐다. 입문(入門)도 제대로 하지 않은 초보자가 이처럼 말하기란 쉽지 않았다.

"너, 누구에게 풍수를 좀 배웠더냐?"

"아닙니다."

"그럼 지가서를 좀 봤구나. 할아버지 영향이더냐?"

"웬걸요. 할아버지가 풍수에 너무 경도되셔서 전 오히려 반발심만 품었습니다. 지난 늦가을부터 여기 와서 별의별 생각을 다 해보다가 혼자서 지레짐작한 것입니다."

득량의 말은 사실이었다.

진태을은 속으로 놀랐다. 역시 비상한 재목이었다. 그까짓 지가서 몇 권 갖다놓고 가르치는 건 일도 아니었다. 이미 사서와 《주역》을 읽었고 대학에서 서양철학과 물리학을 배운 수재였다. 기초가 반석 같았다. 풍수이론만 조금 들어가면 활활 불이 붙을 게 분명했다. 그러니 속도를 조절해야 한다. 빛나는 재주는 위험하다. 날카로움을 무디게 만들어놔야 오래간다. 개안(開眼)이 되고부터는 상관없지만 그전까지는 조심해야 한다.

'나는 다행한 사람이다. 남원고을 천재라는 말을 듣고 자랐지만 난세를 만나 벼슬길에 나가지 못했다. 취미로 접한 지가서 몇 권에 그만 개안이 되었다. 땅 속이 훤히 보이지는 않았지만 이치가 눈에 들어왔다. 반가의 후예가 풍수쟁이질을 하고 싶었겠는가. 아쉬워 찾는 사람이 있어서 도와줬더니 금시 이름이 나버렸다. 배운 것이 도둑질이라고 한 장 두 장 써주다가 밥 빌어먹는 수단이 되었다. 그러다 내키지 않으면 깊은 산중 절집에 숨어 지냈다. 한데도 귀신같이 찾아와 간청했다. 어려움을 듣고 몰라라 하는 것은 군자가 아니다. 화광동진(和光同塵)이라고 세상과 때를 묻혀가며 살아가는 것이 난세를 사는 지혜다.

일생을 산 속에서, 길 위에서 보냈지만 대가족을 돌봤고 자식들을 두었다. 떠돌이 주제에 봉제사는 걱정 없었다. 주머니에 든 뜬쇠 뒷면에 남원 고향마을 주소를 새겨두었다. 상을 치를 정도의 지전(紙錢)을 접어 주머니에 넣어두었다. 언제 어디서 쓰러져 죽어도 시신은 고향에 돌아갈 수 있었다.

여한이 있다면 단 두 가지였다.

우선은 나라의 독립이었다. 의병활동하다 왜놈들의 총탄에 쓰러진 아우의 한이 그래야 풀렸다. 아니, 이 아름답고 영험한 강산이 더 이상 기죽지 않고 떨쳐 일어나 춤출 수 있도록 주권을 되찾아야 한다.

두 번째는 법통을 이어갈 제자를 얻는 것이었다. 피와 뼈를 물려준 것이 자식이라면 제자는 지식과 정신을 물려준 자식이다. 인간은 누구나 불멸을 소망한다. 자신이 죽어도 자신과 닮은 복제품을 남겨서 대를 잇고자 한다. 지식이나 정신 또한 그렇다. 제자를 길러서 사승(師承) 관계를 형성하거나 책이나 그림, 공예품을 남기는 행위도 불멸의 꿈을 표출한 것이다.'

진태을은 신중했다. 똑똑한 제자를 얻었다고 내심 쾌재를 부르면서도 득량의 공부가 높은 경지에 이르도록 노심초사했다. 자신을 능가해서 나라의 미래를 비추는 빛이 되길 소망했다.

"득량아."

"네, 선생님."

"너는 아까, 땅은 가만히 머물러 있고 바람과 물이 유동하여 조화를 부린다고 했지."

"네."

"바람은 유동하며 무슨 조화를 부린다고 생각하느냐?"

득량은 걸음을 멈추고 조금 생각하다 답했다.

"구름을 이동시키고 물을 상승시키나요?"

"내가 너에게 물었거늘 웬 반문인고?"

진태을이 답을 재촉하듯 득량을 빤히 쳐다보고 섰다. 잠시 침묵이 흘렀다. 두 사람 앞의 작은 실개천이 졸졸 흐르는 소리만 들렸다. 잠시 후 진태을은 개울가에 쪼그려 앉아서 손을 씻었다. 산골짜기에서 흘러나오는 물은 맑고 차가웠다. 득량도 따라서 손을 씻었다.

"이 명주 수건에 물기가 많다."

진태을이 괴춤에서 꺼낸 수건으로 손을 닦으며 말했다. 득량이 '그런데요?' 하고 묻는 표정으로 태을을 건너다보았다.

"이 수건을 바람 없는 데서 말리는 게 빨리 마르겠느냐, 아니면 바람 많은 데서 말리는 게 빨리 마르겠느냐?"

"당연히 바람 많은 데서 빨리 마르지요."

"그럼 바람이 하는 역할을 조금은 알 만하겠구나. 바람이 물과 만나면 어떤 조화를 부리는지, 국이 잘 짜여진 땅과 만나면 바람과 물이 어떤 작용을 하는지 우선 그것부터 깊이 성찰해봐야 한다. 풍수의 묘법이 거기에 다 들어 있느니."

태을은 그날 득량에게 나옹암 석굴을 보여줬다. 그는 득량을 데리고 암반 서쪽 끝으로 가더니 낭떠러지를 타고 내렸다. 낭떠러지에는 나무 사다리가 놓여 있었다. 스승의 뒤를 따라 사다리를 타고 내려간 득량의 시야에 석굴이 들어왔다. 전혀 예상치 못한 바위굴이었다.

"바람은 만물의 속살을 파고들어 간다. 그래서 해체시켜버리지. 이 석굴도 결국은 오랜 기간에 걸친 풍화작용에서 생겨난 것이니 바람의 흔적인 게지. 틈나는 대로 이곳에 와서 명상해라. 마음의 눈을 뜨지 않으면 바람의 얼굴이 보이지 않을 것인즉. 이곳은 예부터 숱한 이인(異人)과 고승들이 수도하고 간 공부터이니라. 지금도 이따금씩 찾아들곤 하지."

스승은 그때 처음으로 '바람의 얼굴'이라는 표현을 썼다. 새뜻하고 신성어린 말씀이었다. 바람은 눈에 보이지 않는다. 그런 바람의 얼굴은 본 사람이 있을까. 사람의 얼굴을 보면 그 사람의 밑천과 내공, 직업, 운명을 짐작할 수 있다. 얼굴은 얼이 담긴 골상이기 때문이다. 그걸 관상이라고 한다. 마찬가지로 바람의 얼굴을 본다면 바람이 하는 일을 속속들이 알아낼 수 있을 것이다. 득량은 스승의 말씀을 새기며 뜻을 헤아렸다.

석굴 한쪽이 검게 그을려 있는 것으로 보아 밥을 지어먹은 흔적 같았다. 안쪽에는 짚단이 깔려 있었다. 침상으로 쓴 듯했다. 득량의 소견으로도 세상을 등지고 수도하는 이가 능히 머물 만한 자리였다.

"석굴은 좋은 공부터다. 바위는 산천의 기운이 응집된 것이며 그 속에 뚫린 석굴은 영성을 체험할 수 있는 공간이 된다. 역대 선사들이 이런 석굴에서 큰 깨달음을 얻었다. 나중에 천하를 유람할 때, 수도 없이 이런 석굴을 보게 될 것이다. 너도 틈틈이 이곳에 와서 명상해보아라."

진태을의 말소리가 굴 속에서 윙윙 울렸다. 신묘한 영성이 느껴지는 목소리였다. 이럴 때 진태을의 눈빛은 보이지 않는 깊은 세계를 꿰뚫어보는 듯했다.

두 사람은 다시 나무사다리를 타고 올라와 석굴 덮개 암반 위에 나란히 앉았다. 눈앞에 산세들이 펼쳐졌다.

"산세는 곧 바람과 물의 순환통로이기도 하다. 풍수에서는 장풍득수(藏風得水)라는 용어를 쓰지. 바람을 갈무리하고 물을 얻는다는 뜻이다. 풍수의 고전, 《금낭경(錦囊經)》에는 '풍수의 법술은 물을 얻는 것을 우선으로 하고, 바람을 갈무리하는 것을 그 다음으로 한다(風水之法 得水爲上 藏風次之)' 했다. 왜 바람을 갈무리한다고 했고 물을 얻어야 한다고 했을까?"

"바람은 만물을 풍화시켜버리기 때문인가요? 그래서 피하는 것이죠."

"그럼 바람이 없으면 되겠구나."

"그건 아닌 것 같은데…."

득량이 말꼬리를 가무리자 태을이 소리 없이 웃으며 말했다.

"천지간에 가득한 건 음양(陰陽)의 기(氣)다. 기는 만물을 구성하는 근원자로서 모이면 만물의 형체를 이루지만 흩어지면 형체가 없다. 그래도 기운 자체는 남아 있다. 이 무형의 기는 내뿜으면 바람이 되고, 오르면 구름이 되며, 떨어지면 비가 되고, 땅속을 돌아다니면 생기(生氣)가 된다. 이 생기는 바람을 타면 흩어지고 물을 대하면 머문다. 여기서 물이라 함은 시냇물이나 강물을 포함한 명당수(明堂水, 혈자리 주변을 흐르는 물을 총칭)를 말한다. 산을 포함한 모든 땅은 물로써 경계가 지어지기 때문이다."

진태을은 차근차근 원리를 일러주었다. 그러다가 문득 무엇을 생각했는지 바위에서 몸을 일으켰다. 득량도 덩달아 일어섰다. 진태을은 바위가 다하는 지점의 키 작은 관목들을 톺아보았다. 그러더니 마른 나뭇가지 하나와 생가지 하나를 꺾었다. 진달래 줄기였다.

"봐라. 둘 중 어느 것에 생기가 있다고 하겠느냐?"

"당연히 생가지지요."

"왜더냐?"

"살아 있으니까요."

득량이 그렇게 대답하자 태을은 또 소리 없이 웃었다.

"아닌가요? 방금 꺾으셨으니 이미 죽은 것인가요?"

득량이 재빨리 말을 고쳤다.

"너는 삶과 죽음에 대해서 생각해본 적이 있느냐? 조부와 선친을 연거푸 잃었으니 생각이야 해봤겠지."

"그렇습니다. 삶과 죽음의 경계선이 참 분명했습니다. 존재하시던 분이 한순간에 부재로 바뀌어버렸으니까요."

"그러냐. 나는 그 경계선이 별것 아니라고 본다. 형태가 바뀌는 것뿐이지 처음부터 삶도 죽음도 없는 것이라고 생각한다. 달리하는 형태를 사람들이 이름하여 삶이라고도 하고 죽음이라고도 하는 것뿐이지."

충격적 정의였다. 득량은 머리가 띵했다. 스승은 아까 손을 닦았던 명주수건을 괴춤에서 다시 꺼냈다.

"봐라. 벌써 뽀송뽀송 말랐구나. 아까는 분명 물에 젖었는데 지금은 물기 하나 없이 말랐다. 그 물은 어디로 갔느냐? 죽어버렸느냐?"

순환! 바로 그것을 말하고자 스승은 명주손수건을 되꺼낸 것이다. 작은 소품을 예로 들어서 놀라운 진리를 설파하고 계셨다. 역시 뛰어난 철인이다.

"아, 그렇군요. 수증기로 변하여 구름이 되고 구름이 다시 비로 내리고!"

득량이 또랑또랑하게 외쳤다.

"옳거니! 만물을 순환론으로 파악하고 인연법으로 해석하는 것이 동양철학이다. 풍수는 인간과 인간, 인간과 대자연의 관계론이야."

진태을은 다시 나뭇가지를 들었다.

"이 두 가지의 차이점은 죽고 산 것이 아니라, 물기가 많고 적고의 차이야. 물기가 거의 없어져 말랐지만 완전히 사라지면 이런 형태가 해체되는 거다. 생기란 결국 어떤 사물이나 생명체가 물을 얻어서 순환활동을 원활히 하고 있는 것을 말하지."

"그걸 산이나 땅에 적용한 것이 풍수로군요."

"이제야 좀 눈이 틔는구나."

스승은 몸을 일으켰다. 앞서서 성큼성큼 산을 내려갔다. 젊은 제자에게 살아 있는 공부를 가르치고자 노구를 이끌고 수고로움을 마다하지 않았다.

다음으로 태을이 득량을 이끈 곳은 탑영제(塔影堤) 방죽이었다. 거울처럼 산 그림자를 머금고 있는 호수는 잔잔했다. 바람이 수면 위를 훑자, 호수에 담긴 바위산은 거대한 돌탑이 되었고 호수는 생기 넘치게 몸을 떨었다.

"물을 알지 못하면 산공부는 다 허사다. 물은 뭇 생명을 거둬 살린다. 아까 나뭇가지처럼 물이 오르고 내림에 따라서 생기와 사기가 갈린다. 물 없는 곳에 생명이 있을 턱이 없지. 땅도 마찬가지다. 땅도 이 물을 만나지 못하면 생기를 얻지 못하느니. 물 없는 명당이란 있을 수가 없는 법이니라. 지상 위로 보이는 물만 물이 아니다."

태을은 득량의 눈과 호수의 수면을 번갈아 응시했다. 단정한 갓 아래 희고 성성한 수염이 바람에 나부꼈다. 작고 깊은 눈이 득량의 시원한 눈과 마주쳤다.

"지혜로운 자만이 물을 안다. 이곳에 자주 와서 물의 내면을 읽을 일이다."

방죽에서 돌아오는 길에 태을은 수맥(水脈)에 대해서 말했다.

"땅속 깊은 곳, 암반 위를 흐르고 있어서 육안으로 보이지 않는 물을 지하수라 한다. 땅을 파보지 않고도 지표를 헤아려 수맥을 찾아낼 수 있는데 이는 오랜 수련을 요한다. 흔히 땅의 겉껍질만 보고 명당이라 여겨 집을 짓거나 묘를 쓰게 되는데, 결국 숨은 물의 조화로 인하여 패가망신을 면치 못하는 수가 있다. 땅속에 숨은 물의 조화는 놀라워서 바위를 쪼개고 벽을 허물기도 하지. 뿐만 아니라 수맥이 흐르는 곳에 집을 짓고 사는 사람에게는 골수에 병을 끼치느니라. 그렇다면 수맥은 무조건 피해야 하는 것이냐? 아니다. 수맥은 이 팔뚝에 그물처럼 뻗쳐 있는 혈관과 같은 게야. 혈관은 우리 몸 구석구석에 피를 돌게 하여 생기를 북돋우지. 그런 혈관들 사이, 기운이 어지럽지 않고 고르게 느껴지는 자리가 혈이 되는 것이야. 한방의 침구학(鍼灸學)에서 침놓는 자리와 일치하지."

그들은 쐐기풀과 무릇, 원추리 따위의 야생초가 절어 있는 오솔길을 타고 내려왔다. 둘은 어느새 절에 다다랐다. 절집 마당에는 작약이 무성했다. 아직 꽃봉오리를 맺기 전이었다.

"저 토담벼락을 보거라."

태을이 향나무 옆의 담장을 가리켰다.

"잘 보면 금이 가 있지 않느냐. 그 아래로 수맥이 흐르고 있어서 그렇다고 봐야 한다. 저런 자리는 담장을 수리해도 얼마 안 가서 다시 갈라진다."

"왜죠?"

득량은 담장 밑을 톺아봤다. 그는 금간 것 말고는 아무것도 발견할 수 없었다. 금이 간 담장을 보고 수맥을 짚어내는 것이 신기했다.

"지하의 수맥은 활물이다. 땅속에 흐르면서 토양을 깎아먹지. 그러면 빈 공간이 생긴다. 그 공간을 채우려고 지표면의 흙까지 끌어들이는 거지."

스승의 지식과 응용력은 고수다웠다. 지구과학을 공부하지도 않았을 것인데 땅속 사정까지 훤했다. 지난해 봄에 조부의 묘 밑에 암장해뒀던 조 풍수의 선친 뼈도 찾아낸 그였다. 서양 선교사들이 버들가지나 물푸레나무 가지로 지하수를 찾아낸다는 말은 들어봤다. 그러나 아무런 도구도 이용하지 않고 겉만 봐서 눈썰미로 찾아낸다는 말은 금시초문이었다.

어쨌든 득량은 스승의 높은 경지를 하나도 놓치지 않고 온전히 배우겠다고 다짐했다. 청출어람(青出於藍)이라는 옛말이 있다. 청색이 쪽이라는 풀로부터 나왔지만 쪽보다 더 푸르듯 자신도 꼭 스승을 능가하리라고 입매를 야무지게 다물었다. 쪽이 푸른 건 혼자서는 불가능했다. 재라고 하는 촉매가 있어야 했다. 그 촉매가 무엇일까.

바람과 물의 날들은 그렇게 시작되었다. 6개월이라는 결코 짧지 않은 기간 동안 나무꾼, 나물꾼 노릇으로 산과 친해진 연후였다.

먼저 바람의 얼굴을 봐야 한다. 그러자면 자나깨나 바람을 그리워해야 한다. 그리워하면 만나게 된다. 만나서 바람과 사귀고 친해져야 한다. 아무에게도 보여주지 않는 바람의 얼굴을 보자면 그 수밖에 없었다.

물 역시 사귀어야 할 친구였다. 정작 자신의 몸 속에 7할이나 되는 물을 담아두고도 득량은 물에 대해서 아는 게 너무 없었다. 너무 친밀하다는 이유만으로 너무 신경 쓰지 않았다. 이제부터라도 물의 내면세계를 면밀하게 들여다봐야 한다.

득량은 낮에는 나옹암 석굴이나 탑영제 방죽에서 명상하며 보냈고 저녁에는 《주역》 공부에 매달렸다.

스승은 말했다.

이 세상 거개의 술객(術客)들은 입만 열면 입산수도 몇 년 했고, 《주역》을 공부했노라고 떠든다. 《주역》의 온오(蘊奧, 비밀스런 핵심)를 깨친 이는 거의 없고 처음부터 끝까지 읽은 이도 많지 않다. 풍수를 배우기 전에 《주역》을 깊이 보라는 것은 대자연의 원리와 변화의 법칙을 알기 위해서다. 그렇게 되면 잔재주를 터득했다고 함부로 장난하지 않게 된다. 세상에는 무거운 인과의 법칙이 있고 그 그물에 걸리는 행위를 하면 반드시 대가를 치른다는 거였다. 모르고 저질렀건 알고 저질렀건 실수는 실수였다. 사람이니 실수를 전혀 안 할 수는 없지만 줄이는 것이 상책이다. 이러니 풍수의 길은 정말 무서운 것이다.

득량은 풍수의 길에 입문하고 있었다. 지금 하는 공부는 기초를 다지는 공부였다. 명상하고 원리를 생각하고 그 외에는 아무것도 하지 않았다. 세 끼 밥과 잠이 전부였다. 태을은 허락이 없이는 출타나 외부인과의 접촉도 불가했다. 머리도 깎지 못하게 했다. 될 수 있는 한 말도 아끼라고 했다. 대자연의 본질을 꿰뚫어보려면 우선 자신의 몸과 마음부터 자연으로 돌아가야 한다고 했다. 특히 말을 아끼라는 건 자칫 혼란스럽게 뒤얽힌 말이 깨달음을 방해할 여지가 있기 때문이라고 했다. 어차피 큰 공부는 말로 하는 게 아니라 했다. 듣기로 탑골의 이갑룡 처사는 묵언수행으로 한 소식을 들었다 했던가.

득량의 행보는 점점 무게를 띠어 가는데 계절은 화창하기만 했다. 엊그제 초파일 행사를 끝낸 절집 주변은 온통 꽃향기로 넘쳤다. 뒤뜰에는 연보랏빛 오동꽃이 피었고, 정원에는 부처의 곱슬머리 형상의 수국이 피었다. 이팝나무도 새하얀 꽃이 소복하게 피어났다.

"올해는 쌀농사가 풍년이겠네."

음전하여 말수가 적은 바우의 처가 이팝나무 꽃을 보고 중얼거렸다.

"임자는 벌써부터 무슨 쌀농사 걱정이야."

바우가 담장을 보수하느라 찰흙과 몽글게 썬 짚을 발로 이기면서 대꾸했다.

"그게 아니라 저 이팝나무 꽃이 하도 흐드러져서요."

바우의 처는 무풍 친정집 아버지의 얼굴을 그렸다.

아버지는 해마다 저 꽃이 필 때면 배고픔을 달랬던 얘기를 해주었다. 반달이 송편으로 보이듯 이팝나무 꽃은 꼭 쌀밥을 주걱에 퍼놓은 것처럼 보였다. 쌀이 귀한 시절이었다. 웬만한 집에서는 이맘때 봄날에는 나물밥 일색이었다. 쌀은 진작 떨어지고 보리도 귀했다. 이때부터 햇보리가 나오기까지 춘궁기(春窮期)가 되는 것이다. 보릿고개였다. 배를 곯는데 꼭 쌀밥 같은 꽃이 피니 회가 동한다. 쌀밥을 이밥이라고도 한다. 이밥, 곧 이팝나무라는 이름은 배고픔을 달랜 흔적인 것이다. 하루 세 끼를 배불리 먹지 못한 사람들은 꽃을 밥 삼아서 실컷 눈요기를 했다.

득량은 이팝나무 꽃에 별 감상이 없었다. 배고파본 기억이 없었고 꽃에 얽힌 추억도 없었다. 그는 바람과 물의 얼굴만을 그렸다. 선객이 화두(話頭)를 잡도리하는 것과 똑같았다. 그 자신이 바람이 되고 물이 될 때에야 비로소 의문이 풀릴 일이었다. 정말로 그는 서서히 자연의 일부가 되어갔다.

강 론

바위굴 안에 한 사람이 누워 있었다.
그는 잠을 자는 듯 미동조차 하지 않고 있었다. 눈은 감겨져 있었고 숨소리는 고요했다. 검고 기다란 머리칼, 투명해 보이는 살갗, 복장은 허름한 광목적삼이었다. 얼핏 보면 훤칠한 계집 같았다. 그러나 짙은 눈썹이며 높고 힘찬 콧날이 사내의 그것이었다. 사내는 어디를 보나 천한 사람이 아니었다. 차림이 거칠어서 그렇지 귀공자의 자태를 풍기고 있었다.
방금 도착한 나이 든 사내와 계집아이가 바위굴 초입에 서서 안쪽 동정을 살피다가 이고 진 짐을 내려놨다.
"언년아, 저기 저쪽 가서 발 뻗고 쉬그라이. 내 얼른 밥 지을텡께."
억센 사투리의 쉰 목소리였다. 쉰 목소리가 짐을 풀어 냄비를 꺼내는지 딸그락 소리가 났다. 그리고 얼마간의 시간이 지났다. 밥물 넘치는 냄새가 코끝을 자극해왔다.
"헛, 허흠!"
쉰 목소리가 헛기침을 해보였다.
"……."
누워 있는 사내는 아무런 반응이 없었다.
"개의치 말고 우리끼리 퍼떡 먹자 꾸마. 깊이 잠든 게야."
헛기침을 해봐도 일어날 기미를 보이지 않자, 쉰 목소리가 계집에게 말했다. 계집은 아까부터 한 번도 입을 열지 않고 있어서 나이를 어림할 수가 없었다.

"더없이 좋은 기도처다만…."
먼저 차지한 사내가 있어서 버렸다는 말이었다.
"커다란 방 같아요, 할아버지."
어린 꼬마 목소리였다.
"그렇지. 돌의 방이야. 예부터 우리 겉은 사람들의 발걸음이 끊이질 않는 곳이야. 고려 말 나옹대사라카는 스님이 수도했대서 나옹암이라 하고마."
드디어 시장기를 다 때웠는지 두 사람은 도란도란 이야기를 나눴다. 쉰 목소리 사내는 적어도 오십은 넘긴 듯하고 계집은 이제 겨우 열 살이나 넘겼을 법한 나이라고 짐작되었다.
"이런 디서 기도하면 참말 신통을 얻어 뻐리는가유?"
연잎에 빗방울 구르듯 또랑또랑한 계집의 목소리였다. 어떤 관계일까. 쉰 목소리는 계집을 언년이라 부르고 있었고 계집은 쉰 목소리를 할아버지라 부르고 있었다. 쉰 목소리가 뭐라고 대꾸하는지가 기다려졌다.
"내 말을 잘 따라야 헌다. 고단할 텡게 이쪽에다 자리 깔고 쉬도록 캐라. 전에도 몇 사람이 함께 살았었꾸마."
계집애가 누워 있는 사내를 경계하는 것일까. 쉰 목소리가 누워 있는 사내를 의식하며 계집을 안심시켰다.
그러건 어쩌건 사내는 처음 누워 있던 자세를 조금도 흐트러지 않고 있었다. 흘러들어온 나그네들과 자신은 전혀 무관하다는 듯이. 쉰 목소리와 계집도 자기들 얘기에 빠져가고 있었다. 나누는 이야기로 미루어 조손간인 듯했다.
그렇게 몇 시간이 지났을까. 누워 있던 사내가 천천히 몸을 일으켰다. 일어나고 보니 눈빛이 맑은 청년이었다. 잠 잔 눈빛이 아니었다.

그냥 깊은 생각에 빠져 있었던 것이다. 청년은 먹물 옷을 입은 늙수그레한 남자와 앳된 계집애가 저쪽 구석에 기대앉아 있는 것을 보았다. 누워 있던 청년이 일어나자, 얘기를 멈춘 두 사람은 청년을 탐색하느라 시선을 걸쳐왔다. 둥글고 커다란 방같이 생긴 바위굴에 잠시 어색한 기운이 감돌았다. 늦여름 석양이 수만 개의 금빛화살을 날려와서 바위굴을 비췄다. 세 사람은 한참 동안 균열 없는 침묵을 지켰다.

"젊은이 기도를 오셨소?"

노인이 먼저 입을 열었다. 그 말은 바위벽에 부딪쳐 묘한 울림을 일으켰다.

"바람의 얼굴을 보러 왔지요."

청년의 그 말에 노인은 당황하는 기색을 보였다. 범상치 않은 풍모로구나 싶더니, 하는 말도 엉뚱하던 것이다.

"허허허. 해 아래서 바람잡는다 카더만 젊은이가 그렇쿠마."

노인의 얼굴에는 야릇한 비아냥거림이 어렸다. 혈색도 그렇고 힘이 좋아 보이는 노인이라고 청년은 생각했다. 청년은 그만 바위굴을 내려가기로 했다. 그러자면 사다리를 타고 바위벽을 올라야 했다. 산길은 그 위에서 다시 아래로 이어지고 있었다.

"어디를 가씨오?"

"절로 가야지요."

"아래 금당사에 기시는 분인갑소. 이 늙은이는 집도 절도 없어 놓아서 당분간 이 석굴을 거처 삼을까 하오."

"좋도록 하시오. 임자가 따로 정해진 것은 아니니까요."

딱한 사정이 있는 나그네들이 분명했다. 청년은 벌써 나무 사다리를 타고 있었다. 그는 아무것도 지니지 않은 맨몸이었다. 그는 바위굴 위의 평평한 암반에 올라섰다. 남향으로 뻗어 내린 산자락이 겹겹이에워싼 바위굴이었다. 이곳에서 금당사는 산에 가려 보이지 않았다. 청년은 조금 전에 노인에게 한 말을 상기하고는 쓴웃음을 지었다. 바람의 얼굴을 보러 왔노라고 스스럼없이 말했지만 바람은 눈에 보이는 게 아니었다. 나뭇가지가 흔들리는 걸 보고 혹은 살갗에 와 닿는 감촉을 보고 바람의 존재를 가늠할 수 있을 뿐이었다.

석굴 덮개바위 위에 섰다. 바람은 여지없이 불어왔다.

바람의 얼굴.

그것은 스승 진태을이 표현한 말씀이었다. 선객 구암선사가 붙들고 있는 화두 '부처는 똥 막대기'에 해당하는 말씀이었다.

노인과 계집이 여장을 푼 나옹암을 뒤로 하고 득량은 총총히 하산했다. 그들이 석굴에서 무엇을 하든 자신이 상관할 바가 아니었다. 그는 내일도 이곳에 올 것이었다. 이곳에 와서 그가 해야 하는 건 오로지 바람의 얼굴을 보는 일뿐이다. 이런 생활로 봄을 보냈고 여름도 이제 끝무렵이었다.

"오늘은 한 소식 얻었느냐?"

"……."

저녁상을 물리고 스승의 방에 들어가자, 태을이 물었다. 그는 매일 저녁 똑같은 물음을 했고 득량은 변함없이 침묵으로 답변을 대신했다. 소식이란 깨침을 말하는 것이었으니 그 깨침이 그렇게 빨리 찾아올 수는 없는 노릇이었다. 법거량이라고 하던가. 공부가 얼마나 진전되었는지 문답해보면 밑천이 훤히 드러나게 마련이었다.

"바람의 얼굴도 물의 마음도 모르면서 땅을 볼 수 있겠는고."

"……."

"더 기다려 줄 시간이 없으니 그게 좀 아쉽구나. 빨리 익힌 떡이 설듯, 빨리 배운 공부는 부실하게 마련. 이로 인해 나중에 후회할 때가 있을지도 모르겠구나."

태을은 제자의 앞날을 더듬기라도 하듯 한참 동안 눈을 감았다.

세상의 얼마나 많은 풍수들이 엉터리 같은 벼락공부로 사람들을 속여먹던가. 서너 달 동안 산서 한두 권 어깨너머로 배워가지고 지관행세를 하는 반풍수 얼풍수가 있는가 하면, 귀동냥만으로 남의 집터나 묏자리를 잡아주고 다니는 작대기 풍수도 있었다. 그들은 당장 드러나지 않는다 해서 터무니없는 곳을 명당이라 하고, 쓸 만한 자리에 묻힌 조상을 이장하라고 충동질하기도 했다. 그래야 돈을 벌기 때문이다. 그들은 그야말로 잡술을 가지고 혹세무민하고 있었다. 그들의 폐해는 심각했다.

태을은 그들을 볼 때마다 개탄을 금치 못했다. 낯이 후끈거리도록 창피를 주곤 하지만 그것으로 그 짓을 그만둘 그네들이 아니었다. 우연한 자리에 가서 보면 또 상판때기를 내밀고 있기가 예사였다. 하늘이 무섭지도 않느냐고 핀잔을 주면, 자신은 책이나 스승 따위를 통해 풍수공부를 한 것이 아니라 산신께 기도해서 자리를 얻어낸다고 큰소리쳤다. 완전히 무당과 같았다.

그동안 태을이 제자를 기르지 않은 까닭은 여기에 있었다. 어설픈 제자를 뒤봤댔자 세상만 어지럽혔다. 둘 바에야 똑똑한 제자 한 놈으로 족했다. 풍수쟁이질로 돈을 벌겠다거나 명예를 얻으려 드는 놈이라면 결단코 받아들이지 않겠다고 맹세한 그였다. 다행히 득량은 돈이나 명예에는 초연한 편이었다. 본래 마음자리가 선하기도 할 뿐더러 이미 가질 만큼 가진 집 자식이어서 욕심이 덜했다. 게다가 머리도 좋았고 기본 바탕도 잘 다져 있었다. 바람의 얼굴과 물의 마음을 읽는 경지야 솔직히 욕심이었다. 이제 고작 스물다섯 살 난 청년이 그 경지에 올랐다면 그건 사람이 아니었다. 그걸 알면서도 그 말을 자꾸 입에 올리는

바람과 물의 얼굴 57

이유는 제자 욕심이고, 득량이 겉 넘는 걸 방지하자는 뜻이 컸다.

"천지간에는 만물이 존재하고 천변만화가 있지만 한마디로 말하면 음양의 작용이다. 음양을 떠나서는 아무것도 아닌 것이야. 봄날에 새나 벌레들이 짝짓기를 하고 식물이 꽃을 피우는 것은 음양의 교구(交媾, 성교)다. 독음불생(獨陰不生) 하고 고양부장(孤陽不長)이라고 암컷 혼자서는 새 생명을 낳을 수 없고 수컷 홀로는 자신의 새끼를 길러낼 수 없다. 만물은 하나같이 자기와 닮은 새끼를 남겨놓고 가려고 활발하게 생명활동을 하는 거지."

태을은 암컷과 수컷의 어우러짐으로 가르침의 첫 장을 열었다.

득량은 태극도(太極圖)라는 그림을 떠올렸다. 둥근 원 안에 두 마리의 물고기가 포개진 것처럼 좌우로 나눠져 있었다. 영락없이 암수가 몸을 섞고 있는 모양이었다. 그것이 성(性)을 상징화한 것인가. 섹스는 쾌락 이전에 자기복제다. 득량은 아직 연애경험이 적어서 섹스를 해보지는 않았지만 이론적으로는 훤했다.

득량은 문득 결혼적령기를 넘기고 있는 자신을 돌아다봤다. 형 세량은 스물에 혼인하여 자식들이 여럿이었고 친구들도 대부분 결혼했다. 대학 다닐 때도 결혼하고 애까지 딸린 학우들이 많았다.

"… 우리가 발 딛고 살아가는 이 땅에는 생기가 흐르고 있는데 이 생기를 받아 인생의 행복을 추구하는 법술이 바로 풍수다. 행복의 첫째 조건이 뭐라고 생각하느냐?"

태을이 갑자기 질문을 던졌다.

"글쎄요."

득량이 머뭇거렸다.

"너도 다른 젊은이들처럼 돈이냐? 하긴 돈 많은 집 자손이니 그건 아니겠구나."

"사랑하는 사람과 의식주 걱정 없이 잘 먹고 잘 사는 것인가요? 아니면 자신이 하고 싶은 일을 하는 건가요?"

"첫째 조건이 왜 그렇게 많으냐?"

스승은 잠시 말을 멈췄다가 당신 스스로 답을 내렸다.

"대가 끊이지 않는 것이니라. 아까 다 일러줬질 않느냐. 제 아무리 돈이 많고 잘 먹고 잘 살아도 대가 끊이면 나중에 고독해진다. 관에 못 치기 전까지는 함부로 속단하지 말라는 말처럼 끝이 험하면 인생은 망한 것이 된다."

젊어서일까. 잘난 것도 없는 처지에 제 핏줄을 고집하고 애면글면 하는 인생이 성공한 것인지 생각해볼 여지가 있었다.

득량의 내심이 그러거나 말거나 스승 태을은 득량을 향해 거침없이 가르침을 내렸다. 그 내용은 대략 이랬다.

"처음 체계화시킨 곳이 중국이라 해서 풍수가 중국 것인 양 생각해서는 안 된다. 이 땅에도 자생풍수가 있었음은 물론이다. 이 땅이 중국땅보다 훨씬 땅의 기운을 잘 받는 터이기에 오히려 풍수가 더 꽃피게 되었느니. 특히 명당의 모양을 중시하는 형국론은 거의 독보적이다.

이 풍수의 목적은 크게 둘로 나눌 수 있는데 그 첫째는 산 자의 거처인 주택〔陽基〕을 좋은 땅에 지어서 행운을 구하려는 것이고, 둘째는 죽은 조상의 묘〔陰宅〕를 좋은 땅에 잡아 자손의 번영을 꾀하려는 것이니라. 곧 길함을 좇고 흉함을 피하는 추길피흉(追吉避凶)이라는 말이다.

땅은 살아 있으며 인간의 어머니와 같다. 초목만 키우는 것이 아니다. 땅은 인간을 생육하느니. 그래서 어머니라 하는 것이니라. 인간의 정신은 온 우주를 자유자재로 누비지만 몸은 한정될 수밖에 없다. 땅 위에서 살다가 생명이 다하면 땅속으로 돌아간다. 어머니의 품에서 살다가 어머니의 품속으로 돌아가는 것이다. 물론 정신은 갈무리되는 곳이 따로 있지. 그걸 말하자면 철학적인 사유를 해야 하니 여기서는 그쯤으로 넘어가자. 땅을 어머니로 보기 때문에 풍수에서는 인간을 젖먹는 아기와 같이 취급한다. 풍수의 명당자리가 여성의 가슴 혹은 성기의 모양을 띠는 건 다 그런 소치에서이니라.

좋은 땅에 지은 집에서 살면 그 사람들이 번성하게 돼 있다. 사람은 환경의 영향은 물론 땅의 기운을 받는 존재이기 때문이다. 날짐승도 아무 가지에나 둥지를 틀지 않는다. 바람을 보고 주변을 보고 둥지를 튼다. 산짐승도 그렇다. 산세를 보고 자기 생리에 맞는 입지조건을 보고 굴을 파느니. 하물며 만물의 영장이라는 사람의 경우는 일러 무엇하리. 나그네는 한순간을 쉬었다가 가더라도 길섶에서 좋은 자리를 골라 앉는다. 생활의 터인 집자리나 영면의 터인 묏자리는 당연히 고르고 골라야 하느니. 그것이 곧 풍수의 시작이었느니라.

풍수의 근간은 역시 조상의 묏자리다. 그게 더 효과가 빠르고 확실하지. 그래서 풍수 하면 묏자리 찾는 일로 생각하게 됐다만 꼭 그런 건 아니리라. 한 나라의 수도를 정하는 일도 결국은 풍수니까. 도선국사가 정한 고려의 개성, 무학대사가 정한 조선의 한양이 그 예지. 보다 상세한 건 나중 현장을 답사하면서 배우게 되리라."

태을은 서안 앞에 앉아서 강론을 펴나갔다. 득량은 스승의 말을 한마디도 놓치지 않으려고 정신을 바짝 차렸다.

땅에 흐르는 지맥(地脈)을 용(龍)이라 부른다. 본래는 상상 속의 상서로운 동물인데 풍수에서는 산을 용으로 본다. 높은 산에서는 쉽게 형상을 드러내지만 평양(平洋)한 곳에서는 자세히 들여다봐야 용을 발견할 수 있다. 평평한 곳에서 용을 찾아내면 좌우에 청룡, 백호가 없어도 연못이나 호수, 강을 만나면 그것을 명당 삼아 자리를 쓸 수 있다.

동양인의 사유구조를 이해하기 위해서는 몇 가지의 용어를 잘 해석해야 한다. 태극이나 음양, 이기론 등과 함께 이 용을 이해해야 한다. 《본초강목(本草綱木)》이나 《용변증설(龍辯證說)》에서 말하는 용은 매우 재미있다. 등에는 여든한 개의 비늘이 있고, 입가에는 수염이 있으며, 턱밑에는 명주(明珠)가 달려 있다. 머리 위에는 뿔과도 같은 척목(尺木)이 달려 있는데 이것이 없으면 하늘에 오를 수 없다.

용은 여러 짐승의 속성을 한몸에 지니고 있다. 뿔은 사슴뿔과 흡사하고, 머리는 소, 입은 당나귀, 눈은 두꺼비, 귀는 코끼리, 비늘은 물고기, 배는 뱀, 수염은 사람, 발은 봉황과 닮았다. 날개가 없지만 구름을 부리고 탈 수 있으니 가히 축복받은 짐승이 아닐 수 없다. 한데 왜 이런 용을 풍수에서 받아들였을까. 그것은 바로 변신에 있다. 용은 자유자재로 변신이 가능하여 갖가지 짐승이나 사람으로 변하기도 하며, 나무, 물, 바위, 산, 심지어는 하늘의 별이 되기도 한다. 그래서 용이 풍수의 용어가 된 것이다.

풍수에서 용이란 보통 산을 가리키는 말이지만 평지보다 조금만 높아도 용이라 할 수 있다. 가령 산이 없고 논밖에 없는 평야지대에서는 논둑이나 수로를 따라 용이 흐른다. 주택이나 건물이 밀집된 도시에서도 유심히 들여다보면 용맥이 흘러가는 곳을 감지해낼 수 있다. 헤아리기 어려울 때는 비 오는 날에 물이 흘러내리고 모이는 지점을 따져서 추측해낼 수 있다. 자연상태에서의 물은 반드시 높은 곳에서 낮은 곳으로 흐르기 때문이다.

이 나라의 모든 용은 태조산(太祖山)인 백두산에서 뻗어 나오는데 등뼈와도 같이 큰 줄기를 간룡(幹龍), 간룡에 갈라져 나온 것을 지룡(枝龍)이라 한다. 《산경표》에서 백두대간이라고 하는 용어도 백두산에서 뻗어 내린 큰 줄기가 되는 산맥을 이르는 것이다. 그 다음에 정맥이나 지맥이라는 이름이 붙는다.

태조산 백두산은 영산이다. 머리에는 천지 못을 이고 있고 땅속 깊은 곳에는 불을 간직하고 있다. 화산이라는 말이다. 《주역》의 64괘 가운데 수화기제(水火旣濟) ䷾ 로 물은 위에 있어서 밑으로 내려가려 하고, 불은 밑에 있어서 위로 올라가려 하니 음양의 기가 융화되어 만사가 순조롭게 된다. 태조산이 이처럼 영험하니 이 땅은 그 어느 나라 땅보다 풍수의 영향을 받게 된다.

용에는 귀한 것〔貴龍〕이 있고 천한 것〔賤龍〕이 있으며, 몇백 리 내지 천 리나 되는 긴 것〔長龍〕, 수십 리 이하의 짧은 것〔短龍〕, 크고 엉성하게 이어져 있는 것〔老龍〕, 작고 예쁘장한 것〔嫩龍〕, 길한 것〔吉龍〕, 흉한 것〔凶龍〕, 살아 있는 것〔生龍〕, 죽어 있는 것〔死龍〕 등 다양하다.

용이 생기(生氣)를 맺는 곳을 혈(穴)이라 한다. 흔히 침구(針灸)에서 말하는 인체의 경혈(經穴)에 비유된다. 장서(葬書), 곧 《금낭경》에서는 털끝만치의 차이로 화복이 바뀐다(毫釐之差, 禍福千里)고 이른다. 마치 혈이 아닌 곳에 침을 뜨면 아무런 효과가 없고 자칫 목숨을 잃게 되는 것처럼 생기가 응결하는 혈자리를 못 찾고 엉뚱한 데 관을 묻게 되면 화를 당한다는 논리다. 이 혈은 모양에 따라 와, 겸, 유, 돌 이렇게 네 가지 모양을 기본형으로 삼는다.

혈 주위를 둘러싼 산이나 구릉들을 사(砂)라고 한다. 이것은 옛 사람들이 산세를 설명할 때나 상지술(相地術)을 전수하고자 할 때 모래를 이용해 그 형세를 그렸던 데서 연유한다. 옥룡자 도선국사가 이인에게 풍수술을 배웠다는 지리산 섬진강변 구례 사도리(砂圖里)라는 지명이 거기서 유래한다. 모래로 산천의 형세를 빚어가며 산공부를 했다는 것이다. 국사의 풍수스승이 이인(異人)이라고 전하지만 신비화시키기 위한 말일 뿐이다. 범상치 않은 고수의 인적사항을 잘 모르니까 이인이라고 하는 거지, 알고 나면 일가를 이룬 대가인 것이다.

이 밖에 좌청룡 우백호, 조산, 주산, 안산, 입수, 두뇌, 득파, 미사 등 많은 용어가 있는데 처음에는 복잡한 것 같지만 눈을 뜨고 나면 혈을 맺게 하는 요소들에 지나지 않음을 알게 된다.

명당의 기본도를 보라. 영락없는 여자의 성기다. 이 세상에 여자의 자궁만큼 편하고 생명력 넘치는 곳은 없다. 자궁은 생명을 잉태할 수 있는 모든 조건을 갖추고 있다. 남녀를 불문하고 인간은 모두 이 자궁 속에서 태동한다. 자궁은 인간들의 영원한 고향일 수밖에 없다. 그리하여 죽어서도 그곳으로 돌아가고자 한다. 그런 소망의 결실이 바로 명당이다.

혈자리는 곧 자궁으로 통하는 문에 지나지 않는다. 그 문이 질(膣)이다. 혈자리를 안쪽에서 감싸고 있는 좌청룡 우백호가 소음순이고 밖에서 감싸고 있는 게 대음순이다. 주산은 배꼽 밑에 툭 튀어나온 불두덩이고 그 아래 입수처가 음핵이다. 이처럼 여성의 성기로서의 조건을 두루 갖춘 땅이 명당이 되는 것이다. 좋은 땅이라는 게 다른 게 아니다.

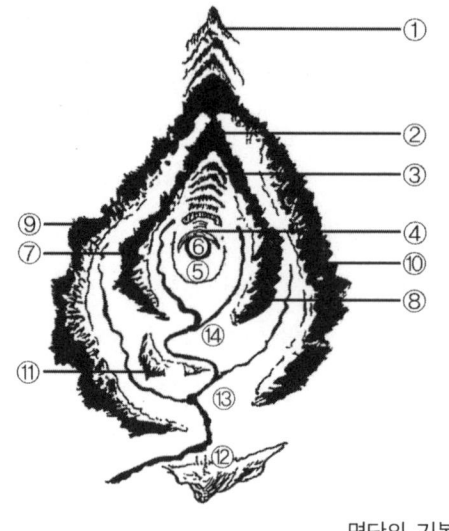

① 조종산(祖宗山) ② 주산(主山)
③ 입수(入首) ④ 선익(蟬翼)
⑤ 명당(明堂) ⑥ 혈(穴)
⑦ 내백호(內白虎)
⑧ 내청룡(內靑龍)
⑨ 외백호(外白虎)
⑩ 외청룡(外靑龍) ⑪ 안산(案山)
⑫ 조산(朝山) ⑬ 외수구(外水口)
⑭ 내수구(內水口)

명당의 기본도

하다면, 조상의 뼈를 여성의 성기와 닮은 좋은 땅에 묻어서 과연 영험을 본다고 어떻게 믿겠는가. 땅속에 묻은 송장을 체백(體魄)이라 하는데 체는 뼈로써 땅으로 돌아가고 백은 정신으로써 하늘의 정령계로 들어간다. 땅으로 돌아간 뼈가 생기를 받아 동기(同氣, 기가 같은 혈족이나 부부)에 감응하게 된다. 죽은 조상의 뼈가 산 자손에게 힘을 발휘하는 것이다. 일종의 전파 같은 것인데 주파수가 서로 맞으면 반응하는 것이다. 사람은 땅이 가진 생기의 산물에 지나지 않는다. 그 생기를 가장 많이 받는 게 죽은 사람의 뼈다. 죽은 사람은 활동이 없기 때문에 고스란히 그 기운이 자손에게 미치고 만다. 다만 묻힌 자리가 좋은 땅이라야 한다. 좋지 못한 땅은 되레 화를 불러오는 것이니 묘 잘못 쓰고 집안 망했다는 말이 여기서 나왔다.

생기가 오는 것과 그 기운이 그치는 곳은 물이 인도하고 함께한다. 생기가 모이는 곳은 또한 바람의 흩어짐이 없어야 한다.

풍수에서 좋은 땅을 고를 때는 대체로 용혈사수향(龍穴砂水向)이라 하여 용맥이 흘러오는 산과 사격, 물 그리고 방위 등을 보게 된다. 간룡법(看龍法), 장풍법(藏風法), 득수법(得水法), 점혈법(占穴法)이 그에 따른 술법인데 기본적으로 음양오행(陰陽五行)을 모르고서는 접근이 어렵다.

하지인의 방문

태을의 강론은 여러 날 계속 이어졌다. 득량에겐 어렵고 까다로운 내용들이었다. 아무리 쉽게 설명하려 해도 이 단계까지는 기초라서 새겨 두어야만 했다

이윽고 개략적인 설명이 끝나자 태을은 산서 몇 권을 내놓았다. 《청오경(靑烏經)》, 《금낭경》, 《호순신(胡舜申)》, 《명산론(名山論)》, 《탁옥부(琢玉斧)》, 《설심부(雪心賦)》 등이었다. 그 얇은 책자들은 태을이 어렵게 구해 모아온 것들로서 표지에 손때가 묻어 있었다.

"이 풍수서들을 꼼꼼히 따져보면서 읽어라. 굳이 외우려 들지 않아도 이치를 따져가며 읽게 되면 자연스레 암기하게 되리. 이해가 어려운 대목이 나오면 그때그때 묻도록 하고. 이 외에도 고단수의 서적과 비전의 전적이 있다만 우선 기초부터 다진 다음에 훗날에 전해주겠다."

"선생님, 이 모든 책자들이 중국 것들뿐이네요."

득량이 물었다.

"그것 말고도 훨씬 많은 풍수서가 있는데 거의가 중국에서 들어온 것들이다. 당나라 때 양균송(楊筠松)이라는 명사의 저작 《감용경(撼龍經)》은 용맥을 공부하는 데 매우 중요한 책이지. 공부가 깊어지면 건네주겠다. 전에 말했듯 우리나라에도 전통 자생풍수가 있었다. 하지만 산천의 순역을 살피고 직관을 중시하며 적임자가 아니면 전해주지 않는 유습 때문에 체계적인 서적이 적다. 중국은 나라가 크고 인물도 많은 게 사실이다. 저마다의 설을 책으로 내놓고 한 시대를 풍미했지. 하지만 그 책들을 그대로 다 믿을 수는 없다. 저마다 특장도 있지만 한계도 있기 때문이다. 책이라는 게 지식을 전달하는 더 없이 좋은 수단이지만 때로 진실을 왜곡해 놓는 경우도 많다. 《멸만경(滅蠻經)》이라 하여 중국을 제외한 이민족을 망하게 하려고 일부러 가짜술법을 뒤섞은 책들을 세상에 퍼뜨리기도 했으니까."

"치졸한 발상이네요."

"그러냐? 어차피 책은 책일 뿐이다. 이론과 실제는 다르지. 진위는 현장에서 얻은 자신의 경험과 미립으로 가려야 한다. 풍수에서 무엇보다 중요한 것은 용의 생사를 파악하는 것과 혈을 찾는 일이다. 그걸 개안(開眼)이라고 하는 거지. 어떤 책을 아무리 잘 소화해도 현장경험이 없으면 개안은 안 된다. 네가 개안이 되면 그때 비로소 보여줄 책들이 있다. 그건 중국서적이 아니라 우리나라 명사들이 남긴 책들이다."

득량은 깜짝 놀랐다. 우리나라 지가서가 없는 게 아니라 했다. 기초를 다지고 현장경험을 얻어서 한소식 들은 다음, 맨 나중에 읽어야 할 보배라는 얘기였다. 득량은 그게 어떤 책들인지 몹시 궁금했지만 아직은 물을 때가 아니었다. 기초를 담고 있다는 지가서들도 이제 손에 든 마당이었다.

스승 태을로부터 산서를 전해 받은 득량은 매일 독서에 몰입했다. 그는 초저녁에 등잔불을 켜고 방에 들어가면 다음날 아침에야 등잔불을 끄고 나왔다. 낮에는 낮대로 부지런히 산에 올랐다. 바람의 얼굴을 보는 일과 물의 마음을 읽는 일이 아직도 숙제로 남아 있다는 걸 잘 아는 그였다. 용을 보는 안목이 생겨가고 있으니 바람과 물을 보는 눈도 달라질 것이었다. 바람과 물은 용의 흐름과 아주 밀접했다.

이 무렵 득량은 여성에 대해서 이따금씩 상상해보는 버릇이 들었다. 밤에 잠자리에 들 때면 여체가 그리워졌다. 산맥은 힘차게 내달리고 물은 그 산맥을 감아 돌면서 유장하게 흘러간다. 갑자기 산이 불끈 솟아오르고 물은 명주치맛자락처럼 산을 휘감는다. 구름이 낮게 깔리면서 분홍빛 뺨을 가진 선녀가 너울너울 춤을 추며 하강한다. 불끈 솟구친 산맥은 어느새 득량 자신으로 돌변해 있었다. 능수능란하게 변화하고 재주를 부리는 용이 산이었고 득량 자신이었다. 선녀는 속이 훤히 비치는 설핏한 항라를 걸치고서 득량을 품속으로 이끌었다. 복사꽃 향기가 은은했다. 봉긋한 젖무덤에 얼굴을 묻었다. 살결이 표현할 수 없을 만큼 부드럽고 촉촉했다.

득량의 얼굴은 어느덧 아래쪽으로 미끄러져 내려가고 있었다. 오동통한 배 부위를 타고 내려가니 실팍한 두덩이가 자리잡고 있었다. 거기서부터는 다복솔밭이었다. 솔향기를 따라 내려갔다. 입수처가 나타났다. 스승 태을이 한지에 붓으로 그려 보인 모양과 똑같았다. 볼록한 도두처(倒頭處) 아래로 여러 혈증이 보였다. 선익(蟬翼, 매미날개 형태로 혈을 감싼 지각)과 순전(脣氈, 혈 아래 남은 기운이 끼친 흔적)이 완연했다. 그 사이가 혈이었다. 혈자리를 보고 싶었다. 꼭 보고 싶었다. 바투 다가가 들여다보니 붉은 혈토가 비치면서 뜨거운 기운이 뿜

바람과 물의 얼굴 67

어져 나왔다. 순간 산천에 잠겨 있던 용 한 마리가 꿈틀하고 구름 속으로 솟구쳐 올랐다. 여의주는 바로 혈자리 속에 들어 있었고 용은 머리를 빳빳이 세우고서 여의주를 찾아 혈속으로 빨려 들어갔다. 대지가 흔들리고 천둥번개가 쳤다. 앞을 분간할 수 없는 장대비가 쏟아졌다.

이른 새벽, 자리가 축축해서 깨어보니 몽정(夢精)이었다. 속이 허한 것인가. 쑥스럽고 찜찜했다. 득량은 바우의 처에게 이 속옷을 빨게 할 수 없었다. 뭉쳐서 배낭에 넣고 계곡에 들어가서 손수 빨아 너럭바위에 말렸다.

득량은 스물다섯 살의 건장한 청년이었다. 생리현상에 객쩍을 필요까진 없었다. 그는 그날 밤 긴 편지를 썼다. 이성에 대한 그리움이 농익어든 문장이었다. 처음부터 그러려고 한 것은 아니었는데 무의식적으로 서울 하지인을 향한 넋두리가 되고 말았다. 이른 아침에 간밤의 편지를 다시 읽어본 득량은 멋쩍게 웃으며 부엌 아궁이에다 불꽃의 먹이로 던져버렸다. 굶주린 불꽃은 혀를 날름거리며 어설픈 욕망의 찌꺼기를 먹어치웠다. 허망한 그리움이었다.

"도련님, 무엇을 그렇게 잽싸게 태우는 거예요?"

바우의 처가 도마질을 하다가 보고는 웃었다.

"아닙니다. 오랜만에 붓글씨 좀 써본 건데 영 맘에 안 들어서요."

득량은 후닥닥 부엌문을 나섰다.

조반을 먹고 득량은 다시 나옹암 석굴로 갔다. 지난번에 들어온 할아버지와 손녀는 거기서 아예 살림을 살고 있었다. 얘기를 나누고 보니 경상도 충무 사람들이었다. 그들은 지리산 백무동을 거쳐 이곳까지 오게 됐단다.

"쟤 어무이 애비가 무꾸리였시더. 섬으로 굿 나갔다 돌아옴서 풍랑 만나가꼬 수장됐지 않았겄소. 젊디젊은 것들이 참 안됐소. 쟤가 첫앤디 똑 하나 낳고 참변을 당했지 뭐요. 한날한시에 죽을 운이었나 보오."

노인은 담배를 깊숙이 빨아들이며 얘기를 계속했다. 그 옆에서 손녀딸이 머루 같은 눈동자를 굴리고 앉아 있었다.

노인의 며느리 집안은 대를 물려온 세습무 집안이었다. 친정어머니 되는 이는 소리도 구성지고 굿도 잘해서 충무 일대에 이름이 자자했다. 그녀는 칠남매를 뒀는데 하나같이 무업(巫業) 잇기를 꺼렸다. 무당이라고 천대받는 게 싫어서였다. 그들은 하나 둘 타관으로 떠나버렸다. 그러다 어떻게 해서 막내딸이 어머니의 무업을 잇게 되었다.

노인의 아들이 장가든 집이 그 집이었고 고기잡이가 시원치 않게 되자, 아들은 아예 장모와 아내가 여는 굿판을 따라다니며 장구를 쳐주기에 이르렀다. 박수가 된 것이다. 이름이 났으므로 주문이 밀렸고 벌이는 좋았다. 살림이 금방 늘어갔다. 그들은 다 쓰러져가는 초가집에 살다가 큰 집을 사서 이사를 갔다. 방도 많고 마당도 넓었다. 한 가지 흠이라면 우물이 멀었다. 말 타면 종 두고 싶은 게 사람 욕심이었다. 넓은 마당 놔뒀다 둘둘 말아 갈 것도 아니었다. 마당 한가운데 샘을 팠다. 암반이 나올 때까지 깊게 판 샘이라 물맛이 아주 좋았다.

"그 때문이었소. 샘 파고 똑 한 달 있다가 사고가 터져뿌렸응께. 나중에 알고 보니 집터가 배터였다지 않것나. 뱃바닥에 구멍을 뚫었으니…."

흉사가 터지자 노인은 그 집을 팔아치웠다. 그 뒤, 어린 손녀딸을 데리고 바람처럼 떠돌기 시작한 것이다.

피 탓이었을까. 손녀딸은 자라면서 혼자 중얼중얼 하곤 했다. 갑자기 떡이 먹고 싶다고 하기도 하고 비를 맞고 싶다고도 했다. 이상한 일은 그 직후에 벌어졌다. 기다렸다는 듯이 이웃집에서 떡 사발이 들어왔고, 마른하늘에서 비가 내렸다. 그런 일이 한두 번이 아니었다. 점쟁이한테 갔다. 점쟁이는 명산으로 데리고 다니면서 산기도를 하게 하라고 일렀다. 지리산 백무동(百巫洞)도 그래서 갔고 이곳 마이산에 온 것도 그 때문이었다. 아직까지는 너절한 잡사(雜事)에만 신통(神通)한데 기도를 해서 영험을 얻으면 장차 미래를 내다볼 거라 했다.

득량은 언년이라는 그 계집애에게 말을 걸어보았다.

"몇 살이지?"

"열한 살."

"기도는 누구한테 하지?"

"산신령한테 한다."

"왜 하는데?"

"신통을 얻으려고 하지."

계집은 꼬박꼬박 반말이었다. 표정도 아랫사람 대하듯 아주 천연덕스러웠다. 제 할아버지 외에는 누구한테나 반말이라고 노인이 귀띔해주었다. 아무리 그러지 말래도 고쳐지지 않는다 했다. 아마 무슨 조홧속인 모양이었다. 그러지 않고 저 꼬맹이가 무엇을 알아맞힐 수 없을 뿐더러 아무한테나 반말을 쓸 리 없었다.

그날 나옹암에서 내려온 득량은 스승과 스님에게 언년이 얘기를 비쳤다. 절 마루에서 구기자차를 나누면서였다.

"신이 붙긴 붙은 모양이구나."

구암스님이 고개를 끄덕였다.

"미래를 내다보는 게 정말 가능한 일인지요?"

득량이 스님과 스승 가운데 어느 한 사람을 가리지 않고 물었다. 대답한 쪽은 구암스님이었다. 스님은 자상하게 일러줬다.

"불가에서는 그 경지를 육통(六通)이라고 한다. 첫째가 천안통(天眼通)이니, 육안으로 볼 수 없는 것을 능히 보는 신통이다. 일반 사람들은 벽이나 베 한 장만 가려져 있어도 볼 수 없는 것을 천 리 만 리 떨어져 있어도 보는 눈이다. 사람은 보통 세 번 눈을 뜬다. 아침에 잠자리에 일어나 육안을 뜨고, 공부나 경험을 통해 다시 새로운 눈을 뜨고, 나아가 영적인 눈을 뜨게 되는 것인데 일반인들은 기껏 한 번이나 두 번밖에 눈을 뜨지 못한다.

둘째는 천이통(天耳通)이니, 보통 사람의 귀로는 듣지 못할 음성을 듣는 신통이다. 작게는 봄날 정원에 꽃이 피어나는 소리를 들을 수 있고, 크게는 하늘의 비밀스런 말씀까지 듣는 것이다.

셋째는 타심통(他心通)이니, 나 아닌 다른 사람의 의사를 훤히 들여다보는 경지다. 곧 마음의 눈인 심안(心眼)이 열린 것과 같다. 가령, 관상쟁이가 얼굴의 오행상태를 보고 성격과 운명을 읽어내고, 한 의사가 이목구비를 보고 뱃속의 건강상태를 진찰하고, 풍수가 땅 거죽을 보는 것으로 땅속을 읽는 것과 같다.

넷째는 숙명통(宿命通)이니, 과거세를 아는 것이고.

다섯째는 신족통(神足通)이니, 여의통(如意通)이라고도 하는 것으로 육신으로는 능히 다다르지 못할 경계를 자유자재로 넘나들어 몸을 나타내고, 마음대로 날아다니기도 한다.

여섯째는 누진통(漏盡通)이니, 자유자재로 번뇌를 끊는 힘이다. 이 힘이 있으면 어떤 상황이 닥쳐도 절대 번뇌에 물듦이 없다. 곧 해탈한 몸이 된 것이니라.

이 육통 가운데 천안통, 천이통, 타심통 이렇게 셋을 갖춘 이는 예지가 남달리 크게 밝은 자이니 세인들이 현자(賢者)라 부르기를 서슴지 않는다. 나머지 셋을 마저 얻어 그야말로 육통을 깨친 이를 해탈했다 하여 여의자(如意者)라 부르느니. 이 경지에 이르면 현자가 아니라 대원(大圓)경지에 이른 성자(聖者)나 입신(入神)의 경지에 들어간 것이다."

스님은 득량을 정관하며 설명했다. 그는 찻잔을 기울여 목을 축인 다음, 진태을 쪽으로 시선을 돌렸다. 무엇을 생각했던지 빙그레 웃음을 흘리면서 다시 입이 열렸다.

"너의 스승 되는 이는 이미 사통을 깨치신 분이다. 숙명통까지는 깨쳤다고 보지만 신족통과 누진통을 못 깨쳤으니 대원경지는 못 얻고 지혜를 얻는 단계에서 멈추고 만 셈이다. 왠지 알겠느냐?"

"......?"

"쓸데없는 소리!"

득량이 침묵으로 의문을 표하자, 스승 태을이 빗장을 내질렀다.

"끄음! 그 이유란 불도(佛道)에 입문하지 않아서이니라. 무상심심미묘법(최고의 진리)을 모르니 어림도 없지."

불도가 더없이 미묘한 최고의 법이라는 주장이었다.

"일찌감치 불도에 입문한 그 중은 왜 육통을 못 깨쳤느뇨?"

스승 태을이 역공에 나섰다.

"금생에 못 깨치면 다음 생에 다시 와서 깨칠 생각이네. 그 중생 복 빌다가 늦은 걸 누가 탓하리. 허허허."

호방한 웃음이 담을 넘었다. 칠십이 된 두 노익장은 청년 득량 앞에서 나이를 잊은 것일까. 티격태격 아이들처럼 굴었다. 천진한 마음이 딴 게 아니었다.

"구암이 불가의 육통을 말해줬으니 나는 속가의 삼통(三通)을 말해주리. 정히 삼통이라고 이름 지어진 건 아니지만 그렇게 불러도 내용은 다치지 않지.

첫째는 법통(法通)으로, 부지런히 공부해서 얻게 되는 지혜를 말함이다. 격물치지(格物致知)지. 이치를 따지고 궁구(窮究)해서 지혜로운 삶을 영위하는 것이다. 둘째는 신통(神通)으로, 책을 보거나 누구로부터 가르침을 받은 바 없이 어느 날 문득 깨치는 것이니라. 셋째는 도통(道通)으로, 오랜 공부와 수양을 통해 얻어진 가장 큰 지혜이니라. 어떤 공부가 됐건 도통의 경지에 도달하는 걸 최고의 미덕으로 삼느니. 여러 가지 여건이 갖춰져야지 여간해서는 얻을 수 없다.

이 셋 가운데 가장 경계해야 할 게 신통인데 그 까닭은 어느 날 홀연히 깨친 지혜라서 자신도 모르는 사이 홀연히 닫혀버리고 말기에 그렇단다. 아무것도 쌓은 것 없이 얻었으니 잃을 때도 아무것도 남지 않는 것이지. 산에 들어가서 주문을 외우거나 기도해서 받는 게 신통인데 권할 게 못된다.

가장 견실한 지혜는 역시 하나하나 따지고 익혀서 얻은 법통이로되 그 한계가 있다. 배움은 곧 자[尺]를 얻음과 같으니 그 자로 언제 어느 때건 사물과 사건을 재고 헤아릴 수 있으리. 하지만 세상사란 워낙 오묘해서 처음부터 그 자를 들이대지 못할 일이 많으니 그게 아쉽다. 때문에 신통을 선호하는 사람들이 많은 것이다. 피하기 쉽지 않은 유혹 같은 것이지.

도통이란 곧 법통에 신통을 더한 것과 같으니, 만약 그렇게 된다면 두 발을 땅에 딛고 사는 사람들의 일이라면 가히 못 보고 못 해낼 게 없으리. 하늘을 날아다닌다거나 번뇌를 끊는 일을 어찌 살아 숨쉬는 자가 자유자재로 행할 수 있을꼬? 그거야 머리 깎은 이들이나 참선하면서 몽상해볼 일인 게지."

진지하게 소론을 편 태을은 끝에 가서 구암선사 들으라고 호미걸이를 하고 나왔다. 찻잔 앞에서 한담을 나눌 때나 있는 보기 드문 일이었다. 하긴 두 사람에게나 한담이었지 득량에게는 강론이었다.

"자네가 할 수 없다고 남까지 못한다고 단정 짓지는 마시게. 색(色)과 공(空)의 경계를 무너뜨리면 못할 것도 없지."

구암선사가 차원이 다른 말로 받아쳤다. 세계관이 다르면 한 주제로 결론을 낼 수가 없다. 관점이 달라도 마찬가지였다. 먼저 이해한 이후에 비판할 수 있는 것이다. 문제는 이해를 하면 비판하지 않게 된다는 점이다. 그러니 서로 다름을 인정하며 공존하는 방법이 유일한 대안이었다.

"스승님, 풍수서에서 행주형(行舟形)이라고 하는 배터에는 샘을 파면 안 되는 것입니까? 솔직히 믿을 수가 없습니다."

득량은 나옹암 노인의 집에 있었던 얘기를 하며 물었다.

"그 말은 이치에 맞는 얘기다. 만약 그 집터가 배 형국이었다면 마당에 우물을 파지 말았어야 했다. 사실 집안에 나무 한 그루, 풀 한 포기를 심는 일도 아무렇게나 해서는 아니되느니. 정원을 꾸밀 때는 가리는 게 많다. 지붕 위에 나뭇잎이 떨어지면 집안이 망한다는 말이 있다. 애초부터 지붕을 능가하는 큰 나무는 집안에 끌어들이는 게 아니다. 크게 자라는 나무를 심으면 나중에 베어낼 때 근심이 생긴다. 집 주위의 큰 나무에는 목신(木神)이 깃들이기 때문이다. 그대로 두면 태풍이나 벼락에 맞아 집을 덮치게 생겼고 그렇다고 베어내자니 동티가 나게 생겼지, 걱정거리가 아니고 뭐냐. 뿐만 아니라 나무그늘이 채광을 막고 뿌리가 크게 번져 사람이 받아야 할 땅의 생기를 나무가 빼앗아간다. 등나무 따위의 비틀어지는 나무도 꺼린다. 집안일이 뒤틀리기 쉬운 탓이다. 침엽수도 꺼리는데 잎 모양이 삶을 찌르는 듯한 느낌을 주기 때문이다. 적합한 수종은 매화, 구기자, 목련, 동백, 치자, 수국, 모과, 감, 대추, 석류, 대나무, 모란, 능소화, 장미 등의 화초 따위가 적당하다.

마당에 못을 파거나 돌을 깔면 크게 흉하다. 어린 자손이 무심코 노닐다가 빠져서 죽을 수도 있고 넘어져 몸을 다치는 수가 많다. 또한 수기(水氣)가 방안까지 스며들어와 건강을 해치기 쉽다. 만일 마당에 수맥이 흐르거나 질척거리면 못을 파서 물 기운을 모을 필요가 있지만 이때는 담장을 낮게 쌓아 통풍이 잘되게 해야 한다. 마당에 돌을 까는 것 역시 신중해야 한다. 돌은 물을 부른다. 또한 땅을 억누르고 생기를 차단하여 손해를 보기 쉬우니 부분적으로는 몰라도 전체를 까는 일은 돈 들여서 화를 자초하는 짓이다.

더욱이 대문이나 창을 내는 일, 기둥을 가는 일은 매우 신중해야 한다. 좀 과장된 얘기다만 집터만 잘 잡아도 아침에 거부가 되고, 저녁에 신선이 된다고 했느니라."

태을의 설명은 다시 주위 환경과 대지의 선택으로 이어졌다. 그것은 아주 복잡하고 세세한 것이었다. 적당한 데에 터를 잡고 남향으로 지어 살면 되는 게 아니었다.

"계세요?"

태을의 강론이 한참 벌어지는데 밖에서 여자 목소리가 들렸다. 공들이러 온 신도라도 찾아온 모양이었다. 워낙 찾는 신도가 적어서 초파일이나 백중, 초하루 법회 같은 날을 빼면 평소에는 하루에 한둘이 고작이었다.

"어떻게 오셨나요? 법당은 저 위쪽입니다."

바우가 안내하는 소리였다. 문에 발이 쳐져 있었고 각도가 비켜선 자리여서 바깥의 동태가 잘 보이지 않았다.

"저 정득량 씨를 찾아왔는데요."

득량은 직감적으로 한 여인의 얼굴을 생각해냈다. 얼굴이 붉어진 그는 스승 태을과 구암선사에게 머리를 조아린 다음, 발을 걷어내며 밖으로 나왔다. 그랬다. 그녀였다. 간밤에 편지를 썼다가 보내지 못하고 불살라버린 대상, 서울의 하지인이었다. 그가 편지를 쓰고 있던 어젯밤, 하지인은 남녘 여행을 준비하고 있었다는 얘기였다. 놀라운 일이었다. 700리 상거(相距)의 벽을 뛰어넘어 서로 교감하는 무엇이 있었던 것이다.

"연락도 없이 이 먼 길을!"

득량은 깜짝 놀라 반가우면서도 바우 내외의 눈치를 살폈다. 바우는 싱글벙글하며 자기 색시가 찾아온 것처럼 달떴다.

"어머!"

하지인은 득량의 행색을 보고는 그만 말문이 막혀버렸다. 상상하지도 못했던 모습이었던 것이다.

"왜 그렇게 놀라지?"

"득량 씨 맞아요? 맞네요. 득량 씨가 안 찾아주니 제가 와야지요."

카키색 투피스 양장에 양산을 든 하지인은 그렇게 말하면서 득량의 행색을 보고 여간 놀라는 눈치가 아니었다. 그 말쑥하던 청년신사가 한복에 더부룩한 머리를 하고 있었기 때문이다. 하지만 눈빛만은 여전히 맑고 깨끗했다. 지혜가 가득한 증표였다.

"아무튼 용케 잘 찾아왔네. 우선 인사드려. 바우 형님 내외서."

하지인이 마당에 선 채로 한 손을 여미며 공손히 반배를 올렸다.

"잘 왔어요. 물 좋고 시원한 산골이니 편히 쉬었다 가요. 여보, 얼른 맛난 것 좀 만들어 대접해야지. 곧 저녁 공양시간여."

바우의 말에 그의 처가 목례를 한 다음 부엌으로 들어갔다.

"스님과 선생님 뵙지."

득량은 지인을 방으로 안내했다.

지인은 다소곳이 무릎을 옆으로 포개 앉아서 절을 올렸다. 단발머리 뒷목이 하얗게 드러났다. 두 노익장은 한꺼번에 한 번만 하도록 했고 맞절을 했다.

"하지인입니다. 예쁘게 봐주세요."

"정혼한 사이신가?"

구암선사가 물었다. 진태을은 말없이 이목구비를 뜯어보고만 있었다.

"학창시절에 서울서 사귀어온…."

하지인이 말했다.

"무슨 생인고?"

역시 구암선사의 물음이었다.

"무신생(戊申生), 스물둘입니다."

"우리 득량이가 을사생 뱀띠 스물다섯이니 육합(六合)이로군. 잘 어울리는 한 쌍이야."

"고맙습니다, 스님."

구암선사와 하지인이 더 좋은 합이 되어 말씀을 주고받았다. 스승 진태을은 구경꾼처럼 묵연히 바라보기만 했고 득량은 그런 스승의 눈치를 보느라고 불편했다. 풍수뿐만이 아니라 관상도 워낙 잘 보시는 분이라 아까부터 계속되는 침묵이 마음에 걸렸다.

"스님은 선승이시면서 언제 그런 궁합보는 법까지 익혔소이까?"

침묵을 깨고 나온 진태을의 말에 가시가 돋았다.

"그렇게 말하는 친구 잘 둬서 어깨너머로 익혔네. 허허."

"고단할 테니 쉬어요. 이 산 풍광이 수려하니 한 바퀴 돌아봐도 좋고."

 태을이 두 사람을 물러가도록 했다. 득량은 지인과 함께 밖으로 나오면서 마음이 좀 무거웠다. 스승은 분명 지인을 반기는 눈치가 아니었다.

"천천히 둘러보고 와라. 공양은 나중에 따로 해도 되니까."

 바우가 지인을 데리고 산보 나가는 득량에게 일렀다. 지인은 바우가 속정이 깊은 사람이라고 생각했다.

 두 사람은 탑영제 쪽으로 길을 잡았다.

"어머, 호수에 멋진 바위산이 담겼네요. 수묵화 같아요."

 지인이 아이처럼 탄성을 질렀다. 가지런한 치아가 한껏 드러났.

"저 물속에 바람의 얼굴은 안 보여?"

 득량이 웃지도 않고 진지하게 물었다.

"법학에서 문학으로 전공을 바꾸셨나요? 암튼 바람의 얼굴이란 표현은 너무 멋져요. 그 제목으로 시 한 편 써봐야겠네요."

"교사생활은 재밌어?"

"아이들을 가르치는 것은 보람되죠. 하지만 국어가 아닌 조선어 선생님으로서의 고충도 있어요. 식민지 교육이 심화되면서 조만간 조선어 교육이 폐지된다는 소문까지 떠돌아요."

"반만년이나 이어온 한 나라의 말을 그렇게 없앨 수 있을까?"

"하긴요. 그건 그렇구요. 득량 씨, 너무 의외의 변신이에요. 경성제국대학 다니던 수재 득량 씨가 왜 이렇게 변해버리셨어요."

 하지인이 호숫가에 앉아서 읊조렸다. 득량과 절집 사람들은 방죽이라고 부르건만 하지인은 호수라고 불렀다. 그게 그거였지만 왠지 호수라는 이름이 더 운치 있게 들렸다. 방죽이라고 하면 논에 댈 물을 모아두는 곳으로 붕어나 미꾸라지를 잡는 삶의 현장처럼 느껴지지만, 호수라고 하면 시어(詩語) 같았다. 하지인은 그처럼 멋과 낭만을 찾는 여인이었다. 그러나 눈앞의 현실은 냉정했다.

"지인도 딴 사람이 됐군."

하지인은 그새 참한 요조숙녀가 돼 있었다. 이렇게 만나고 보니 편지를 주고받을 때완 사정이 사뭇 달랐다. 사람이 그리운 산사생활 탓일까. 득량은 그저 알고 지내는 정도였던 그녀가 왠지 연인처럼 여겨졌다.

"그래요. 한쪽은 뒤로, 다른 한쪽은 앞으로 치달려 갔으니 딴 사람들이 됐을밖에요. 그래도 머리를 깎지 않고 길렀으니 상상했던 것보다는 나은 편이네요. 바람과 물, 산은 한낱 무생물이에요. 거기에 무슨 얼굴이 있고 마음이 있고 살아 숨쉰다고 이 해괴한 짓이에요?"

아까와는 달리 지인은 쌜쭉하게 토라져 있었다. 득량은 좋은 뜻으로 말했지만 지인은 괜한 쌤통을 부리고 있었다. 옛날의 분위기가 느껴져서 득량은 되레 친근감이 들었다.

"그렇게 골을 내니까 이제야 예전 지인이 같네."

"농담이 나오세요? 득량 씨, 지금이라도 청승 그만 떨고 복학하세요. 나중에 후회하지 마시고요. 경성제국대학은 아무나 다니나요?"

"경성제국대학 출신은 대자연 속에 묻혀 진리 깨치는 공부하면 안 되는 건가?"

"득량 씨 아니라도 그런 일은 많은 사람들이 하고 있어요. 세상이 다 인정하는 득량 씨가 법학공부를 때려치우고 이 산골에 묻혀 희한한 일에 빠져 있는 건 바둑판을 깎을 비자나무 원목으로 이쑤시개를 만드는 일처럼 어리석은 거예요. 말이 좋아서 대자연이고 진리지 솔직히 경쟁에서 뒤졌거나 밀려난 사람들이 자기합리화하는 말 아닌가요? 자연은 세상에서 깨지고 나서 들어가 위안받는 곳이에요. 도연명이 귀거

래사를 왜 읊었겠어요. 벼슬자리가 순탄했으면…."

하지인은 본질을 예리하게 꿰뚫었다. 역시 똑떨어지는 신여성이다.

"말 잘했네. 불과 1년 전 우리집이 어땠는지 알아? 집안이 엉망이었어. 지인이 말대로 깨져버리기 직전이었지. 그걸 아까 봤던 우리 선생님께서 돌려놓으신 거야. 그때 난 결심했어. 잘 나가던 가문을 불시에 습격하여 망가뜨리는 불행의 근원이 뭔지 알아내겠다고."

"행복이 있으면 불행도 당연히 있는 거잖아요? 마치 거울의 양면처럼 말예요. 그걸 너무 한쪽 방향에서만 원인을 찾으려고 한 건 아닌가요? 과연 풍수가 원인이었느냐구요?"

두 사람은 탑골 쪽으로 걸어 올라갔다. 그림속 같은 풍광이 펼쳐지는 산길이었다.

"난 보았어. 조부님의 산소를 고쳐 쓰고 집안의 우환이 말끔히 가시는 걸."

"우연이었겠죠. 심리적 효과이거나. 일본의 경우를 보세요. 그 사람들은 묏자리가 없어요. 모두 화장해서 납골당에 모시잖아요. 그런데 왜 조선을 병탄하고 러시아나 중국을 상대해서 이기고 있나요? 그들은 풍수를 무시해도 세계적 제국건설을 목표로 삼고 있어요."

지인의 논조는 빈틈이 없었다. 사실 1년여 전만 해도 그것이 바로 득량의 견해이기도 했다. 그런데 분명 뭔가가 있는데 그걸 어쩌랴. 득량은 군색한 변명 대신에 명쾌한 증거를 대주고 싶었다. 하지만 아직 밑천이 딸렸다. 그래서 생각해낸 것이 아리스토텔레스의 말이었다.

"인간은 사회적 동물이야."

"그래서요? 서양 철학자의 논리로 동양의 그릇된 풍습을 해석하려고 하는 건가요?"

지인은 득량 못지않은 두뇌의 소유자였고 독서량도 풍부했다. 득량은 오랜 만에 톡톡 튀는 상대를 만나니 흥미가 샘솟았다. 대화는 이제 논쟁으로 번졌다. 그러면서 득량은 지인에게 끌려드는 매력을 발견하고 있었다. 새침데기 여학생에서 성숙한 지성인으로 성장한 모습이 좋았다.

"인간은 환경의 지배를 받는 생명체 가운데 하나야. 다른 동물이나 식물도 마찬가지지. 경상도 청도의 씨 없는 감을 다른 지방에 갖다가 심으면 바로 씨가 생겨버리는 거 알아? 같은 나무도 산의 남쪽기슭 것과 북쪽기슭 것이 사뭇 달라. 적도 사람들과 북극권 사람들이 다른 것과 흡사하지. 인간이 만든 사상이나 종교, 문화도 마찬가지야. 그 세계에서만 통용되거든. 나라마다 문화권마다 상대론적 세계관이 있는 거고 그것 가운데 하나가 풍수라는 거야. 일본의 그 많은 신사나 귀신 숭배가 우리 조선에 통하던가? 서양의 기독교 문화도 그렇지. 세계관이 바뀌고 사회적인 인식이 주류로 바꾸기 전까지는 어림도 없어."

득량은 그렇게 말해놓고도 내심 우쭐했다. 자신이 품었던 의문을 하지인이 대신 물어주니 반론을 하면서 체계가 잡혔던 것이다.

"논리적으로는 맞네요. 제가 득량 씨를 무슨 수로 이기겠어요."

하지인이 걸음을 멈추고 물끄러미 건너다보았다.

"지인이를 이기려고 하는 말이 아니었어."

"왜 득량 씨가 그런 일을 해야 하는데요? 그저 남들이 손가락질하는 천직 아닌가요?"

"돈 벌려고 풍을 치는 사람이나 그렇지. 우리 선생님은 만인이 우러러보는 분이셔."

"전 그분 너무 무서워요. 사람을 쏘아보는 눈빛이 여느 할아버지 같지가 않아요. 자상한 구석이라곤 한 군데도 없어 보여요."

지인이 겁먹은 소녀의 표정이 되어 울상을 지었다.

"하하하. 제대로 봤네. 우리 선생님은 꺾이지 않는 날카로운 지성이야. 아마 100세가 되셔도 카랑카랑하실 걸."

득량이 목젖을 드러내 웃은 다음 자랑스레 말했다.

"그 분에게는 한없이 너그러우면서 제 입장 따윈 전혀 고려치 않죠?"

득량은 지인이 지금 무엇을 말하고 있는지 알 수 있었다. 지인은 완곡하게 자신의 마음을 드러내 보이고 있었다. 득량의 표정에 구름이 드리워졌다. 산 속에 파묻혀서 바람과 물의 얼굴을 보려고 애쓰는 지금의 자신이 서울에서 온 이 여인에게 어떤 말을 해줄 수 있단 말인가.

두 사람은 말없이 거닐며 탑골에 당도했다.

"아니, 어떻게 이 깊은 산 속에 이런 탑들이 있다죠? 산도 묘하지만 탑은 더 묘하네요."

지인의 표정이 밝아지며 탑들을 구경하느라 여념이 없었다.

"저 위쪽 두 기의 탑 꼭대기를 봐. 바람이 불면 흔들흔들 한다고. 하지만 절대 안 무너지거든."

"정말요?"

지인이 천지탑 쪽으로 올라갔다. 산막에서 인기척을 듣고 노인 하나가 나왔다. 이갑룡 처사였다. 백발이 성성하고 수염이 치렁치렁했다. 서로 인사는 없었지만 금당사에서 공부하는 득량임을 확인한 이 처사는 손짓으로 득량을 불렀다. 득량은 지인을 가리켜 보이며 둘러보고 가겠노라고 일렀다.

지인은 한참동안 천지탑 아래서 고개를 쳐들고 탑을 우러렀다. 그러더니 갑자기 무릎을 꿇고 기도를 올렸다. 전혀 예기치 못한 일이었다. 득량은 묵묵히 지켜보았다. 지인의 기도는 길게 이어졌다. 지인이 몸을 일으켰을 때, 득량은 보았다. 그것은 분명 눈물이었다. 뺨을 타고 흘러내린 두 줄기 눈물이었다. 언제나 명랑하고 자신감 넘치는 그녀에게 이런 면이 있었던가.

"내려가요, 그만."

지인은 돌아서서 손수건으로 눈물을 훔쳐낸 뒤, 아무렇지도 않은 것처럼 웃었다. 득량이 다가가서 살며시 끌어안았다. 지인이 머리를 기대왔다.

산막 앞에 이르니, 넓적한 돌 위에 하얀 사발 두 개와 호리병 하나가 놓여있었다. 이 처사가 내놓은 마실 것이었다.

"드시게. 솔잎 따서 만든 식초야. 시원한 석간수와 섞었어. 갈증 해소에는 그만일 게요."

마루에 앉은 이 처사의 수줍음 깃든 목소리였다.

"고맙습니다, 어르신."

득량이 사의를 표하자 지인도 가볍게 목례를 했다. 솔잎식초는 새콤달콤했다. 솔잎을 꿀로 삭혀 발효시킨 것 같았다. 속가에서는 맛보기 어려운 선식(仙食)이었다. 두 사람이 먹을 만큼 마시고 감사인사를 하고 내려가려는데 이 처사의 모습은 보이지 않았다. 산에 기도하러 올라간 듯했다.

두 사람이 금당사로 내려왔을 때 날은 저물어 있었다. 득량의 방에서 겸상으로 공양했다. 꼭 부부 같았다.

밤이 이슥해서 득량은 지인에게 잠자리를 만들어주고 스승 진태을의 방으로 건너갔다. 스승은 깨어 있었지만 가만히 누워만 있었다. 베개와 홑이불을 가져다가 옆에서 누웠다.

"저, 선생님!"

"그래."

"내일 전주에 다녀올까 합니다."

바람과 물의 얼굴 83

"바래다 주려느냐?"

"아무래도 그래야 할 것 같습니다."

"그래라. 내려간 김에 며칠 머물다 오거라. 선친 기일도 다가오지 아마."

득량은 눈물이 핑 돌았다. 워낙 대쪽같아서 안 된다고 할 줄 알았는데 아버지 기일까지 기억하고 계셨다. 스승은 이런 사람이었다. 얼음처럼 차갑지만 가끔은 아랫목처럼 온정이 들어오기도 하는 그런 분이었다.

"이번에 산을 내려가면 이발해도 좋다. 그리고 가형에게 이 편지를 전해주거라."

다음 날 새벽에 일어나니 언제 기침했는지 태을이 정좌를 하고 앉아 있었다. 아마 잠자고 있는 득량을 바라보고 있었던 듯했다.

"그리고 말이다. 그 여자를 죽고 못 살 만큼 사모하느냐?"

뜬금 없는 물음이었다. 득량은 바로 대답할 수 없었다.

"좋은 사람이다만 너와 맞지는 않는다. 너무 현실적이어서 공부에 방해될 게야. 깊은 정은 주지 말았으면 한다."

그래서였던가. 어제 첫 대면할 때 그래서 길게 침묵했던 것인가. 관상을 잘 보시는 분의 말씀이라 무시할 수는 없었다. 득량은 걱정스러운 마음에 조심스럽게 물었다.

"선생님, 누가 잘못 되기라도 합니까?"

"아니다. 네가 좀 편안한 인생을 살았으면 해서 그런다. 저 사람은 현실적인 출세욕이나 명예욕이 넘친다. 관직에 오른 남편을 크게 성공시킬 상이지. 그러나 네가 가고자 하는 일을 뒷바라지하지는 못해. 네 피를 말릴 것이야."

머리가 멍하게 하는 단언이었다. 득량은 현기증을 느꼈다.

6
땅의 마음

조 풍수 일가

경상도 합천 가야산 남록 태평골.

해인사(海印寺) 가다가 사기점에서 오른쪽으로 접어드는 계곡이었다. 울창한 숲 속에 산막 한 채와 숯가마 다섯 개가 자리잡았다. 몇몇 가마 굴뚝에서 연기가 피어오르고 마당에는 참나무 토막을 등에 지고 빈 가마에 채우는 인부들이 여럿이다. 인부 하나가 제 몸보다 두 배는 족히 큰 통나무를 세워 등에 메고 가다가 가마 입구에서 그만 나동그라진다.

"쯧쯧! 저런 우라질 소견머리하고는! 그거 하나를 요령 있게 못 들여 쟁여서 그 야단이냐. 처먹는 건 볼 아가지가 미어터져라 잘만 쑤셔 넣더니."

조민수가 눈알을 부라리며 호통을 친다. 인부가 몸을 일으켜서 통나무를 질질 끌고 가마의 좁은 입구로 들어간다. 가마 안은 통나무들이 촘촘히 쟁여 있다.

"아으— 시원하다. 뼛속이 노글노글하니 좋다."

깡마른 노인 하나가 땀으로 범벅된 행색으로 빈 가마 안에서 나온다. 늘어뜨린 두건 아래로 드러난, 쭉 찢어져 올라간 눈이 날카롭다. 조 풍수로 알려진 조판기였다.

"아버님, 백김치에 막걸리 한 잔 올릴까요?"

아까 호통을 친 중년 사내가 공손한 어조로 여쭙는다. 조판기의 큰아들 조민수였다. 눈매는 비슷한데 아들의 얼굴이 훨씬 도톰하니 육덕이 좋다.

"좋지."

"계곡 평상에 가 계세요. 곧 올리겠습니다."

조판기는 산막 옆 물푸레나무 사이로 난 좁은 길로 사라졌다. 조민수는 인부들 밥 지어주는 노파에게 일러 개다리소반에 술상을 보게 한 뒤, 손수 계곡 평상으로 들고 간다.

"영수는 오늘도 안 올라오려나 보다."

"요즘 원거리 출장이 잦네요. 며칠째 통 코빼기도 못 봤습니다."

"불과 몇 년 만에 애비보다 더 이름을 날리는 풍수가 됐어. 아암, 집안이 일어나려면 그런 것이야."

몇 년 전, 전주 정 참판의 명당자리를 훔쳤다가 발각되어 몰매를 맞고 흔적을 감춘 조판기는 가야산에 묻혀서 숯을 굽고 있었다. 숯가마가 산 속이고 집은 고령읍내였다. 숯가마는 큰아들이 주로 맡아서 하고 작은아들은 가업을 이어서 풍수쟁이가 되었다. 피는 못 속인다고 제법 실력 있는 젊은 풍수로 일대에 이름이 나고 있었다. 명줄이 끊어지기 직전까지 치도곤을 당한 후유증으로 조판기는 반병신이 다 돼 있었다. 장독(杖毒)이 뼛속까지 뻗쳐서 궂은 날이나 찬바람 부는 날이면 앓는 소리를 달고 살아야 했다. 그나마 숯가마를 해서 황토가마를 십분 활용하니 다행이었다.

참숯을 빼낸 가마 안은 찜질하기에 그만이었다. 훅하고 달려드는 더운 열기를 참고 가마 안에 들어앉으면 뜻밖에 상쾌했다. 그윽한 참나무의 향을 맡고 있자면 온몸이 땀범벅이 된다. 혈액순환이 잘 돼서 몸이 가뿐해진다. 쑤시던 뼈마디의 통증은 온데간데없이 사라지고 기분이 좋아진다. 굳이 씻을 필요도 없었다. 땀을 그렇게 흘렸건만 끈적거리거나 찜찜하기는커녕 몸에서 오히려 나무향이 배어나온다. 찜질하고 나서 땅속에 묻어둔 백김치에 막걸리 한 사발을 걸치면 천하에 부러울 것이 하나도 없다. 이 맛에 조판기는 좀처럼 산막을 내려가지 않고 눌러 살다시피 했다.

명풍 진태을에 의해 자신의 부친 유골이 해 아래 드러나 바숴지고 흩뿌려졌건만 조판기는 까맣게 모르고 있었다. 풍수계의 조조인 자신의 술책을 천하에 어느 누가 알아채랴. 상대가 묘를 쓰기 전에 미리 상상조차 못할 깊이에 암장해둔 유골이었다. 실제로 명절을 피해 그곳 승달산에 살짝 가보면 아무런 이상이 없었다. 그래서 의심치 않았다. 하지만 세상에는 기는 놈 위에 뛰는 놈 있고, 뛰는 놈 위에 나는 놈이 있었다.

알면 병이고 모르면 약이라는 말이 있다. 심리적인 영향이 그만큼 컸다. 선친의 유골이 바숴진 것도 모르고 명당바람이 일어나기 시작했다고 믿는 조판기는 마냥 행복했다.

"사장님, 가마 다 채우고 진흙으로 입구까지 막았십니더."

인부 하나가 내려와 보고했다.

조씨 부자는 평상에서 몸을 일으켜 숯가마로 올라갔다. 이제 불을 붙여야 할 때였다. 불붙이는 일은 매우 경건했다. 불이 잘 타줘야 좋은 숯이 나왔다. 그래서 조판기가 직접 불을 붙였다. 불을 신성시하는 의식이었다.

꼬박 닷새 동안 가마에 불을 넣는다. 굴뚝 위로 푸른 연기가 넘실거리며 올라간다. 엿새째가 되면 연기가 사윈다. 가마 안에 쟁여둔 참나무가 모두 연소되었다는 신호였다. 그때 진흙으로 막았던 가마 입구를 연다. 붉고 노란 잉걸불이 이글거리며 1,500도의 열기를 뿜어낸다. 그 열기 속에서 참나무의 정수가 된 잉걸불덩이 숯을 부삽으로 꺼낸다. 크고 곧아야 상품이 되므로 으스러지지 않게 조심하여 꺼내기 시작한다. 이 작업은 하루 종일 계속된다. 숯을 다 꺼낸 뒤에야 비로소 찜질방이 된다.

"아버님, 소자는 이만 내려가 보겠습니다. 내일 오후 나절이나 모레 아침나절에 올라오겠습니다."

조민수가 숯가마니를 짊어진 인부들을 앞세우고 섰다. 고령이나 대구에 내다 팔 것들이다. 저 아래, 넓은 길가에 트럭이 대기하고 있었다.

"올 때 고기 열댓 근 끊어 오거라. 가끔씩 인부들 목구멍 때 좀 벗겨줘야지."

조판기가 말만으로도 벌써 군침이 도는 듯 입맛을 다시며 말했다. 부삽 위에 살코기를 썰어서 불가마에 들이대면 금세 자글자글 기름이 쫙 빠지면서 구워졌다. 왕소금에 찍어서 먹고 풋고추에 된장 질러서 입 가시면 세상에 더 없는 별미였다.

조민수는 트럭 가득 숯을 싣고 가야와 야로를 지나 고령집으로 달렸다. 창고에 쟁여두고 주문이 오면 납품했는데 수요에 비해 언제나 공급이 달렸다. 숯공장이야 조씨네 말고도 많았지만 조씨네 숯이 그 중최상품이었다. 조판기 부자가 워낙 까다롭게 굴었기 때문에 인부들은 힘들었지만 숯의 품질은 좋았다.
 고령집에 당도하니 어둑어둑해졌다. 짐도 부려놓기 전에 조민수의 처가 반갑잖은 소식을 전한다. 아우 조영수가 고령경찰서 유치장에 갇혔다는 거였다. 산막으로 막 사람을 올려보낼 참이었단다.
 "묘지도 맘대로 못 쓰는 세상이 돼버렸어."
 조민수는 옷도 제대로 갈아입지 못하고 곧장 경찰서로 달려갔다. 조선총독부 부령이 잇달아 내려지면서 묘지를 제한하고 있었다. 일본처럼 화장을 권장하는가 하면 공동묘지를 조성해놓고 그곳에 매장하도록 강요했다. 문화와 풍토가 다른데 하루아침에 바뀔 리 만무했다. 결국 낮에 공동묘지에 임시로 매장했다가 밤에 풍수를 들여 명당에 다시 이장하는 진풍경이 벌어졌다. 고단한 식민지 생활에 묘지일까지 곱절로 해야 했다. 만일 그 사실이 들통나면 상주는 물론 풍수까지 법적 조치를 받았다.
 아우도 그렇게 연루되었을 터였다. 이런 때는 빽이 필요했다. 사업을 하자면 경찰서에 연줄 하나쯤은 만들어놓아야 한다. 그래서 사귀어놓은 사람이 형사과장 후쿠하라 상이었다. 그를 찾아가 아쉬운 소리를 할 수밖에 없었다.
 "조 사장, 갑자기 웬일이시오?"
 퇴근하려던 참인 후쿠하라가 깜짝 놀랐다.
 "후쿠하라 상, 부탁이 있어 왔습니다. 제 아우가 어쩌다 유치장에 갇혔답니다."
 "오호! 몰랐습니다. 어떤 죄목으로?"
 "그걸 모르겠습니다. 좀 알아봐 주시고 선처 부탁드립니다."
 조민수는 미리 준비해 가지고 간 봉투 하나를 슬쩍 건넸다.

"누구 부탁인데 거절하겠소. 잠시 기다리시오. 내가 직접 가서 알아보겠소."

후쿠하라는 한참 있다 돌아왔다. 표정이 그리 밝지가 못했다.

"조 사장, 이거 사태가 좀 심각하오. 조영수가 대구 골동품상들과 손잡고 지산리 대가야 고분을 도굴했다 하오."

"아우가 도굴을요? 그럴 리가 없어요."

"나까마들과 함께 유치장에 갇혀 있소. 곧 대구서로 송치될 거라 하오. 수사과에 증거품들이 있소. 금관과 금팔찌, 가야토기들이 수북하오."

조민수는 기가 막혔다. 터잡기를 다니던 아우가 도굴꾼이라니. 요 며칠 안 보이더니 가야왕릉을 도굴하느라 그랬던 모양이었다. 지산리는 야로에서 쌍림을 거쳐 고령에 들어오는 길목에 있었는데 산등성이를 따라 웅장한 대형고분들이 알처럼 박혔다. 200여 개나 되는 고분들은 무덤이라기보다 아름다운 구슬동산처럼 보였다. 일본인들이 여러 차례 발굴한 적이 있었는데 채 손대지 못한 고분을 아우가 건드린 듯했다.

"왜 아무런 귀띔도 없이 이런 일을 저질렀느냐?"

조민수는 후쿠하라의 주선으로 아우 조영수를 면회하며 다그쳤다. 아우와는 비밀이 있을 수 없는 사이였다. 우애가 좋아서이기도 했지만 타관에 와서 형제 말고는 의지할 사람도 없었기 때문이었다.

"형님, 이번이 처음입니다. 재수에 옴 붙었어요. 일을 마무리짓고 형님께 말씀드릴 생각이었습니다. 따지고 보면 죄랄 것도 없어요. 자기들이 파면 발굴이고 우리가 파면 도굴이래요. 무덤주인 허락 안 받고 파는 건 똑같지요 뭐. 무덤 속에서 썩고 있는 물건 꺼내면 돈도 되고 좋지 뭡니까? 대구 골동상회에 가보세요. 값진 신라금관들과 불상들도 도굴되어 공공연히 나돌아요."

조영수는 반성의 기미가 전혀 없었다. 운이 나빠서 붙들렸다는 주장이었다.

"말조심해라. 여긴 경찰서야."

나무라는 조민수 역시 큰 죄로 여기지 않는 눈치다. 성취욕구가 강한 사람들이 갖는 공통점이었다.

"형님, 저 좀 빨리 빼주세요. 대구서로 송치되면 더 힘들어져요."

조영수가 작고 가느다란 눈을 지그려서 더 작게 뜨며 애걸했다.

"기다려봐라. 손을 써볼 테니."

조민수는 후쿠하라와 요릿집으로 직행했다. 두 사람은 기생을 앉혀 놓고 꼭지가 돌도록 마셨다.

그런데 다음날, 점심 무렵에 경찰서를 찾으니 후쿠하라가 고개를 모로 저었다. 자신이 손을 써서 빼내줄 간단한 문제가 아니라 했다. 이미 대구경찰서에도 줄줄이 엮여 들어가 있어서 하나만 봐줄 수가 없게 되었다는 거였다. 대구로 송치되면 재판까지 받아야 한다고 했다.

낭패였다. 산막에 계신 노친이 아시면 얼마나 걱정하실까. 무슨 수가 있어도 빼내야 한다. 조민수는 창고지기 손에 고기를 들려 대신 보내며 백방으로 아우를 꺼내려고 애썼다. 조판기에게는 철저히 비밀에 부쳤다. 일이 풀리려면 뜻하지 않은 귀인(貴人)을 만나기도 한다. 서에서 급히 들어오라는 연락이 왔다. 가서보니 후쿠하라가 두 손님을 맞고 있었다.

"조 사장, 인사하시오. 서울 총독부에서 내려온 분들이오."

조민수는 얼떨결에 머리를 숙였는데 그들은 악수를 하자고 손을 내밀었다. 한 사람은 관리냄새가 짙게 풍겼고 다른 하나는 검은 안경을 낀 지성적 외모를 지녔다.

"조 사장은 참 복이 많소이다. 서울에서 이렇게 생각지도 않은 귀인들이 내려와 도와주는구려."

후쿠하라는 흡족하게 웃었다. 조민수가 영문을 몰라 빤히 쳐다보고 있자 본론을 꺼냈다.

"총독부에서 조선의 민속을 조사하기 위해 우리 경찰의 협조를 받아서 귀신이나 풍수의 실태를 조사하고 있소. 마침 이 일대 풍수에 밝은 조 사장의 아우가 이 분네들을 돕게 되면 얼마나 좋은 구실거리요. 공도 세우는 것이니 죄는 당연히 사해지는 것이고. 지금 당장 아우를 만나서 설득하시오. 다시없는 기회요."

설득이고 뭐고 할 것이 없었다. 아우 조영수는 쌍수를 들고 나섰다. 꺼내만 준다면 조선왕릉이라도 파라면 파겠다고 외쳤다.

'선비는 궁해도 의를 잃지 않는다 했지만 죄다 배가 덜 고파서 고상 떠는 짓이다. 어려울 때는 이판사판 가릴 게 없느니라. 막말로 일제에 부역하는 것도 기회라면 기회다. 그렇게 해서라도 일단 몸을 일으키면 그때 가서 품위를 찾아도 되는 거니까.'

아전 출신 아버지 조판기의 가르침이었다. 남들은 지조를 지키느라 압록강을 넘어 만주로 간다는데 이들은 이처럼 기막힌 처세술로 난세를 잘 버텨내고 있었다. 조씨의 아들 형제는 안도의 한숨을 쉬며 경찰서 문을 빠져나왔다.

조영수는 다음날부터 가야산 일대를 쏘다녔다. 안경 낀 학자는 열심히 묻고 기록했다. 이 사람이 바로 《조선의 풍수〔朝鮮の風水〕》를 집필한 무라야마 지준〔村山智順〕이었다. 이 책은 1931년에 발간되었고 일제는 이 책에 근거해서 이른바 풍수침략이라는 만행을 저지른다. 하지만 조영수는 그런 사실을 까맣게 몰랐고 설령 알았다 하더라도 거절할 위인이 못 되었다. 그 아버지에 그 아들이었다.

갈림길

아침부터 무더운 날씨였다. 득량은 일부러 곰티재가 아닌 관촌 쪽으로 전주 가는 길을 잡았다. 신작로가 좋았고 하지인에게 성수 좌포 대두산 밑 풍혈(風穴)을 체험하게 해주고 싶었다.

"정말 여름 속의 겨울이네요."

돌 틈에서 찬바람이 불어오는 풍혈에 들어갔다가 지인은 오들오들 떨었다. 더위를 피하려고 온 행락객들로 붐볐다. 가게에 들러서 찬바람이 새어나오는 돌 틈에 놓았던 수박을 잘라먹었다. 이가 시리게 시원했다.

"자연의 조화가 놀랍지?"

"그렇군요. 여기 사는 사람들은 신선처럼 여름을 나는군요."

"겨울에는 따뜻한 바람이 불거든. 돌들로 된 바위틈으로 바람이 들어갔다가 여름에는 차갑게, 겨울에는 따뜻하게 뿜어져 나오는 거지. 겨울에 빗물이 스며들어 얼음이 된 것을 여름에 바람이 냉기를 머금고 나오기 때문이라더군. 모두 땅 속의 조화야."

득량이 자신이 하고 있는 풍수공부와 연관시키려는 기미를 보였다.

"온천도 있는 걸요 뭐. 겨울에 노천온천에 가면 눈 속에서 목욕을 한대요. 일본에서 온 동료교사에게 들었어요."

하지인이 가볍게 받아넘겼다. 역시 사리가 분명하고 주관이 뚜렷한 신여성이었다. 왜 스승 태을이 데데하게 보았는지 알 만했다. 그러나 이런 점이 단점이랄 수는 없었다. 무조건 순종하는 여자보다 비판적으로 돕는 편이 더 현명할 수도 있었다. 사실 득량은 지인 같은 타입의 여자가 더 좋았다. 할머니나 어머니처럼, 형수처럼 남편의 뜻을 하늘처럼 받들며 찍소리 한 번 없는 것은 어딘가 서러워 보였다.

두 사람은 관촌에서 트럭을 얻어 타고 전주에 도착했다. 마침 트럭이 남문시장으로 가는 길이어서 거기까지 묻어갔다. 그녀는 풍남문 밖 시장에서 수박과 복숭아를 샀다. 노마님을 뵙는데 빈손으로 갈 수 없어서였다. 득량의 집은 길 건너 경기전(慶其殿) 밖 기와집들 가운데서도 가장 크고 웅장한 솟을대문집이었다. 대문에는 까치호랑이 그림이 나붙었고 정원은 운치 있게 꾸며졌다. 태조 이성계의 어진(御眞, 임금의 초상화)이 봉안된 경기전 다음으로 웅장한 규모의 저택이었다. 하지인은 득량이 만석꾼 자제라는 걸 익히 알고 있었지만 집을 방문하며 자못 놀랐다. 이런 집 자제가 산골에 처박혀 희한한 공부를 하고 있다는 게 더욱 믿어지지 않았다. 덥수룩한 머리며 꾀죄죄한 행색이 더 안 어울렸다.

"득량 씨, 이발하고 목욕한 다음에 들어가실래요? 기다려 줄게요."
"아냐, 빨리 식구들을 봐야지."

득량은 곧장 집으로 갔다.

집에서는 갑자기 들이닥친 득량과 하지인을 대하고는 야단이 났다. 청지기 최 서방은 내당으로 달려가 통기했고 찬모는 부엌에서 음식장만에 들어갔다.

"우리 손자 왔는가. 예쁜 색시까지 데리고 오셨어?"

노마님은 애기들 어르듯 했다. 특히 하지인을 첫눈에 보고 예뻐했다. 벽장 속에서 꿀이며 한과를 꺼내서 맛보라며 자꾸 디밀었다.

"형님은 사금광에 가셨나요?"
"요즘에는 정읍 입암 천자궁에 자주 들르는 모양이다."

득량의 어머니가 지나가듯이 말했다. 아무리 어머니지만 집안의 기둥인 큰아들이 바깥에서 하는 일을 안에서 꼬치꼬치 따질 수 없었다.

득량의 형수 역시 그저 그런가 보다 하는 눈치였다.

"김제 광산에 전화 한번 넣어보죠."

득량이 전화를 걸어 알아보았지만 오늘은 안 들렀다고 한다. 필시 천자궁에 간 듯했다.

"천자궁이라면 천지공사(天地公事, 말세운의 운도를 뜯어고치는 일)를 했다는 강증산의 제자가 만든 신흥종교 보천교(普天敎) 본부 아닌가요?"

득량이 하지인을 일별하며 물었다. 괜히 창피했다. 자신은 풍수에, 형은 신흥종교집단에 발을 들여놓고 있으니 비웃음을 살 만했다.

"인심이 많이 쏠려 있다. 일본인들 세상에서 희망이 없다 보니 그런가. 전국 팔도의 신도들이 달구지에 바리바리 싸들고 몰려든다더구나."

득량의 어머니가 아무렇지도 않게 풍문을 전했다. 하지인이 식구들과 너무 잘 어울리고 있어서 득량은 부담이 없었다. 그는 청수장에 가서 이발하고 목욕한 뒤 말쑥하게 변모된 모습으로 돌아왔다. 그때까지도 세량은 돌아오지 않았다.

"우리 손자 당장 혼례식 올려야 쓰겠다. 하 선생도 좋지?"

득량의 할머니가 체통을 생각하지 않고 편하게 농담했다. 그만큼 하지인이 맘에 든다는 뜻이었다. 지인은 대답 대신 고개를 숙였다.

세량은 저녁이 돼서야 귀가했다. 지인과 인사를 나누고 사랑채에 형제가 마주 앉았다. 지인은 노마님 방에서 여장을 풀었다.

"그래, 우리 아우님 공부는 잘 되시는가?"

세량이 웅숭깊은 어조로 물었다. 형제라도 나이가 10년 차이가 나니 어른과 애 같았다. 사이에 여자 형제가 둘 있는데 모두 출가했다.

"이제 겨우 시작인 걸요. 형님 사업은 잘 되시죠? 아까 어머님께 보천교에 입단하셨다는 말씀 들었습니다. 생각이 깊으시니 어련히 알아서 하시겠지만 신중해야 할 겁니다."

"어이쿠, 우리 아우가 이 형 걱정을 많이 해주는구나. 똑똑한 아우의 말이니 새겨들어야지."

세량은 그러면서도 보천교 교주인 차 천자(車天子)의 범상치 않은 용모와 천자궁의 웅장함을 역설했다.

"키가 육척이요, 건장한 용체에 이마와 콧등이 편편한데 용 수염이 일품이시다. 부리부리한 눈빛에는 일월이 밝게 떠있고 통천관을 쓰신 풍모가 가히 천자감이지 뭐냐. 사람들은 조선과 중국, 일본을 아우르는 천자가 되리라 입을 모으지. 정읍 입암 대흥리의 풍수도 예사롭지 않다. 진태을 선생님께 한 번 여쭤 보거라. 갓바위가 있는 입암산, 대흥리라는 지명이 모두 천자가 흥할 명당으로 예정된 터다. 나는 풍수를 잘 모르니 들은 풍월만 전해주마. 입암산은 내장산의 맥을 받아서 남쪽 방장산으로 보내고 다시 북으로 비룡산과 국사봉과 두승산을 빚어낸다. 이 산들을 오행으로 치면, 화토금수목으로 상생하는 터라 한다. 시운이 맞으면 남쪽으로 만 리, 북쪽으로 만 리에 걸쳐 세계 36개국의 조회를 받는 천자지지라는 것이다. 그런 명당에 터 잡은 천자궁의 본전인 십일전은 경복궁 근정전보다 더 크고 웅장한 규모야. 만주와 백두산 미인송을 베어다가 열차로 싣고 와서 얼마 전에 낙성식을 보았구나. 천자궁은 조선을 종주국으로 하는 세계통일의 신정부가 들어선다고 한다. 국호는 시국(時國)이라고 한다. 지난 1926년 병인년에는 사이토 마코토〔齋藤實〕총독도 몸소 정읍 본부에 찾아와 차 천자를 면담하고 갔다. 무엇보다도 차 천자가 이 형을 인정해줘서 그게 고맙구나. 차 천자께서는 우리 집안내력을 소상히 알고 계셨다. 조부의 함자를 아시고 계셨고, 공식적으로 천자에 등극하면 나를 대신 벼슬에 앉히겠다고 교서까지 내렸단다."

득량은 좀 심각해졌다. 형이 단순히 교단에 입단한 것이 아니라 열성신도라는 얘기였다. 이미 풍수며 건축현황이며 모르는 게 없었다.

"사람들은 그가 정 도령이라고 말한다. 전국에 신도가 무려 200만 명이나 되고 총독부에서도 함부로 손을 대지 못한다."

"형님, 정 도령이 어찌 차씨가 됩니까? 우리 집안처럼 정씨도 아니고요."

득량이 너무 어이없어서 언성을 높였다. 일찍이 조선 선조 때, 전주 남문 밖에서 대동계를 조직하고 큰 뜻을 펼친 정여립의 후예가 바로 정 참판과 득량 형제였다. 혈통으로 보나 자산의 규모로 보나 차 천자, 차경석이라는 인물은 어림도 없었다.

"그런가? 차 천자의 친부는 정씨라는 설도 있거든."

"형님, 혹시 천자궁 짓는데 성금 내셨어요?"

"뭐, 조금."

세량이 그렇게 둘러댔지만 사실은 이 고장사람들이 징게맹게 외애밋들이라고 부르는 김제 만경들의 상답 몇백 마지기를 바친 뒤였다. 그 논은 바둑판처럼 반듯반듯하게 경지정리가 되어 있고 물대기와 농사짓기가 수월해 조부 정 참판이 아끼던 금싸라기 땅이었다. 이 나라에서 유일하게 지평선이 있다는 바로 그 들녘 중심에 있었다.

차경석은 교묘한 위인이었다. 그는 시국이라는 나라를 세워놓고 군수자리 하나에 천 석, 감사는 2~3천 석, 삼정승 육판서는 천문학적인 재물에 팔았다. 그는 거래를 하면서 매입 당사자끼리 서로가 모르게 하는 수법을 썼다. 아무한테도 얘기하면 안 된다고 입단속을 했기 때문이다. '천기를 누설하면 무효다. 마누라한테도 얘기하면 안 된다.' 이렇게 비밀에 부치며 다짐받고 팔았기 때문에 어떤 벼슬자리를 누가 얼마에 샀는지 알 수 없었다. 경우에 따라서는 한 자리를 가지고 여러 명에게 겹치기로 팔기도 했다. 가장 인기 있는 자리 가운데 하나가 가까운 전주부윤이었는데 소문에는 아홉 사람이 가지고 있다고 했다.

세상에 비밀은 없다. 시간이 흐르면 백일하에 드러나게 마련이었다. 그걸 뻔히 알면서도 밥 먹듯이 거짓말을 일삼았다. 그래서 종교 사기꾼이었다.

"형님, 지금이 난세라서 민심이 흉흉하고 그것을 이용하여 혹세무민하는 무리들이 많습니다. 갑오년 동학농민운동과 기미년 3·1 운동이 좌절된 이래로 맘을 잡지 못한 민초들을 꼬드겨서 제 뱃속을 챙기는 사이비교주들이 한둘입니까? 형님도 잘 아시다시피 지금은 종교로 나라를 이끌어가는 시대가 아닙니다. 그건 고대국가에서나 가능했지요."

"똑똑한 우리 아우가 좋은 말했네. 미국 같은 나라는 선거로 대통령을 뽑는다면서. 일본 사람들 물러가고 선거로 왕을 뽑게 되면 차 천자가 공식적으로 등극하는 것 아닌가? 민심을 얻으면 그것이 천명이지."

세량의 논리도 분명했다. 득량은 세량의 성정이 여리고 속정이 많음을 알기에 더 맞서지 않았다. 대갓집 살림을 도맡아하는 데 요령 없이 나부댈 리 없었다. 그래서 화제를 돌렸다.

"이거 마이산 선생님께서 형님께 보낸 편집니다. 전 그만 할머니방에 건너가 보겠습니다."

"그럴 텐가?"

득량은 안채로 건너와서 할머니방에 들렀다. 식구들이 빙 둘러앉아서 하지인의 서울 이야기를 듣고 있었다.

"이야기를 어쩌면 그리도 구성지고 재밌게 하누? 말하는 입이 너무 복스럽구나."

할머니는 지인에게 흠뻑 빠져버렸다. 득량은 그것이 외려 마음에 걸렸다. 스승은 형에게 분명 하지인 얘기를 거론했을 터였다. 탐탁지 않게 여겼으므로 형에게 별도의 주문이 있었을 게다. 괜히 늙으신 할머니 마음만 뒤숭숭하게 해놓지 않을까 우려되었다.

다음날 득량은 지인을 서울로 떠나보냈다. 할머니는 며칠 더 놀다 가게 했지만 득량이 떠밀다시피 했다. 입장이 분명하게 서지 않은 채로 정을 붙일 수는 없었다. 하지인도 깔끔한 성격이었다. 득량과 더 있고픈 마음을 잘 조절했다.

"할머님 말씀대로 양가 어르신들 상견례 날짜를 잡아야겠어요. 전 서울가서 득량 씨 전화나 편지만 기다리면 되는 거죠?"

지인이 열차에 오르면서 득량의 손을 잡아본다. 득량은 마주 잡은 손에 힘을 주지 못하는 자신이 아쉬웠다.

열차가 미끄러졌다. 창가에 앉은 지인이 해사한 손을 흔들었다. 득량도 플랫폼에 서서 손을 들어 화답했다. 열차가 멀어져가며 꼬리를 가무리자 득량은 울컥 눈시울이 붉어졌다. 처음은 몰랐는데 이렇게 보내고 보니 사랑이라고 말해도 좋은 상대였다. 그런 그녀를 대책 없이 떠나보내는 심사가 애달팠다. 득량의 가슴 저 깊은 심연에서 바람이 불었다. 그것은 청춘이라는 이름의 떨림과 울림이었다.

득량은 불현듯 당나라 시인 한유(韓愈, 768~824)의 시 한 편을 떠올렸다. 이는 득량의 조부 정 참판이 생전 애송하던 시로 사랑채에 병풍으로 만들어져 있었다.

만물은 평정을 얻지 못하면 울게 된다.
초목은 소리가 없지만 바람이 흔들면 울고
물은 소리가 없지만 바람이 움직여주면 운다.
솟구치는 것은 부딪혔기 때문이고

세차게 흐르는 것은 막았기 때문이고,
끓어오르는 것은 불로 데웠기 때문이다.

쇠나 돌은 소리가 없지만
두드리면 소리를 낸다.
사람이 말하는 것도 이와 같으니
부득이한 일이 있은 뒤에야 말을 하게 된다.
노래하는 것은 그리움이 있기 때문이고,
우는 것은 회포가 있기 때문이며,
무릇 입에서 나와 소리가 되는 것은
모두 마음에 사무침이 있기 때문이라.

새소리로 봄을 울며
우레로써 여름을 울며
벌레로써 가을을 울며
삭풍으로써 겨울을 우나니 ….

시에서처럼 마음에 맺힌 것이 있는 모든 것들은 운다. 득량이 그랬다. 그 울음이 유장하고 시대적인 것이면 영웅의 삶이 되기도 한다. 당대의 위인들은 그 시대를 몸으로 울다 간 사람들이다.

나는 무엇이 될 것인가. 판검사의 길을 접고 바람의 아들이, 물의 자손이 될 것인가. 저기 멀어져가는 지인과는 어떤 관계로 남을 것인가. 인생에서 아주 중대한 기로에 자신이 놓여있음을 절감하자 득량의 심사는 착잡했다. 그는 무거운 발걸음을 천천히 옮겼다.

집에 돌아오니 아직까지도 형의 지프가 그대로 있었다. 출타하지 않은 것이다. 득량은 사랑채로 들어섰다. 할아버지와 아버지가 살아 계실 적에는 팔도에서 몰려든 내방객들로 붐볐건만 지금은 고즈넉한 기운만 감돌았다. 십수 개의 방들은 텅 비었고 사랑채에 딸린 부엌 가마솥에는 녹이 슬었다. 할아버지와 아버지가 쓰던 사랑방 섬돌에 세량의 구두가 놓였다. 세량은 문을 활짝 열어놓고 주판을 퉁기며 서류를 정리하고 있었다.

"형님, 여기 계셨군요."

"잘 바래다주고 왔는가? 어서 올라와."

세량은 앉은뱅이 책상을 밀치며 득량을 맞았다.

"가만 있거라. 우리 오랜 만에 형제간에 술 한 잔할까?"

"대낮인 걸요."

"형제 우애를 다지는데 밤낮을 가릴 게 뭔가. 최 서방!"

한참 있다가 최 서방이 대령했다. 곧 내린 소주와 쏘가리 매운탕, 소갈비 찜이 올려진 술상이 들어왔다. 형제가 독한 소주로 두어 순배 건배했다. 얼굴이 불콰해지며 말소리가 커졌다. 세량은 득량보다 술이 약했지만 오늘은 곧잘 마셔댔다.

"아우, 결혼하게나. 그 진주 하씨 처자, 아니 하 선생 야무진 사람이야. 특히 할머님께서 너무 좋아하시니 아우 생각만 분명하다면 나도 환영이야. 서둘러서 양가 상견례 나누고 식을 올리자."

세량이 갑자기 혼례 얘기를 꺼냈다. 간밤부터 곰곰이 생각하다가 결론을 내린 듯했다.

"전 산공부를 해야 하고 또 선생님이 달갑잖아 하시는 눈칩니다."

"그게 뭐가 대수야. 아우 마음이 제일 중요해. 올해 스물다섯이면 좀 늦었어. 산공부를 계속한다고 장가 못 갈 게 없지. 뭣하면 그만 두고 서울로 올라가서 하던 법과공부를 마저 해도 되잖아. 만일 서울로 다시 올라간다면 북촌(가회동 일대)에 번듯한 기와집 한 채와 상답 이삼백 마지기는 당장이라도 묶어줄 수 있어."

세량은 내친 김에 뿌리를 뽑자며 일사천리로 나왔다.

"형님, 선생님께서 편지에 아주 부정적인 견해를 밝히셨죠? 그래서 제 의향대로 해주시려고 부러 서두르시는 거죠?"

득량이 역설적으로 추정했다.

"꼭 그런 건 아냐. 하 선생이 좋은 사람이라는 건 그 분도 인정하셔. 다만 현실적인 사람이라서 산공부하는 자넬 내조하지는 못한다는 거야. 요량해서 하라고 오히려 자유를 주셨는걸. 아마 아우가 다시 산에 들어가지 않을지도 모른다고 여기시는 모양이야."

"왜 그런 생각을 하셨을까요?"

"지금 아우의 처지를 냉정히 보면 능히 서울로 올라가서 혼례하고 법과공부 계속하리라 예상할 수 있지 뭐. 하 선생이 여간 적극적인 성격이냐고."

득량은 스승의 노안을 떠올렸다. 자꾸 죄송스런 느낌이 들었다. 짝을 짓는 일도, 두 가지의 전혀 다른 공부를 선택하는 일도 중요했지만 뒤늦게 똑똑한 제자 하나 얻었다고 좋아하시던 당신께 아쉬움을 드린 건 아닌가 싶었다.

득량은 알았다. 스승은 겉으로는 차갑게 대했지만 그것은 모두 절제하고 계산한 수업방식이었다. 겉 넘을까봐 혹은 중도에 포기할까봐 처음부터 야무지게 반석을 다지는 것이 도제수업이었다. 세상에는 스승 없이 스스로 깨쳤다는 사람이 왕왕 있는데 그들은 대략 두 부류였다. 하나는 제대로 못 깨쳐놓고 허세를 부리는 경우이고, 다른 하나는 스승의 계보를 말하면 제 자신이 낮아질까 지레 겁먹는 졸장부였다. 어느 경우든 고수는 될 수 없었다. 맥없이 나부대다가 흐지부지 흘러가버리기 예사였다. 풍수에서 맥을 중시하는 까닭이 여기에 있었다. 맥이 끊겼거나 빠져버리면 절대 쓸 수 없는 자리가 되고 만다. 이런저런 바람을 타다가 멸절되기 때문이다. 스승을 찾고 맥을 잇고자 하는 것은 그것을 울타리 삼아서 예상치 못한 바람을 막고 오래도록 보전하기 위함이었다.

"무슨 생각을 그리 골똘히 하는가? 한 잔 받게. 진 선생님이 승달산 할아버님 묘를 이장하라고 하시네. 발복이 되지 않는다는 거야. 차라리 모악산 아래 선산에 편히 모시는 편이 좋다며."

세량이 뜬금없이 이장을 거론했다. 아니, 스승의 제안을 일러준 것에 불과했다. 득량은 당혹스러웠다. 이러저리 묘만 쓰다가 세월 다 보낼 노릇이었다.

"왜 그런 말씀을 제게 직접 하지 않으시고?"

"아마, 결정권자인 나에게 말해서 상의하려고 하셨겠지."

"그럼 조 풍수가 장난했음을 알았던 처음부터 말리시지 왜 이제야 발복이 안 된다는 말씀을 하시는 거죠?"

"글쎄, 참새가 어찌 봉황의 뜻을 헤아리겠느냐? 당시에도 진 선생님은 그리 흡족한 자리가 아니라는 눈치였어. 게다가 할아버님이 정 도령을 운운했을 때는 펄펄 뛰며 물러가셨지."

"그러셨다면서요."

"워낙 영통하신 분이다만 성정이 워낙 깔끔하셔서 나와는 별 교분이 없지. 다른 분네 같았으면 절기별로 운세를 뽑아주며 감 놔라 대추 놔라 했을 테지만 이제껏 이 편지 한 장이 전부 아니냐. 그나저나 내가 한 번 찾아뵙던지 그 분이 한 번 나오시던지 해야 쓰겠다. 요즘 걱정이 많구나."

세량의 낯빛에 시름이 역력했다.

"사금광이 잘 안 돼요?"

"전 같지가 않아. 사금광도 그렇지만 토지도 문제다. 동양척식주식회사의 횡포가 여간해야지. 막대한 자본을 지원해서 일본 본토인들을 이주시키고 숫제 수탈하다시피 해서 토지를 사들이거든. 호남의 금싸라기 같은 농토가 일본 관서지방 농토의 10분지 1 값밖에 안 된다고 한다. 그러나 일본인들이 저희들끼리 싸우며 토지매입에 혈안이 돼 있어. 앞으로 10년 안에 좋은 토지는 일본인들 손에 다 들어간다는 말이 공공연하게 나돌아. 척식(拓殖)이 뭐냐. 개척하고 식민을 하다는 얘기지. 말이 좋아 개척이지 농지수탈이요, 자국민 이주정책이거든. 조선 지주들이 시나브로 일본인 지주로 손 바뀌고 있구나. 치솟는 세금 감당하기 어렵고 현금 유혹도 있고 해서 울며 겨자먹기식으로 땅을 팔아먹는단 말이지. 오죽했으면 의열단 단원 나석주가 동척 서울사무소에 폭탄을 던졌겠냐."

"그건 벌써 3년 전 일이잖아요?"

"하여튼 토지도 문제고 사금광도 그래. 우리는 업주가 직접 운영하니까 그래도 낫지. 혈주(穴主, 위임받은 광산업자)나 덕대제로 운영하는 광산은 날마다 칼부림이다. 우리 같은 업주들도 세금이 좀 많아야지. 이젠 못해 먹는다. 옛날이 좋았어."

세량은 한숨을 몰아쉬었다. 득량은 형이 그간 누구에게 말도 못하고 혼자 마음소생이 심했음을 알 수 있었다. 하긴 너무 갑작스럽게 큰 살림을 도맡았다. 부친 정진국이 일찍 세상을 떠난 때문이었다.

득량은 형을 돕고 싶었다. 그냥 식구 하나가 늘어서 돕는 건 별 의미가 없었다. 공부를 마저 하고 보란 듯이 출세해야 했다. 난세에는 권력을 얻어야 재산을 지키는 그늘이 돼줄 수 있었다. 기다리겠다고 말하며 올라간 하지인의 얼굴이 떠올랐다.

"저 복학하고 판검사 돼서 형님 도와드릴까요? 결혼도 하고요."

"그러면 좋지. 요즘 우리 친구들과 나누는 얘긴데 일본이 쉽게 물러갈 것 않다고들 그래. 힘이 점점 세져간다는 거야. 물론 나는 차 천자와 같이 일본의 패망을 믿지만 말이지. 잘 생각해. 한편으로는 산 속에서 공부하며 난세를 넘기는 것도 나쁜 방법은 아냐."

"형님, 저더러 어쩌면 좋다는 겁니까? 명쾌한 걸 좋아하시는 형님답지 않게 가리산 지리산이시네요."

"맞다. 요즘 내가 그래. 난 두려워. 조상님이 물려준 가산을 불리지는 못해도 축내지는 말아야 하는데. 자꾸 자신이 없어지거든."

형제는 오후 나절이 돼서야 술자리를 파했다. 세량이 먼저 곯아 떨어졌기 때문이다. 절간처럼 적요한 사랑채에 그늘이 드리워졌다. 쨍쨍한 여름날, 거미줄 같이 끈적끈적한 어떤 기운이 사랑채를 휘감는 것 같았다. 이 집만 그런 것인가. 아니면 이 나라 전체가 그런 것인가.

빼앗긴 땅에도 명당이 있는가

득량은 아버지의 기제사를 올린 다음날 마이산 금당사로 귀환했다. 형 세량이 김제 사금광으로 출근하기에 앞서 마이산으로 지프를 몰게 했다. 그간 많은 고민이 있었지만 마저 산공부를 한 다음에 결정하기로 했다.

스승 진태을은 당연히 와야 할 사람이 온 것처럼 담담했다. 그는 절집 마당 가죽나무 아래 평상에 가로 세로 석 자, 높이 한 자 규모의 모래상자를 준비해놓고 있었다. 상자에 담긴 모래는 입자가 아주 옹근 모래였다.

"이제부터는 이 모래판에 형상을 빚어가면서 공부할 거다. 책에서 본 것을 잘 응용해라. 기초를 잘 다져야 눈이 빨리 열린다."

태을이 모래판을 사이에 두고 평상에 앉아 득량에게 일렀다. 산공부에서 눈이 새롭게 떠지는 것을 개안(開眼)이라고 한다. 산과 물이 예사롭지 않은 조화임을 알게 되며 용의 생사와 어디가 혈이 맺혔는지를 알게 되는 단계다. 언젠가 구암스님이 언급한 육통 가운데 천안통 대목에서 영적인 눈 바로 아래단계랄 수 있었다.

"먼저 산의 얼굴과 등, 곧 앞과 뒤를 분별하는 법을 일러주겠다. 니 맘대로 산의 형상을 크게 빚어보거라."

득량이 모래를 긁어모아 커다란 산을 만들고자 했다. 그러나 여의치가 않았다. 워낙 가는 모래인데다 바싹 말라서 줄줄 흘러내렸다. 산맥과 골짜기를 표현하는 일은 더 어려웠다.

"이거 쉽지 않네요."

"왜 형상이 제대로 안 나온다고 생각하느냐?"

스승은 이럴 줄 다 알고 있으면서 부러 시켜본 것이었다. 머리가 아닌 몸으로 하는 수업방식이었다. 머리로야 득량을 따라갈 사람이 거의 없었다.

"산에는 골격과 같은 암반이 들어있지요. 이 모래판에는 그런 뼈대가 없어서 와르르 무너지는 겁니다."

득량이 자신 있게 대답했다.

"절반밖에 안 맞는 답변이다."

"표토의 나무나 풀뿌리들이 있어야 흘러내리지 않는군요. 헐벗은 산에서 산사태가 나니까 일본사람들이 임시방편으로 아카시아나무나 오리나무를 옆으로 심는 것처럼요."

"나무나 풀의 생장발육 정도도 명당을 구별하는 좋은 지표가 되지. 하지만 내 질문에 대한 적확한 답변은 아직 아니다. 그렇게 바람의 얼굴과 물의 내면세계를 보라고 일렀건만…."

바람의 얼굴, 물의 내면세계. 바람은 오히려 모래산을 흩어버릴 것이고… 물이다, 물이 엉겨붙게 하는 것이다!

"물이로군요. 생각이 미치지 못했습니다."

스승은 물 한 수대를 떠오라고 일렀다. 득량이 물을 떠와 모래판에 부은 다음, 손으로 형상을 빚자 마음대로 모양이 빚어졌다.

"땅이 물을 얻지 못하면 생기를 띨 수 없다. 거꾸로, 어떤 형상이 있다고 하면 그 형상으로 물의 작용과 생기를 얻은 정도를 유추해낼 수 있다. 성어중 형어외(成於中形於外)라. 중심이 이뤄지면 밖으로 형상이 드러난다. 풍수에서 형기(形氣)를 기본으로 삼고 중시하는 이유다."

스승은 풍수의 원리를 《대학(大學)》 장구와 결부시키고 있었다. 군자가 내면이 성실하면 외양에 그 기품이 나타난다는 말씀을 산의 형상에 빗댔다. 참으로 비근한 예시였고 살아 있는 교수법이었다.

"이제 네가 빚어낸 그 산에서 어디가 얼굴이고 어디가 등인지 구별해 보거라."

또 꽉 막혔다. 득량은 산을 용이라고 이르며 살아있는 활물이자 천변만화의 유기체로 보는 것까지는 알겠는데, 정작 앞과 뒤를 분간할 수 없었다. 내려오는 맥(脈)이야 바로 분간되었다. 위쪽이 뒤고 아래쪽이 앞이었다. 그러나 독립된 형태에 가까운 산은 그리 쉽게 분간할 수 없었다.

"산을 동물로 보고 팔 다리에 해당하는 지각이 어느 쪽으로 뻗어 있고 감싸고 있는지를 보아라. 앞으로 뻗쳐 있지 뒤로 뻗치는 건 부자연

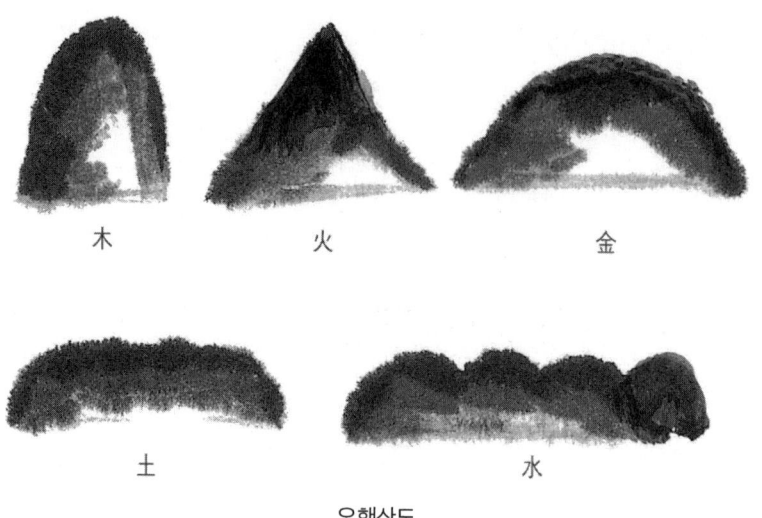

오행산도

스럽다."

 태을은 모래판에 다시 형태를 빚어가며 앞과 뒤를 가르쳤다. 때로는 앞이 여러 군데일 수도 있었다. 사람이나 동물과 달리 산은 지각을 사방으로 뻗칠 수 있고 모두를 환포(環抱, 둥글게 감싸 안음)할 수도 있었다.

 다음은 호행산(五行山) 차례였다. 풍수는 양과 음, 곧 암컷과 수컷의 짝짓기와 잉태를 기본으로 하지만 오행이 가미되면서 다채로워졌다.

 "어떤 형태를 산이 유정하게 감싸고 있다 하고 혹은 무정하게 배반하여 달아났다고 하느냐?"

 득량은 척척 모래를 빚어가며 설명했다. 지각이 안으로 감아서 보듬어 안는 형상과 바깥으로 휘어져 흘러가는 형상을 그대로 재현했다.

 "그렇다면 어디가 명당이냐?"

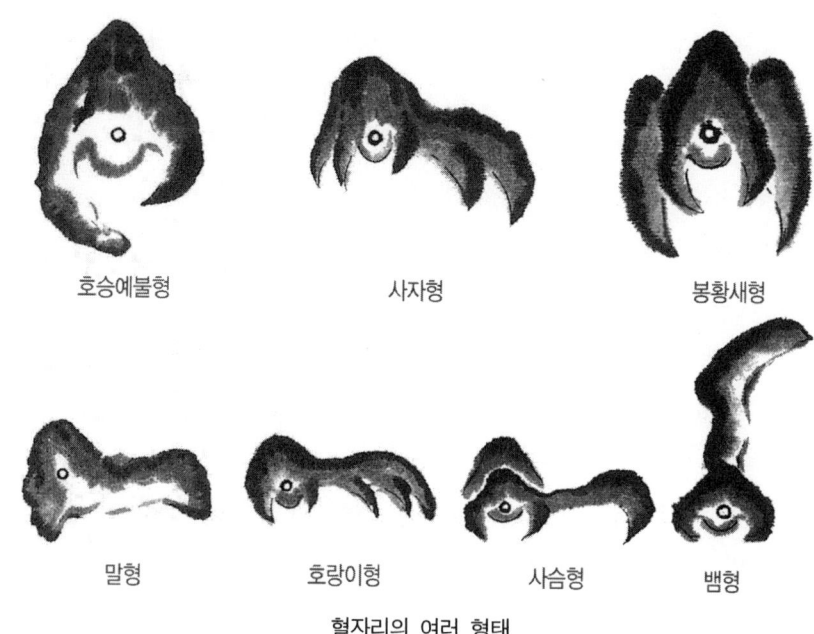

혈자리의 여러 형태

"감싸 안아서 혈을 이루고 그 앞에서 물이 모여드는 자리가 명당입니다."

"옳다. 산개왈명(山開曰明)이요 수회왈당(水回曰堂)이라는 말씀이 있다."

"산이 열렸으니 명이요, 물이 모였으니 당이로군요. 명당이 거기서 나왔나요?"

"그렇지. 산이 열리기만 하면 안 되지. 이렇게 물이 모이게끔 열려야 하는 거지. 나중에 전해줄 것이다만 중국 서적이 아닌 우리 선사들이 남긴 산서의 정수다. 얼마나 간명하게 명당을 말하고 있느냐."

태을은 모래판에서 산이 환포한 형국을 가리키며 일렀다.

"그럼 이번에는 《설심부》에서 본 내용을 바탕으로 형국을 따져볼거나? 사물은 그 유형을 보면 본질을 추정할 수 있고 혈자리는 형상을 보고 핵심을 취할 수 있는 법이니까. 네가 알다시피 《청오경》이나 《금낭경》, 《자리신법》 등에는 물형이 나와 있지 않거든."

태을은 능숙한 솜씨로 몇 개의 형국을 빚어냈다. 산이 나무가 선 것처럼 된 목성체 아래서는 문필과 관계된 혈이나 신선, 옥녀, 장군, 버들, 매화낙지형 따위가 맺히고, 불꽃 모양의 화성체 아래서는 봉황이나 학, 제비, 닭 따위의 날짐승이나 연꽃형 혈이 맺히고, 흙더미를 반반하게 쌓아둔 토성체 아래서는 말이나, 소, 돼지, 호랑이 따위의 길짐승이나 누에, 혹은 배〔舟〕 형국의 혈이 맺힌다. 종을 엎어놓은 형상의 금성체 아래는 가락지나 가마솥, 별, 거북 등의 혈이 맺힌다. 물결 모양의 수성체 아래서는 뱀이나 용, 허리띠 형의 혈이 맺힌다.

이 밖에 몸통은 금성체이면서 다리는 화성체인 게 형국처럼 복합적인 형태의 혈도 있고 야(也)자형이나 물(勿)자형, 용(用)자형, 품(品)자형처럼 오성체 어디에도 포함되지 않는 형국의 혈이 있다. 이들 문자형은 중국에는 없고 조선에만 있는 고유의 형태로서 이 땅 사람들이 얼마나 글을 숭상했는지를 알 수 있다.

이러한 혈형을 알면, 혈자리가 어디에 있는지를 알아 정혈을 찾는데 도움이 된다. 하지만 자칫 무리하게 해석할 가능성이 있고 형국론에 갇혀서 더 높은 단계의 혈을 찾지 못할 수도 있다.

"물형이야기가 나왔으니 너에게 내가 젊었을 적에 겪었던 기이한 일을 말해주마. 지금까지 아무에게도 털어놓지 않았던 경험담이다. 이거 내가 늙어서 제자 하나를 얻고는 주책을 떠는 것 같구나."

스승은 좀 망설이다가 이야기보따리를 풀었다.

청년 시절, 러시아와 가까운 북녘 개마고원 동쪽 바닷가 청진 고을

근처에서 있었던 일이다. 바닷가로 난 길을 타고 내려오다가 내륙 멀리 죽순처럼 빼어난 봉우리가 눈에 띄었다. 청년 태을은 넋 놓고 그 봉우리를 쳐다봤다. 봉우리는 손을 저어 청년 나그네를 부르고 있었다. 나비를 부르는 게 꽃이듯이 풍수를 부르는 게 빼어난 산이었다. 저런 산이라면 한번 들어가볼 만한 곳이었다. 오른쪽으로 길을 돌려 십여 리를 들어가니 평지가 다하고 산협이 나왔다. 산은 점점 더 가팔라지고 협곡은 깊어지기만 했다. 얼마를 더 들어갔을까. 수려한 옥녀봉이 높이 솟아 있고 그 아래에 터 잡은 40여 호의 마을이 눈에 들어왔다. 더없이 평화로운 산촌이었다. 이렇게 수려한 봉우리 밑에는 예부터 귀인이 나게 마련이었다. 지령인걸이라고 빼어난 산세가 빼어난 인물을 내놓는 소치였다.

아직 해가 여러 발이나 남아 있는 가을날의 오후였다. 마을 앞에 그림 같은 냇물이 흐르고 있었다. 판자를 기다랗게 이은 나막다리가 놓여 있었다. 이 땅 어디를 가나 산이 수려하든지 아니면 냇물이 맑았다. 태을이 다리를 건너 마을에 들어선 건, 묵어가고자 함이 아니라 적당한 집에 들러서 어떤 인물들이 난 곳인지를 확인하기 위함이었다.

천도동(天桃洞)이라 불리는 마을이었다. 마을은 산촌답지 않게 제법 넓은 들을 끼고 있었다. 산협을 빠져나오자마자 동네 초입에서부터 갑자기 터가 넓어지면서 논밭이 풀려지던 것이다. 농사와 사냥을 동시에 할 수 있는 천혜의 마을이었다. 이름처럼 천도복숭아가 있는지는 알 수 없었다.

"뉘 집을 찾아오셨슴매?"

태을이 마을에 들어서자, 마을 사람들이 하나 둘 모여들면서 비상한 관심을 보였다. 단지 처음 보는 청년이 나타났기 때문만이 아닌 듯한 눈치였다.

"지나던 길손이오. 저 옥녀봉이 아주 빼어나기에 큰 인물이나 절세가인이 날 법해서 한번 들어와 본 것이오. 실제로 그렇습니까?"

태을이 묻자, 마을 사람들이 저마다 놀란 표정을 지었다.

"하늘이 보낸 옥골선풍이 아니겠슴매? 어서 모시라우."

"옥녀네 집이 좋갔디요?"

"이런 귀성스러운 이가 그 집 말고 어디를 감매?"

태을을 보고 모여든 마을 사람들이 자기들끼리 야릇한 말을 주고받았다. 사람들이 태을을 이끌 즈음, 산촌에 묻혀 사는 사람 같지 않은 얼굴 깨끗한 중년 사내 하나가 이쪽으로 다가왔다. 사내는 멀리서부터 태을의 얼굴을 유심히 봐왔다. 이목구비가 뚜렷하고 눈이 빛나는 청년이었다.

"마침 오꼬마! 저분네 집에 가서 묵어가야 하겠소꼬마. 우린 이제 그만 가자우!"

머리에 수건을 둘러멘 사내가 태을 주위에 모여든 사람들이 흩어지게끔 종용하더니 먼저 걸음을 떼어놓았다. 저희들끼리 짧은 눈짓을 주고받은 사람들이 하나 둘 자리를 떴다. 이윽고 얼굴 깨끗한 사내가 다가와 태을의 손을 잡았다.

"귀성스러운 분이 이 누추한 곳까지 와주셔서 고맙꼬마."

사내는 태을의 행색을 연방 뜯어보면서 다정스레 웃어보였다. 태을 역시 사내의 얼굴을 계속해서 살펴보지 않을 수 없었다. 분명 초면이었다. 한데도 오랫동안 기다려온 손님을 오늘에야 비로소 맞아들인다는 기색이 완연했다.

"저를 아시던가요?"

태을이 별 생각을 다하며 물었다.

"벌써 오래 전부터 기다렸꼬마."

얼굴 깨끗한 사내가 태을의 손을 쓰다듬었다. 사내는 억센 함경도 사투리를 쓰고 있었다. 사내가 태을을 골목으로 이끌었다. 사립문이 활짝 두 팔을 벌리고 있어서 길손을 맞아들이는 주인의 마음을 닮아 있었다.

태을은 곧 방으로 안내되었다. 주인과 마주 앉아 있자니 음식이 만들어져 왔고 향긋한 술이 들어왔다. 술병을 들고 들어오는 사람은 주인의 딸이었다. 성숙해 보였지만 아직 스물이 안 돼 보였다. 막 피어나는 모란꽃 같은 처자였다. 고개를 숙이고 있어서 얼굴이 잘 보이지 않았으나 첫눈에 절색이었다. 눈썰미 하나는 누구에게도 지지 않는 태을이었다.

"우리 간나새끼요."

술상에 술병을 올려놓는 미인을 딸이라고 소개했다.

"인사해라."

처자가 어려워하며 한쪽 무릎을 꿇고 앉아 머리를 숙였다. 이윽고 처자가 고개를 치켜들어 얼굴 전모가 비쳐지는 순간, 태을의 입에서는 신음소리가 삐져나왔다. 그녀는 절세가인이었다. 옛 시인의 말에, 하늘을 날던 기러기가 떨어지고 연못에 놀던 물고기가 숨어버리는 미인이 있다더니 이 처자가 과연 그러했다. 선녀가 지상에 내려온 것만 같았다. 두견화같이 홍조 띤 얼굴, 반듯한 코, 도톰한 입술, 그림 같은 아미, 머루빛 눈이며 검고 남삼한 머리가 눈부셨다. 일찍이 이런 천하절색을 이야기로는 들어봤지만 이렇게 직접 만나보기는 처음이었다. 평생 천하를 떠돌아도 다시 이런 미인을 만날 수는 없을 것이 자명했다.

"한잔 따르그래."

초면에 여식에게 술을 따르게 하는 풍습이 좀 이상했다. 하지만 그게 대수가 아니었다. 넋이 빠진 태을은 찰랑찰랑 넘치는 술잔을 그대로 당겨서 단숨에 털어 넣었다. 무슨 술인지 혀끝에 감지되는 맛이 그지없이 향기로웠다. 태을은 선경에 온 느낌이었다. 산세 수려한 마을이 그렇고, 천도동이라는 마을이름이 그렇고, 술이 그렇고, 미인이 그랬다. 연거푸 석 잔을 받아 마시자 취기가 번지면서 태을은 황홀경에 빠져들었다. 태을의 시선은 주인의 눈치를 볼 것도 없이 천하절색의 이목구비며 섬섬옥수, 가느다랗게 흘러내린 목 언저리와 어깨선을 정신없이 더듬었다. 미인은 우선 피부와 이빨, 손이 희어야 했다. 반대로 눈과 머리카락, 눈썹은 검어야 한다. 입술, 뺨, 손톱은 붉어야 한다. 차마 확인할 수 없는 몇 가지는 몰라도 어느 것 하나 어스러진 데가 없는 미인이었다.

아, 하늘은 어쩌자고 저런 미인을 세상에 내놓았을꼬? 마을 주산이 워낙 빼어났기로 과연 어떤 인물이 났던가를 확인하러 들어온 산협 마을에서 태을은 엉뚱하게도 미인에 홀려서 낮술을 치고 있었다.

"그만 나가거라."

아직까지도 넋을 놓고 있는 태을이었으나 주인이 이쯤에서 딸을 내보냈다. 천하절색의 고운 자태가 시야에서 사라지자 태을은 저도 모르게 한숨부터 터져 나왔다. 지금까지 춘일몽이라도 꾸고 있다가 깨어난 기분이었다.

"어르신, 따님은 하늘이 낸 가인입니다."

"……."

"저는 명산을 찾아 천하를 유람하는 남원골 청년입니다. 물론 미장가지요."

상대가 묻지도 않은 말을 태을이 곧 숨넘어가는 소리로 읊조렸다. 노골적으로 딸을 달라는 청혼이기도 했다. 어디서 그런 넉살이 숨어 있었던지 스스로도 의아스러울 정도였다.

"남원은 잘 알지비. 이런 궁벽한 어랑(산골)에 오신 것 또한 하늘이 보낸 거이 아니겠슴매?"

일이 잘 되어가는 기미를 보이고 있었다.

"수천 리 밖에 있는 저를 어떻게 기다리셨습니까?"

"나와 안까이(아내)는 북두칠성에 기도해온 지가 벌써 여러 해꼬마. 모두가 칠성님이 보내신 거디요."

이건 또 무슨 말인가. 잘된 일이긴 한데 뭔가 좀 수상했다. 여우에 홀린 것도 아니고 점점 두려움 같은 게 스며들었다. 그러면서도 태을은 상황을 즐기고 있었다.

옥녀봉 아래 천도동에 밤이 내렸다. 암묵적으로 신방이 차려졌고 아까 그 천하절색이 목욕하고 분바르고 들어왔다.

예식도 없이, 영문도 모르고 치르는 합궁이었다. 그렇다고 야합은 아니요, 반쪽이긴 하지만 엄연히 집안어른의 주선으로 맞게 된 첫날밤이었다.

옷고름을 끄르는 그의 눈이 시렸다. 흐릿한 박명 속에 드러난 그녀의 가슴이 비 갠 뒤의 깊은 골짜기처럼 운해를 휘감고 있었다. 그는 운해를 걷어냈다. 산자락을 휘감았던 운해가 풀어지면서 처녀지의 전모가 드러났다.

꿈결 같은 첫날밤이었다. 너무 달콤하면 쓰게 느껴진다. 태생적으로 영기가 많은 태을이었다. 첫날밤부터 백년해로를 생각하지 않고 죽음을 떠올리는 건 아마도 절세가인을 너무 쉽게 얻은 까닭에서였다.

첫닭이 울 무렵 태을은 옥녀의 몸을 더 이상 탐닉하지 못하고 죽음 같은 잠에 취해버렸다.

그가 눈을 뜬 것은 점심 무렵이었다. 새벽녘에 옆자리에서 잠들었던 색시는 그새 나가고 없었다. 장모에 의해 세숫물이 올려지고 점심상이 들어왔다. 정성을 다해 차린 음식이었다. 절세가인과 함께 꿈결 같은 초야를 보내고 나니 맛깔스런 음식 대령이라. 복도 이런 복이 없었다. 양껏 먹고 상을 물리니 몇 년 연상의 처남이 들어왔다. 처남의 얼굴표정은 굳어 있었다.

"고맙꼬마. 빠져나가야 할 협곡이 머니 어서 서둘러 떠나야 하꼬마."

태을의 짐을 문 앞에 꺼내놓으며 떠나기를 종용했다.

"그래도 사흘은 묵었다가 떠나는 게 도리 아니겠습니까?"

태을이 무안해서 웃었다. 한번 떠나면 이 먼 처가를 언제 다시 와볼 것인가.

"아니, 아바이 뜻이니 어서 서두르게."

어제 잠깐 스쳐보고 오늘 두 번째 보는 처남이었다. 정붙일 틈이 없어서 서먹한데다가 말투까지 엄중하니 서운했다. 하지만 장인의 뜻이라 하니 거역할 입장이 아니었다. 태을은 짐을 들고 안방으로 건너갔다. 눈은 주변을 휘둘러서 하늘이 내린 그의 색시를 찾고 있었다. 모습이 보이지 않는 걸 보니 단장하느라 바쁜 모양이었다. 아니면 수천 리 남녘으로 떠나기에 앞서서 모녀간에 눈물을 뿌리느라 뒤란에서라도 손을 부여잡고 있을 것이었다.

"내 간나새끼르 머리 얹어줘서 고맙꼬마."

장인의 표정 역시 어두웠다. 한바탕 울고 난 기색이었다.

"부족한 저를 사위로 맞아주시니 몸 둘 바를 모르겠습니다. 잘 살겠습니다. 2천 리 길이지만 3년에 한 번은 찾아뵙겠습니다."

"내 믿지 못할 이야기 하나 해줌세. 먼 북녘하늘 북두칠성 별자리에 천녀가 살고 있었지비. 천녀는 늘 아래로 굽어다 보이는 인간세가 그리웠어. 천녀는 옥황상제에게 지상으로 내려가 살고 싶다고 말했지. 옥황상제는 절대 허락하지 않았어. 여러 가지 이유가 있었지만 지상에서는 걸맞은 짝을 구할 수 없다는 거이 가장 큰 문제였꼬마. 천녀의 짝이 지상의 남정네 가운데는 없다 말이지. 짝을 구할 나이가 되면 다시 천상으로 돌아와야 한다는 기야. 천녀는 그러마고 맹약하고 옥녀봉 아래로 내려왔네. 어제는 그렇게 내려온 내 간나새끼가 천상으로 돌아가야 하는 날이었다네. 때마침 자네 같은 청년이 찾아들었기에 하룻밤 음양교합을 한 뒤, 원 없이 돌아갈 수가 있었지비. 부모 된 도리로서 더 이상 포원이 없게 됐으니 자네가 너무 고맙꼬마."

이제 무슨 말인가. 그사이 절세가인이 죽었던 말인가. 혼이 뜨고 똥끝이 타들어오는 느낌이었다. 이건 지옥이다.

"장인 어르신, 대체 무슨 말씀을 하시는 겁니까? 제 색시는 어디에 있습니까? 죽다니요! 어떻게 그럴 수가 있어요? 어디 좀 봐요. 시신이라도 보여주세요. 제가 명색이 풍수공부를 한 사람입니다. 정말 죽었다면 명당 찾아서 내 손으로 묻어줄 테요."

입으로 그렇게 외쳐댔지만 이미 제정신이 아니었다. 가슴에 바람구멍이 난 것 같았다. 머리가 멍하고 맥이 딱 풀어졌다. 전신에 낙지다리 같은 돌기가 튀어나오는 느낌이었다. 무섭고 꺼림칙해서가 아니었다. 길 가다가 얻은 색시지만 어엿한 아내로 맞아서 백년을 해로하려고 마음 다졌던 사람이었다. 그 사람이 하룻밤 만에 죽다니.

태을이 목소리를 높여서 색시를 찾았으나 아무도 입을 여는 사람이 없었다. 미칠 지경이 되었다.

"따라오기요."

처남이 마지못해 태을을 마을 뒷산 옥녀봉 아래로 데리고 갔다. 옥녀봉 기슭 공동묘지에 산역을 하는 사람들이 보였다. 산역은 거의 다 끝나 있었다. 봉분이 조성되고 뗏장이 입혀지는 때였다. 묻지 않아도 지금 만들어지고 있는 새 무덤이 간밤 내내 부부의 정을 통했던 색시의 무덤이라는 걸 알 수 있었다. 천하절색의 고운 자태가 흙으로 돌아가고 있었다. 혼은 머나먼 북두칠성으로 가려나.

태을은 무덤 앞에 꿇어앉아서 비감에 젖었다.

"젊은이, 한잔 받겠슴둥?"

산역꾼들을 지휘하던 노인 하나가 태을에게로 다가왔다. 이 일대에서 풍수 일을 보는 노인이었다. 태을에게 잔을 건넨 노인이 다시 입을 열었다. 태을을 배려해서 사투리를 쓰지 않았다.

"이 옥녀봉 아래 천도동 마을에는 간간이 절세가인이 태어나곤 한다네. 천상에만 있다는 천도복숭아가 이 옥녀봉 아래 마을로 떠내려오는 게지. 허나 그 맛을 본 이는 지상에 없네. 누군가가 맛을 보기도 전에 하늘이 도로 올려가기 때문이지. 하나같이 만 16세만 되면 별나라로 돌아간다네. 이 무덤들을 보게. 모두 일곱 개가 아닌가. 이 무덤에는 수십 년에 걸쳐 왔다가 요절한 이 마을 절세가인들만 묻혀 있다네. 젊은이 그 가인들 가운데 맨 막내둥이를 아내로 삼았던 셈이네. 비록 하룻밤 동안의 부부였네만 천도복숭아를 딴 사람은 자네가 처음일 걸세. 앞서 왔다간 여섯 미인들은 모두가 숫처녀인 채로 돌아갔으니까."

태을이 일어서서 보니 무덤은 꼭 일곱 개요, 그 배열이 흡사 밤하늘의 북두칠성을 지상에 옮겨온 모양이었다. 북두칠성에서 차례로 온 가인들이 다 돌아간 유적이기도 했다.

"이 마을의 주산인 옥녀봉에 이 일곱 미인들의 무덤 말고 다른 무덤은 하나도 들어올 수 없다네. 다른 잡인들의 시신이 들어오게 되면 마을에 재앙이 따른다는 전설이 내려오고 있지."

태을은 노인의 말을 다 듣고서 하염없이 산을 내려갔다. 산협 마을을 홀로 빠져나가는 그의 발길에 잔돌이 채였다.

가인들의 무덤으로 이루어진 북두칠성의 전설이었다.

제자에게 형국론을 가르치다가 자신이 젊었을 적에 북녘 변방에서 겪었던 신비한 체험을 말해주는 노 스승은 하늘에서 천도복숭아를 훔쳐 먹고 지상에 유배 온 신선이 아닐까?

한 노인이 앉자 있다. 아니 그는 사람이 아니라 신선의 풍모를 지녔다. 그는 팔을 걷어붙이고 모래로 짐승도 만들고 장군도 만들고 꽃도 만든다. 짐승을 만들면 약동하는 힘이 느껴졌고 장군을 만들면 기치창검이 번득였다. 꽃을 만들면 야릇한 향내가 울려 퍼졌다. 그의 손길에 닿으면 무기물은 더 이상 무기물이 아니라 생기가 들어가면서 유기체가 되었다. 하늘과 땅과 동물과 식물이 완벽한 조화로 어우러져서 제 모양을 뽐냈다.

아름답구나. 그리고 또한 거룩하구나.

득량은 스승 진태을의 모습에서 신성을 보았다. 태초의 시간이 거기에 있었다. 조물주의 천지창조의 현장이 이랬을 거였다. 풍수는 하늘과 땅과 사람이 만물과 더불어 빚어내는 예술이었다. 미학적으로도 완벽한 천연의 절대미가 담겨 있었다.

태을의 손끝에서 시간과 공간이 풀리고 맺혔다. 밀고 당기고 다시 일으켜 세우는 사이에 날이 저물어갔다. 저물면 끝이 아니었다. 동산에 둥근 달이 떴고 이른 아침에 먼동과 함께 태양이 비쳤다. 바람은 여전히 불었고 물은 흐르며 별들은 천상에서 영원의 음악소리를 냈다.

다시 계절이 바뀌었다.

절 뒤뜰 감나무에 달린 가을이 노랗게 익어가고 있었고 그 아래 구기자나무 넝쿨에는 빨간 열매가 보석처럼 열렸다. 절집에서 부치는 논다랑이에는 나락들이 고개를 숙이고 있었다. 푸른 빈 쭉정이에 물이 오르고 색깔이 변하면서 영글면 자연스럽게 고개가 숙여졌다. 그야말로 성어중 형어외였다.

그 가을날 득량은 스승 태을과 구암선사를 모시고 읍내 장터에 다녀오는 기회가 있었다. 생필품들을 장만하기 위해서였다. 약재나 밑반찬, 지필묵 등을 바랑 가득 샀다.

돌아오는 길목에 절집 논이 있다. 지난봄에 신도들과 울력으로 모를 심은 논이었다. 득량도 물론 못줄을 잡아 거들었다. 태을은 논다랑이 가장자리로 가서 벼 한 모가지를 끊어왔다.

"우리가 봄에 심었던 벼가 벌써 나락이 되었구나. 이 나락은 도대체 어디에서 왔느냐?"

생급스런 물음이었다. 그것도 모르는 바보가 있겠느냐 싶지만 막상 따져보자면 대답이 궁색했다. 득량은 머뭇거렸다. 그러자 태을이 다시 물어왔다.

"하늘에서 왔느냐, 땅에서 왔느냐?"

"땅에서 왔지만 그렇다고 하늘에서 온 게 아니라고는 못하겠습니다."

"왜더냐?"

"흙과 물 외에도 바람과 햇빛을 먹었기 때문이지요."

"그 가운데 가장 필요 절실한 게 무엇이라고 보느냐?"

"아무래도 땅이지요."

"대관절 땅에 무엇이 있기에 이런 나락열매를 맺게 했느뇨?"

이번에 물은 건 태을이 아니라 구암이었다.

"생기가 있지요."

"하늘에는 그 생기가 없더냐?"

다시 태을이 물었다. 두 사람이 번갈아가며 조여드는 질문이 치열했다. 입 안에 든 혀처럼 하도 밀착되고 친밀한 사이라 물음도 약속한 것처럼 착착 맞았다.

"허공에도 기가 흐르지만 벼의 뿌리를 박을 만한 게 없지요."

"꼭 뿌리를 박아야만 살 수 있을까? 물망초나 부평초는 물에 떠다니면서도 잘만 살던데. 바싹 마른 땅에는 뿌리를 박아도 살 수 없지."

"생기를 전달하는 물과 영양소만 있으면 굳이 땅이 아니라도 살 수 있겠군요."

"그렇지. 뿌리는 양분을 빨아들이는 기능 외에도 바람에 휩쓸리지 않게 고착시키는 기능도 하지. 여기 봐라. 이 바위틈에도 느티나무가 뿌리를 내리고 살고 있구나."

진태을은 길모퉁이 역암(礫巖) 틈 사이에서 두어 뼘 굵기의 느티나무를 발견하고 그것을 가리켰다. 마이산 일대 암반층은 자갈과 모래를 시멘트로 버무려놓은 것 같은 역암이 대부분이었다. 바위는 대개 결이 있었다. 그 결로 빗물과 바람이 들어가서 풍화되고 틈이 생겼다. 그 틈 속에 씨가 떨어져 발아되었다. 기름진 땅 속보다는 더뎠지만 그 속에서 빗물과 이슬을 먹고 나무가 자랐다. 놀라운 생명력이었다.

"무섭군요. 생존투쟁이 곧 생명이라더니 살려고 저토록 애쓰는 본능에 몸서리쳐집니다."

"사람은 만물 가운데 제일 영험하다고 하지. 그렇다면 사람은 어디에 뿌리를 내리느뇨? 땅이냐, 하늘이냐?"

역시 어려운 물음이었다. 사람은 어느 한 곳에 뿌리를 박는 벼나 나무들과는 달랐다. 그런데도 사람들은 고향에 뿌리를 내렸다, 뿌리 뽑혀 타관으로 떠돌고 있다는 말을 하곤 했다. 사람의 뿌리는 뭐고 그

뿌리를 내리는 곳은 어디인가.

"식물은 도생(倒生, 거꾸로 섬)하고 동물은 횡생(橫生, 옆으로 섬)하며 사람은 종생(縱生, 직립보행)하지만 종횡무진(縱橫無盡)할 줄을 아니 영물이지."

득량이 좀처럼 답을 찾지 못하자, 구암선사가 결정적인 암시를 주었다. 하늘을 머리에 이고 사는 존재지만 종횡으로 거침없이 살아간다.

"하늘에 뿌리를 박고 사는 게 사람이군요. 하지만 땅에 터를 잡고 살며, 잠잘 때는 옆으로 누우니 그야말로 종횡무진이네요."

"하늘이 근원이다. 땅도 하늘에서 왔고 명당도 하늘의 별자리, 곧 천문(天文)의 반영일 뿐이야. 그래서 산봉우리를 금성(金星)이니 목성(木星)이니 하는 거다. 그건 나중에 일러주마. 아까 땅에 터를 잡고 산다고 했는데 아무 터나 잡고 들어가 살면 되는 것이냐?"

"땅과 사람 마음이 통해야지요. 사람끼리도 마음이 통해야만 함께 살잖습니까? 살다보면 서로 마음이 통한다고도 하지만 요즘 젊은이들은 다르죠."

두 노장이 서로 마주보며 요것 좀 봐라, 하는 식으로 웃었다.

"하면 땅에도 마음이 있다는 얘기렷다!"

구암선사가 반갑게 받아쳤다.

"아직 그 마음을 보지는 못했습니다."

"절밥을 허투로 먹은 건 아니로세."

스승 태을보다 구암선사가 더 흡족해했다.

다음날, 절 식구들 모두 논에 나가 나락을 베었다. 이로써 득량은 봄날에 몸소 모판의 모를 쪄내다 모내기를 하고 가을에 그 수확을 보게 된 것이었다. 땅은 끊임없이 말을 하고 있었다. 곡식으로 나무로 사람으로 자신의 말을 투사했다. 득량은 그 사실을 까맣게 모르고 살다가 산골 절집에서 살며 나무하고 나물 캐고 농사하면서 비로소 실감하게 된 것이다.

이 무렵 마을에서 묻어오는 바람에는 뒤숭숭한 소문들이 무성했다. 일본인들이 호남의 곡창에서 엄청난 양의 쌀을 본토로 실어 내간다는 것이었다. 군산항이나 여수항에 산더미처럼 쌓인 쌀이 어제오늘 일이 아니긴 했다. 그들은 개항하자마자 부지런히 그 짓들을 해왔다. 합방이 되자 세량의 얘기처럼 척식회사를 세우고 본격적인 착취에 들어갔던 것이다. 많은 토지가 그네들의 소유로 넘어갔다. 조선사람들은 일본인 지주 밑에서 소작이나 부쳐먹어야 하는 형편이었다. 나라를 잃은 판국인데 누가 토착농민들을 보호해 주겠는가. 땅에 젖줄을 박고 땅과 더불어 살아온 농민들이었지만 나라 잃은 땅이었기에 그 땅은 민심을 돌보지 못했다. 땅의 슬픔은 그래서 더 컸다.

오래 전부터, 그러니까 할아버지 정 참판이 좋은 땅을 찾으러 다니던 걸 보면서부터 득량에게는 한 가지 의문이 순을 키워갔다. 그것은, 나라를 빼앗겼는데 과연 좋은 땅이 의미가 있겠는가, 하는 것이었다. 스승 태을을 만나 산공부를 해오면서도 그 물음은 계속 꼬리를 물었었다.

"선생님, 빼앗긴 땅에 명당이 있을 수 있습니까?"

산서를 읽다가 막힌 대목을 묻는 기회에 득량은 용기를 내었다. 스승 태을의 반응은 자못 심각했다. 태을은 표정이 굳어지더니 이내 담배를 쟁여 불을 댕겼다. 그는 뻑뻑 소리가 나도록 몇 차례 연기를 들이마셨다. 그의 시선은 뿌연 담배연기 속에서 희미하게 가무려지고 있었다.

'능히 그런 의문을 품을 수 있으리. 하지만 이놈은 너무 빠르지 않은가.'

태을은 자신의 젊은 날을 회상했다. 그는 서당 훈장에게 유교경전을 배웠고 세상이 혼란스러워 과거시험을 치를 수 없자 《주역》의 문을 열고 들어갔다. 그 다음부터 천문과 지리에 입문하기는 천하 없이 쉬웠다. 영감이 샘솟듯 하여 막히는 일이 드물었다. 남의 사주팔자도 기회만 있으면 봐줬고 묏자리도 잡아줬다.

그러나 세상은 그가 헤아리는 것 훨씬 이상이었다. 그는 고작 한 사람의 운명을 짐작할 뿐이었다. 그걸 가지고 세상일을 다 아노라고 뽐낼 게 아니었다. 나라의 운세는 서서히 기울어갔고 서양 오랑캐들이 사방에서 앞다퉈 집어삼키고자 이빨을 갈며 으르렁댔다. 을사보호조약이 맺어지고 왕조가 망해버렸다. 그리하여 일본의 식민지가 되어버렸다.

그걸 빤히 보고 있으면서도 태을은 속수무책이었다. 자신의 부박한 재주로는 나라의 운세를 어쩌지 못했다. 진구렁에 빠진 백성들을 구해내기에는 턱도 없었다. 그 잘난 재주를 가지고 콧대를 세웠으니 얼마나 부끄러운 일인가. 기가 막힐 노릇이었다. 하늘을 쥐어뜯으며 엉엉 소리 내 울부짖어도 끝내 못다 비워낼 부끄러움이었다.

상생(相生)의 시대가 가고 상극(相剋)의 시대가 오리라. 타인이 있으므로 자신의 삶을 편리하게 영위하는 시대가 마감되고 타인이 없어져야만 자신의 삶이 비로소 용이해지는 시대가 오리라. 서로 죽이고 약탈하는 환란이 끊이지 않을 것이다.
을사(乙巳)년에 바다를 건너온 도적들과 궁궐에 있던 도적들이 서로 주고받을 수 없는 문서를 주고받게 될 것이요, 경술(庚戌)년에 하늘이 닫히고 말리라. 서로 싸워야만 자신이 살아남는 시대는 계속되리라. 지혜로운 사람은 깊은 산에 몸을 숨기거나 바다 밖에 나가 때를 보게 되리라.

자하도인이 이른 말씀이었다. 그 말씀이 하나도 틀린 게 없었다. 결국 적중한 예언이었던 셈이다. 대개의 예언은 잘 맞지 않았다. 열 개를 말하면 겨우 한둘이 맞는데, 틀린 건 일체 입 다물고 맞춘 것만 떠들기 때문에 예언이 적중한 것으로 포장된다. 그러나 몇몇 지인들에게만 일러준 자하도인의 예언은 기가 막히게 맞았다. 그것은 이미 미래 세상을 살아본 사람이 하는 말 같았다. 그랬다. 언제부턴지 세상은 서로 다투고 한쪽을 제거해야만 자기 쪽이 살아남는 시대로 변하고 있었다. 서로 한울타리가 되어 더불어 사는 세상은 끝나버렸는가.

청년 태을은 웃음을 잃었다. 그리고 방랑에 몸을 맡겼다. 사람의 목숨을 구하는 일이 아니면 좀체 남의 운명을 거론하거나 사사로이 묏자리를 잡아주지 않았다. 그저 팔도유람을 하면서 좋은 땅을 보는 것으로 만족했고 하늘을 원망하며 하루하루를 넘겨갔다. 그렇게 살다가 거꾸러지면 그뿐이었다. 어설프게 아는 게 병이었다. 치유하고 극복해낼 힘이 없으면 그 앎이라는 건 아무 짝에도 쓸모가 없었다. 알기 위한 공부보다 잃어버리기 위한 공부가 훨씬 길다는 말이 정녕 틀린 말이 아니었다. 잃어버리기 위해서 몸부림쳐야 하는 세월, 그야말로 절망의 나날이 시작된 것이었다.

방랑의 세월은 가혹했다. 절망하는 것보다 그래도 작은 힘이나마 보태는 게 낫다는 건 알고 있었다. 하지만 마음이 내키지 않았고 그 마음이 내키게 되었을 때는 이미 넌덜머리가 나도록 방황한 뒤였다. 그러고 보니 금방 환갑이었고 머리가 희어졌다. 살아야 할 날이 얼마 남지 않았다는 자각은 긴 밤을 잠 못 들게 했다. 그래서 다시 일어섰고 제자를 구하려고 두리번거리게 되었다. 그런데 지금, 눈앞에 앉아 있는 그 제자가 싹도 틔우기도 전에 그 의문을 붙들고 있으니 ….

"득량아."
 오랜 침묵을 깨고 나오는 부름이라 태을의 어조는 간절한 여운을 띠고 있었다.
"예, 선생님."
"넌 일본인들이 얼마 동안이나 우리나라를 지배할 것 같으냐?"
 좋은 땅을 물어온 제자에게 답을 해주지 않고 그렇게 반문하는 태을이었다.
"일인들은 장차 중국대륙까지 손에 넣기 위해 만주로 진출하고 있다 합니다. 지금의 기세로 봐서는 오랫동안, 아니 어쩌면 저네들이 말하듯 대동아공영권 아래 묶여버릴지도 모르겠습니다만."
 득량이 냉정하게 분석했다.
"그게 네 생각이냐, 아니면 청년들의 일반적인 견해냐?"
"시간이 흐를수록 모두가 패배주의에 빠지는 모습들입니다."
"그렇지 않느니. 우리 민족은 절대 절멸치 않는다. 단군이 요동 일대와 한반도에 나라를 세우신 이래 수많은 외침이 있었다만 우리 겨레는 끝내 살아남았다. 일본의 식민통치는 일시적일 뿐이다."
"어떤 근거로 그렇게 보십니까?"
"올해가 무슨 해더냐?"
"기사년입니다."
"하면 5년 전은?"
"갑자년이지요."

"그렇다. 지난 갑자년은 상원, 중원, 하원 가운데 중원갑자(中元甲子)가 시작되는 첫 해였다. 지구상으로 봐서 이 땅의 위치는 어디냐?"

"동방이라고 하지요."

"니가 《주역》을 많이 읽었으니 괘로 말해보거라."

"동북쪽이니 간방(艮方)이라고 할 수 있지요."

과연 명석한 재목이었다. 경전이라는 게 웬만큼 익혀서는 문답에 척척 응할 수 없었다. 다 아는 것 같은데 전연 생각이 안 나다가 구절을 듣고서야 비로소 그랬었지 하는 법이었다.

"〈설괘전〉에서 간괘(艮卦)를 뭐라고 풀이했더냐?"

"간(艮)은 동북의 괘이니 만물의 끝을 이루고(所成終) 시작을 이룬다(所成始). 만물이 끝나고 시작하는 것은 간보다 더 성한 게 없다(終萬物 始萬物者 莫盛乎艮) 했습니다."

득량이 막힘없이 술술 풀어냈다. 책으로 하는 공부라면 이 나라에서 필적할 상대가 없었다. 비상한 기억력도 타의 추종을 불허했다.

간방은 오행간지상(五行干支上)으로는 축방(丑方)과 인방(寅方) 사이에 자리잡고 있다. 축방 지점은 북쪽의 끝이고 인방 지점은 동쪽이 시작되는 곳이다. 때문에 한반도가 지구의 동북쪽에 있는 것이다. 이 축은 해자수(亥子水)인 바다와 인접한 토(土)인 까닭에 축토(丑土)의 진리대로 지형이 삼면이 바다인 반도를 이루고 있는 것이다. 뿐만 아니라 이 축토는 물을 흡수하여 여과시키기도 하는가 하면 물의 세력을 멈추게도 하고 변질케도 하는 원리를 가지고 있다.

축토는 곧 한반도의 지형을 이루고 있는 근간이다. 이것이 이 땅 사람들의 정기이기 때문에 그 어느 외세도 침략했다가는 일단 멈추게 되고 나중에는 무기력하게 되어 패주하고 마는 것이다.

"내 분명히 말해두고자 한다. 55년이 더 지나서 1984년 갑자년, 곧 하원갑자(下元甲子)가 되면 이 땅에 민족문화가 융창하게 되리라. 그것은 내 상상 밖의 일이라서 가히 짐작조차 할 수 없다. 일본 침략자들은 그 하원갑자가 되기 전에 반드시 패하여 물러갈 것이다. 너는 그 이후를 봐야 할 것이야. 내가 너에게 굳이 경성제국대학 법학부를 마치라고 권하지 않는 까닭이 여기에 있다. 당장 끼니 걱정할 정도로 어려운 처지도 아니니 난세에는 몸을 낮추고 진리 찾는 공부를 하는 법이다. 세상에 나가면 부러지거나 흠을 만들지. 나는 원체 박복해 놓아서 국운이 가장 쇠하던 시기인 상원갑자(上元甲子)에 나서 사는 게 죽는 것만도 못한 생불여사(生不如死)의 세월을 살아왔거니 너는 고진감래라. 한 고비 넘으면 비단길이 열린다."

태을은 거침없이 말을 쏟아냈다. 의식치 않은 가운데 내던지는 말, 이것을 예언이라고 하는 것인가.

1984년, 이 해가 60년에 한 번 돌아오는 갑자년이었고 그걸 이름 하여 하원갑자라 했다. 상원, 중원, 하원이 각각 60년 도합 180년을 주기로 돌고 돈다 했다. 지금이 1929년 기사년이니 앞으로 남은 햇수는 55년, 그 안에 일본은 망하여 돌아간다고 했다. 올해 득량의 나이 스물다섯이니 55년 후면 여든이었다. 태을은 최소한 그 나이까지는 산다는 말을 무의식중에 한 것이다.

이렇게 해서 득량의 의문은 해소되었다. 빼앗긴 땅에도 명당은 있었다. 지금 나라가 망했어도 땅의 기운은 여전히 살아 있다. 검은 먹장구름이 걷히면 발복하는 것이다.

"외람되오나 저희 조부께서 묻힌 호승예불혈(胡僧禮佛穴)은 명당이 분명한지요?"

득량은 다시 물었다.

"물론 명당이니라."

"그럼 당연히 발복이 될 텐데 왜 가형에게 이장하라고 하셨는지요?"

"너도 풍수를 발복을 위한 잡술로 인식하는구나. 무탈하면 그것도 발복이다. 발복에 앞서서 망자에 대한 예법이 더 중요한 것인데 사람들은 본질을 벗어나서 자꾸 복을 뺏어내려고만 한다. 도둑심보지. 너도 그 허황된 《정감록》 따위를 염두에 두고 하는 얘기냐?"

태을이 노안을 빛냈다. 네가 조부 정 참판처럼 황당한 참위서 따위를 믿고 시작한 산공부가 아니었냐는 추궁이기도 했다. 그러나 맹세코 득량의 산공부 목적이 정감록에 있지는 않았다. 미쳐버리므로 인(因)하여 암장을 제거한 진태을의 연(緣)을 얻었고 산공부에 입문하는 과(果)가 있었을 뿐이다.

태을은 그때 3대에 걸쳐 《정감록》을 신앙하는 득량의 집안에 대해서 생각을 달리고 있었다. 정 참판은 관직에서 물러난 이래, 줄곧 왕기가 서린 땅만 찾아다녔다. 수십 년을 공들인 보람이 있어서일까. 하성부지라는 삿갓스님으로부터 호승예불혈의 명당을 구하고 그 자리에 묻혔다. 자신이 데리고 있던 조 풍수의 배신을 경험하고서였다. 그는 후손들에게 청의백의를 입도록 유언했다. 참으로 비장한 유언이 아닐 수 없었다. 정 참판의 유지는 아들 정진국에 의해 이어졌고 손자 정세량이 계승했다. 대단한 《정감록》 숭배집안이었다.

"선생님, 전 절대 아닙니다."

득량의 그 말은 사실이었다. 세량에게도 가능하면 도포를 입지 말고 양복차림으로 사업장에 나가라고 일렀던 그였다.

"아무리 《정감록》이 역학과 풍수에 근거를 두고 생겨났더라도 그것은 참위설에 지나지 않는다. 또한 정 도령이 반드시 정씨여야 한다는 법도 없으려니와 감추고 감추어야 하는 천기를 공공연히 누설했으니 하늘이 응할 리가 없다. 게다가 호승예불혈은 군왕지지가 아니라 성인지지이며 아직 시운이 들어오지 않았다. 풍수는 정말 간단치가 않다. 웬만한 고수라도 실수가 많을 수밖에 없지. 성인이 나올 자리를 군왕이 나올 자리로 착각하고, 하원갑자 후반에 발복할 자리를 중원갑자 초기에 써놓고 발복을 기다리니 되겠느냐. 터도 제각기 임자가 따로 있고 때가 있다. 넌 아직 풍수를 못다 깨쳐서 그렇다만, 다 깨치고 나면 왜 그러한지 자연히 알게 되리."

태을은 준엄하게 역설했다. 정 참판은 호승예불혈의 주인도 아니고 쓸 때도 아니라는 거였다. 득량이 더 따져 물을 계제가 아니었다.

득량은 막막했다. 산서를 섭렵했으나 풍수가 뭔지 아직 감도 못 잡았다. 터의 주인을 가리고 때를 맞추는 일은 꿈도 못 꿀 경지였다. 천자문이나 명심보감 외우듯 산서를 술술 외운다고 심오한 풍수의 문이 열리는 게 아니었다.

"풍수는 정말 어렵습니다."

"천장지비(天藏地秘)라는 말이 있다. 하늘이 감추고 땅이 숨겼다는 명당을 이른다. 그걸 찾아내는 일인데 당연히 어렵지. 《금낭경》의 말씀처럼 탈신공 개천명(奪神功改天命, 신이 빚어놓은 명당을 훔쳐서 천명을 고침)하기가 쉽겠느냐? 어려워야 정상이다."

쉬우면 탈이 난다. 자칫 삐끗 하면 지렁이를 용이라 보는 사도(邪道)로 빠지기 쉬웠다. 계룡산이나 모악산에는 그런 사람들이 얼마나 많던가. 세상 모든 사람들이 새 세상을 맞이한다 해도 그런 사람들은 후천개벽을 맞을 수가 없다. 이미 삿된 길로 새버렸기 때문이었다. 천하의 진태을이 자기 제자를 그런 샛길로 빠지게 할 수는 없었다.

"넌 지금껏 잘해 왔다. 이쪽 사람들이 즐겨 쓰는 말에, '산따로 산서 따로'라는 말이 있다. 아무리 많은 산서를 꿰었다 해도 답산을 게을리

하면 방안풍수가 된다. 곧 전국 명혈을 답산할 기회가 있을 것이다."
"난세에는 묏자리보다는 살아가는 집터가 더 중요하지 않겠습니까?"
"십승지가 그래서 생겼느니. 하지만 묏자리 역시 난세를 넘기는 방법으로는 더없이 긴요하다. 왜인고 하니 땅 속에 감추는 것보다 확실하고 안전한 것도 드문 탓이다. 명당이라는 게 꼭 높은 벼슬아치가 나고 돈 많이 버는 것만이 아니다. 그저 후손만 끊이지 않고 밥술이나 뜨면 그게 최고라는 말도 있지. 이런 난세에 인재가 잘못 나면 적에게 이용당하다 버림받기 쉽다. 너도 잘 알다시피 을사오적(乙巳五賊)이 그 꼴이다. 일본 천황으로부터 작위를 받고 날뛰지만 나중 세상이 바뀌면 그 작위라는 건 개목걸이만도 못하게 되고 만다. 그렇다면 벼슬길에 올라 대신이 되었던 게 차라리 화근이 아니더냐."

태을은 드디어 패철 보는 법을 가르쳤다. 이제 산으로 데리고 다녀야 할 때가 왔다고 본 것이다. 다리에 원기가 남아 있을 때 산을 타야 했다. 어차피 길 위에서 쓰러져 죽을 자신의 운명이었다. 그렇더라도 득량에게 산공부는 서둘러 마쳐주고 싶은 욕심이었다. 아는 것만이라도 제대로 전해주고 싶었다.
태을은 손바닥에 꽉 차는 크기의 뜬쇠를 꺼내 서안에 올려놓았다. 목재로 된 그 뜬쇠는 여러 개의 동심원들과 분할선, 그리고 수많은 글자들이 정교하게 새겨져 있었다. 흔히 나침판이라고 부르는 도구였다. 풍수노릇을 하자면 반드시 이 뜬쇠가 필요했다. 밥줄인 셈이었다.
"패철은 혈이 되는 자리에서 길한 방향과 흉한 방향을 가리기 위한 도구로 쓰이는데 '포라만상(包羅萬象) 경륜천지(經綸天地)'라는 말에서 '나'(羅) 자와 '경'(經) 자를 따서 나경이라고도 한다. 삼라만상을 포함하고 천지를 경륜한다는 거창한 뜻이 담겨 있다. 솔직히 지나친 가

치부여다. 그저 방향이나 보고 용절이나 재는 도구에 지나지 않지. 이 걸 허리에 차고 다닌다 하여 '패철'이라고도 하고 가운데 지남철 바늘 이 떠서 돌아가니 '뜬쇠'라고도 한다.

맨 중앙의 원은 태극을 상징하고 바늘이 자연스레 둘로 나누고 있으 니 음양을 뜻한다. 보통 9층으로 된 것을 많이 사용하는데 28수 별자 리까지 나와 있는 36층짜리도 있다. 24방위가 표시된 층이 모두 셋인 데 4층을 지반정침, 6층을 인반중침, 8층을 천반봉침이라고 한다. 패 철은 이기법에 소용되는 기구다. 형기법으로 터를 잡고 패철을 이용하 여 이기법을 따져보는 것인데 그 사용법이 정말 복잡하여 제대로 활용 하는 사람은 아무도 없을 게다. 나는 포태법에 의한 삼합풍수를 한다 만 88향법이니, 정음정양이니, 현공법이니 학파마다 즐겨 사용하는 법이 있어서 어느 것이 정법인지 분간이 어렵고 바로 이 패철 돌리는 것 때문에 풍수가 세상 사람들에게 사기술로 오인받기에 이르렀으니 얼치기 풍수, 곧 얼풍수는 패철로 권위를 잡으려 들고 참풍수는 패철 을 놓고 산의 순세에 따라 방향을 잡는다.

내가 단언컨대 어떤 이기법도 하나의 설일 뿐이며 유행이지 절대법 칙은 없다. 따지고 보면 사람도 움직이는 나침반이다. 개안한 고수가 마음의 나침반으로 잡는 것이 옳다고 믿는다. 패철에 너무 마음 쓰지 마라."

땅의 말

"따라나서라."
이윽고 태을은 득량에게 현장학습을 시켰다. 가까운 산에 올라 묘를 앞에 놓고 뜬쇠 보는 법을 지도할 요량이었다.

　가을 산이 불타오르고 있었다. 단풍에 물든 것이다. 일대에 검은 바위가 많은 덕분에 붉은 단풍과 묘한 조화를 이뤄 선경(仙境)을 연출했다. 검은 바위는 거대한 숯을 연상케 했고 그 위의 단풍은 활활 타는 불꽃 같았다.

　태을과 득량은 억새풀이 머리를 풀어헤치고서 사각사각 우는 소리를 내는 야산을 탔다. 바위가 적은 산이었고 기슭에 거대한 박 바가지 같은 봉분을 몇 개 엎어놓고 있었던 것이다.

　"이 자리는 혈이 맺혔느냐?"

　"잘 모르겠습니다."

　"모르는 게 당연하다. 이건 혈이 아니다만 지금은 뜬쇠 사용법을 익히는 것이니 용이 들어온 방향을 재어보아라."

　태을은 뜬쇠를 손끝으로 톡톡 건드려 바늘이 제대로 뜨도록 하고서 남북을 가리키게 조정했다. 뜬쇠를 전해 받은 득량은 용맥을 밟아 내려오며 방향을 재나갔다. 아담한 봉분 뒤 입수처(入首處, 혈에 맥이 들어가는 꼬투리)도 쟀고, 석물(石物)이 없는 봉분 앞 정중앙에서 좌향도 쟀다. 동향이었다. 토질이 좋아서인지 뗏장은 잘 덮여 있었다. 살상을 피하는 데 주력한 묏자리였다.

　"좌선룡(左旋龍, 왼쪽에서 오른쪽으로 선회하면서 혈을 맺는 내룡)으로 신무입수(辛戊入首)에 유좌묘향(酉坐卯向)으로 동향 판입니다."

　"그럼, 이번에는 물이 들어오고 나간 방향을 짚어보거라."

　"득(得)은 손사방(巽巳方)이고 파(破)는 계축방(癸丑方)으로 우선수(右旋水, 오른쪽에서 왼쪽으로 감돌아 흐르는 물)가 되니 음양이 교구됩니다."

　득량은 막힘이 없었다. 태을은 그런 제자가 아주 대견스러웠다. 칭

찬에 인색한 자신을 만나서 그렇지 웬만한 스승을 만났더라면 추켜세우느라고 넋이 나가 있을 것이다.

"어떠냐! 산에 올라서 직접 뜬쇠를 보니."

"감은 좀 잡힙니다, 선생님."

"그러게 귀장사하지 말고 눈장사를 하랬다."

백문이 불여일견이라는 말이었다. 태을은 뜬쇠를 거둬 쌈지에 넣었다. 그리고는 사방에서 무덤을 살피더니 다시 입을 열었다.

"이 무덤은 남자의 것이다."

급기야 태을이 땅속 사정을 짚어내고 있었다. 겉가죽만 보고 어떻게 속사정을 알아내는 것일까. 하긴 조부의 무덤 아래, 열 자 깊이에 암장한 뼈도 찾아낸 스승이었다. 득량은 온몸이 가녀리게 떨려왔다. 바야흐로 귀신도 놀라는 투지법(透地法)을 전해줄 모양이었다.

"눈을 감고 마음의 눈을 열어 땅속을 보아라."

득량은 무덤 앞에 섰다. 그러고는 봉분을 주시했다. 바가지를 엎어놓은 모양의 봉분과 그 위로 물이 내려 누르께한 뗏장이 보였다. 그 밖에 보이는 건 아무것도 없었다. 사람의 눈이 땅속을 투시할 수는 없었다. 그는 자신의 한계를 인정해야 했다.

눈을 감으면 하늘도 땅도 깜깜해져 버렸다. 세상이 온통 먹물 속이었다. 아무것도 보이지 않았다. 스승도 가을산도 심지어 자신의 발밑마저도 전혀 보이지 않았다. 완전한 어둠이 세상을 뒤덮고 있었다. 그의 뇌리도 그 어둠이 번져버려 아무것도 생각할 수가 없었다.

태허(太虛), 태초의 어둠이 이것이던가.

득량은 어렴풋이 그 생각을 달렸다. 먹빛 어둠은 균열 하나 없었고 흔들림 하나 없었다. 깨끗하고 고요한 어둠이었다. 잠시 뒤, 겨자씨만한 점 하나가 그 어둠 속에서 잉태되고 있었다. 까만 어둠 속의 작은 빛살이었다. 그 순간, 그 빛살은 무서운 속도로 달려들면서 폭발해 버렸다. 까만 어둠이 갈가리 찢기면서 세상은 눈부신 광명천지로 되돌아왔다. 그 사품에 불에 덴 것처럼 온몸이 화끈거렸다. 그 경황중에도 어떤 물체를 봤던 것 같다. 하지만 그게 무엇인가는 알 수 없었다. 종잡을 수 없는 혼돈이 그 물체를 덮어버렸다. 그걸 찾으려고 눈을 조여 봤지만 보이는 건 가을산과 그 위에 엎어져 있는 봉분 하나뿐이었다. 현기증이었을까.

"무엇이 보이더냐?"

"뭔가 보일 것 같았는데 미처 보지 못했습니다."

득량이 무의식중에 한 말이었다. 득량은 스승 태을도 그 태허를 봤을 거라고 착각하고 있었다. 오직 자신의 망상이 빚어낸 헛것이었음을 깨닫지 못했다. 그것은 현기증이었는지도 몰랐다.

"마음의 눈을 뜨라고 했지, 누가 이상한 기운을 빌리라고 했더냐! 그런 기이한 잡술로는 큰 공부에 나아가지 못한다. 다 헛것이다. 무당이 잡신을 모시고 공을 들여서 얻는 게 무엇이더냐. 잡술이다. 하다못해 막대기에 지성으로 공을 들여도 귀신은 붙느니. 무당이 소나무 가지에 공수를 주면 그것이 천장으로 치솟는다거나 날이 시퍼렇게 선 작두를 타고 춤을 추는 행위가 다 잡술이니라. 그걸로 잡신을 즐겁게 해서 대체 세상을 어찌하겠다는 게냐. 무당이 될 사람이 아니라면 정신을 바짝 차려서 잡신이 껴들지 못하게 해야 하고 마음자리를 똑바로 붙들어 매둬야 한다."

태을의 꾸짖음은 준열했다. 산서를 읽고 바람과 물을 궁구하고 묘지를 찾아다니다 보면 자신도 모르게 잡신을 보게 되는 경우가 더러 있다고 했다. 그것이 무슨 계시인 줄 알지만 그건 모두 헛것이라 했다. 거기에서 벗어나지 못하면 영영 신세를 망치고 만다고 했다. 그런

잡것들은 처음부터 안 보이는 게 좋다고 했다. 헛것이 보여서 좋을 게 없다 했다.

"선생님은 저희 할아버지 묘 열 자 깊이에 암장한 유골도 찾아내셨 잖습니까? 그리고 좀전에도 비석도 없는데 남자 무덤이라는 걸 아셨고 요."

"별것도 아니다. 집요하게 파고들면 어쩌다 잠깐씩 열리는 수가 있 지. 오랜 경륜을 지닌 풍수쟁이들이 흔히 이용하는 투지법이다. 그러 나 땅을 파보면 틀릴 수가 있다. 함부로 말했다가 망신을 당하지. 이 런 직감과 경험철학보다 더 중요한 것은 땅의 마음과 사람의 마음이 서로 교감하는 일이야. 땅은 말을 한다. 다만 사람들이 그것을 알아들 을 수 없기에 지나칠 뿐이다. 숙련된 풍수가 어떻게 명당을 찾아내느 냐?"

"산서에 나와 있는 형국을 찾기 때문이지요."

"산서가 무엇이더냐. 땅의 말을 인간의 말로 바꾸어 적어둔 것밖에 더 있느냐? 이러저러한 형태를 갖추고 있으면 혈이 맺힌다는 표지 같 은 거지."

순간, 득량은 가슴이 시원하게 뚫리는 걸 체험했다.

그랬다. 땅의 말은 농아의 수화(手話)와 같다. 소리 없는 몸짓으로 말하는 게 땅이 아닌가. 산서란 바로 그런 몸짓을 열거하여 좋다, 나 쁘다는 뜻을 인간의 문자로 적어놓은 것에 지나지 않았다. 알 것 같았 다. 땅의 말을 듣는다는 게 무엇을 의미하는지 알 것 같았다.

"반드시 땅의 마음을 알아야 하느니. 그러려면 우선 기(氣)를 체험 해야 하고 땅과의 친화력을 얻어야 한다. 그건 절대 책에서 구할 게 아니다. 땅과 친구가 될 일이다. 사귐은 오랠수록 좋나니. 너의 마음 과 땅의 마음이 하나가 된다면 땅이 너에게 하는 말을 능히 읽어낼 수 있지. 기를 체험하라니까 확인할 수 있는 사람이 없다고 거짓말하기 시작하면 그 순간으로 사기꾼이 된다. 명심해라."

태을은 밭은 목안을 다스리느라 잔기침을 했다. 그러고 나서 다시 소론을 펴기 시작했다. 그 내용은 대략 이랬다.

"땅의 마음은 늘 열려 있다. 다만 인간이 땅에 대해서 마음을 열어주지 못하기 때문에 교감이 불가능한 것이다. 인간은 만물의 영장이라고 오만을 떨지만 사실은 뭇생명 가운데 가장 감각기능이 뒤진 존재다. 소리를 듣는 것으로는 박쥐를 따를 수 없고, 냄새를 맡는 것으로는 개를 따를 수 없다. 마음의 교감에서도 그렇다. 살을 섞고 사는 부부간에도 서로의 마음을 헤아리지 못하는 예가 허다하니까."

이것이었다. 바로 이것이었다. 스승의 놀라운 투지법은 바로 여기에서 비롯된 것이었다. 스승이 아무리 도통한 경지라 해도 땅 속을 꿰뚫어볼 재주는 없을 것이었다. 다만 교감이 자유로우니 예측이 가능할 뿐이었다. 땅과 사귀고 그 마음을 읽기 위해서는 앞으로 얼마나 많은 세월이 필요할 것인가.

득량은 하산하면서 발아래로만 눈을 주었다. 언제나 내딛는 발아래 땅은 있었다. 이처럼 가까운 땅이건만 그 마음을 알아내는 사람은 드물고 드물었다. 그걸 내가 알아내야 한다. 기어코 알아내야 한다. 스승으로부터 산서를 배울 수는 있지만 이 땅의 마음을 알아내는 일은 오로지 스스로의 능력에 힘입어야 했다.

태을은 득량과 달리 먼 하늘바라기를 했다. 그는 묘향산으로 숨어들었다는 자하도인을 떠올렸다. 그의 남은 천수가 이제 1년이었다. 과연 도인을 한 번 더 만나게 될 것인가. 꼭 만나고 싶었다. 이승에서 한 번만이라도 더 만나보고 싶었다.

두 사람이 절집에 돌아왔을 때, 바우가 요사채 아궁이에 불을 지펴

다가 뛰쳐나오며 외쳤다.
"아들 낳았어요. 아들요!"
절 식구 하나가 늘어난 것이다. 이처럼 기뻐 뛰는 아비의 마음을 갓난아기가 알 수 있을까. 땅의 마음을 알지 못하는 득량이야말로 진짜 갓난아기였다.

7
풍수의 길

이 장

 가을에 정 참판의 승달산 묘를 이장했다. 천하대명당이라며 그토록 힘들게 찾아 쓴 자리였다. 그때는 이미 산소 주위의 산을 매입한 뒤였는데 천하명풍 진태을이 무탈할 뿐 그 이상의 발복은 안 되는 자리라고 하니 도리가 없었다. 옥룡자 도선국사나 무학대사의 이름을 빌린 결록에 빠짐없이 거론하고 있는 명혈! 전설적인 도인 괴승 미후랑인이 직접 산도를 그렸고 그의 제자 하성부지가 정씨집안에 은혜를 갚기 위해 전한 일이 허사였다. 진태을의 소론에 따르면 대지대혈이로되 아직 쓸 때가 아니라고 했다. 주인이 따로 있다는 것이다. 하면 하성부지는 시운을 몰랐단 말인가. 당사자를 만나보지 않고는 확인할 수도 없는 노릇이었다. 풍수가 망자에 대한 예법이고 무탈하면 그게 발복이란 말씀은 쉽게 수용할 수 없었다. 한 자리 써서 인생역전을 도모하는 것이 풍수의 맛 아니던가.

　불임(不姙)의 터가 있다. 형국으로는 훌륭한데 발복이 안 되는 자리였다. 터가 구실을 못해도 그렇고 임자를 만나지 못했거나 때가 아니어도 그렇다. 사람으로 치면 석녀(石女)나 불임기의 여자다. 본인은 건강한데 서방이 고자일 수도 있었다.

　"땅 팔자 사람 팔자가 맞아야 하는군요. 그래도 호남의 명혈자리를 찾아 면례해 드려야 도리가 아니겠습니까?"

　이장 직전에 세량이 진태을에게 올린 말씀이었다. 순창의 말 명당이나 오선위기, 고산의 선인독서, 임피(군산) 술산(戌山) 정도를 염두에 두고 있었다.

　"이미 자리를 확보해 놓았으니 더 욕심낼 필요가 없소."

　태을은 담담했다.

　"승달산을 말합니까?"

　"그렇지요. 기다려보세요. 정씨가 들어갈 날이 올 게요."

　세량으로서는 해석하기 어려운 말이었다. 전에 스승이 터의 임자와 쓸 때가 있음을 일러준 적이 있어 득량은 어렴풋이 짐작했고 형에게 귀띔해 주었다.

　"형님, 이제부터는 그 거추장스런 도포대신 양복을 입으세요."

　득량이 제안했다. 할아버지의 정감록 꿈이 사라졌음을 상기시킨 것이다. 천하대명당에 들어갔다가 인연이 아니라서 도로 튕겨 나온 마당이었다.

　"허망하구나. 명당 한 자리 쓰시려고 그토록 신명을 바치셨거늘."

　세량은 조부 정 참판을 떠올리며 아쉬움을 표했다. 그러면서 대체 천하대명당은 어떻게 해야 제대로 찾아 들어갈 수 있는가를 생각했다. 천하대명당이라는 게 있기는 한 것인가. 모두가 허망한 그림자 붙잡기

놀이 같았다.

허망한 그리움

서울 하지인 역시 홀로 서성이는 그림자였다. 남녀간 사랑은 가장 현실적이고 본능적인 행위지만 극점이 서로 다른 지남철이 달라붙듯 하지 못하면 애타고 허망한 그림자 붙잡기가 된다. 수업을 마치고 낙엽지는 교정을 거닐면서 하지인은 줄곧 한 남자만 생각했다. 학교를 파하고 무작정 거닐어 동숭동에 다다랐다. 거기 그 남자가 다니던 학교건물이 있었고 두 사람이 거닐던 추억이 묻어 있었다. 흘러간 시간은 공간으로 기억된다. 멀리 떨어져 재회를 기약하지 않은 연인처럼 애달픈 사람들도 없다. 스산한 가을밤의 장막이 내려와 거리가 어두워지자 하지인은 질질 끌려온 나날들이 서러웠다. 마취되어 수술대 위에 누워 있는 환자처럼 파리한 밤거리를 얼마나 더 걸어야 하는가. 그녀는 남산 장충단 밑 집으로 돌아와 소네트 같은 연시(戀詩)를 써나갔다. 형식은 14행을 맞추지 않고 자유롭게 했다.

두 개의 돌탑이 있었네.
메아리 우는 골짜기 바람 같은 우리 사랑
그대는 하늘이고 무무하게 서 있고
나는 그대 곁에 돌이 되어 쌓였네.

별들도 숨죽여 커다란 눈을 깜박일 때
두 개의 돌탑은 손을 맞잡았지.

바람불어 떨리는 몸짓으로 가여운 응시
은하수 강가에 젖어가는 그리움

나는 차라리 무너지는 날을 기다리네.
오래도록 서 있었던 적이 있는 자만이
탑의 앙버텨온 인고의 세월을 안다.
비원의 몸짓이 거룩한들 딴 몸을 어이하리.

바람불고 그대 무너져 누우라
나 그대 향해 거침없이 무너져
차곡차곡 섞여 쌓여 한 몸짓으로 서고자
천지간에 영원으로 서서 노래하고파

    사랑의 시편들은 언제나 쑥스럽고 어설프다. 하지인은 지난 여름 마이산 탑골 천지탑 아래서 득량과 함께 했던 짧은 포옹을 잊지 못했다. 득량에게 말하지 못했지만 그를 향해 무너져 내리고 싶었다. 그 역시 무너져 한몸으로 다시 설 수 있다면 더 바랄 게 없었다. 그때 하지인이 간절히 두 손 모아 기도한 내용이었다. 자신도 모르게 눈물이 흘러내렸다. 득량은 그런 그녀에게 다가와 포옹해주었다. 그녀의 속내를 알고서 한 몸짓이었을까. 알았다고는 말할 수 없었다. 할머니를 비롯한 집안사람들의 바람과 달리 아직까지도 아무런 진전이 없었다. 그저 가끔씩 주고받는 편지가 고작이었다.
    하지인은 이제 그만 무너져 내리고 싶었다. 그가 있는 방향으로 무너져버리고 그 또한 무너지기를 바랐다. 그리하여 다시 하나의 탑으로 쌓이기를 원했다. 그런 감정을 담고자 했는데 유치한 수준에 머물렀다. 시는 역시 사랑만큼이나 어렵다.

그녀는 〈두 개의 탑, 하나의 전설〉이라는 그 시를 남녘으로 부치지 않았다. 며칠간 가지고 다니다가 4연 두 번째행 '나 그대 향해 거침없이 무너져'라는 구절을 '나 그대 향해 촛농처럼 흘러내려'로 고쳤다. 그래도 맘에 들지 않았지만 어느 잡지사로 보내버렸다. 그 전에 써둔 서정시 몇 편과 함께였다.

참된 풍수의 조건

산사에 겨울이 오고 있었다. 그간 득량은 가까운 산을 찾아 산서에서 배운 이론을 적용시켜 보았다. 용이 오고 나가는 맥에서 물의 득파, 장풍국 등을 따져보았다. 스승을 따라 근동 마을의 초상집에 가서 묏자리 잡는 것도 보았다. 일을 결정하기 전에 스승은 먼저 득량의 의견을 묻곤 했다. 득량은 산서에 나와 있는 말씀을 하나하나 들어서 자신의 견해를 말했다. 큰 자리가 아니라서 거의 틀림은 없었다. 득량은 어느 정도 이론에 자신을 얻었다.

득량이 얻은 또 한 가지 자신감은 일종의 기(氣)를 체험한 것이었다. 언제부터였던가. 득량에게 발아래 땅은 더 이상 차갑고 무표정한 흙들의 집적체가 아니었다. 그것은 살아서 꿈틀대는 생명체였다. 그 거대한 생명체 속에는 혈맥이 뻗어 있었고 피가 흐르고 있었으며 훈김이 치솟고 있었다. 특히 혈이 맺힌 자리에는 반드시 섬세한 혈증이 있었다. 땅 속에 커다란 알이 박혀 있고 그 위로 도톰한 훈(暈, 햇무리나 달무리처럼 둥근 테두리)이 감지되었다. 그런 생명체를 어떻게 함부로 다룰 수 있겠는가. 그런 생명체를 어떻게 흠집나게 하겠는가. 혈맥이

다치지 않는 한도 내에서 장(葬)하여 생기를 취해야 한다는 게 무엇을 의미하는 말인지 비로소 실감했다. 거추없이 봉분을 크게 짓고 석물을 세운다고 생기를 받는 건 아니었다. 그것은 군왕들의 묘처럼 주검으로까지 권위를 세우려는 허세일 뿐이다. 혈자리에 제대로 들어갔다면 아담하게 주변과 조화를 이루면 최고였다.

싸라기 같은 첫눈이 오다 그친 어느날, 스승 태을은 득량을 앉혀 놓고 풍수의 길에 대해 일렀다.
"잘 들어라. 이제 이 겨울이 다하면 이 강산을 떠돌게 된다. 몇 년이 걸릴지 모르나 답산은 많을수록 좋다. 바야흐로 네가 그 동안 배운 실력을 현장답사를 통해 실습할 때가 온 것이다. 풍수의 길이 시작된 게지. 그래서 풍수사가 갖춰야 할 요건들을 말해두느니. 마음밭에 잘 새겨서 평생 거울로 삼아야 할 게다."
"명심하겠습니다, 선생님."
"넌 이제 막 걸음마를 배웠느니. 스스로 걸을 때까지 내가 부축해 주려 한다만 종내는 홀로 서야 하느니라."
"네, 선생님."
"풍수는 산과 바람과 물을 애인처럼 사랑해야 하느니. 근본적으로 자연에 대한 애정이 없는 사람은 술사에 그치고 만다. 이런 바탕에서 다섯 가지의 요건을 두루 갖춰야 비로소 풍수다운 풍수가 되는 것이니 너는 반드시 마음 속의 금척(金尺)으로 삼아 정진을 게을리하지 말아야 할 것이야."
방안에는 선가(禪家)에서 가사(袈裟) 전달식을 하는 것과도 같이 엄숙한 분위기로 충만했다. 태을의 말 한마디 한마디가 돌에 새겨지듯 득량의 심장에 각인되었다.

첫째, 법종계승(法宗繼承)이다. 이는 정통성에 관한 문제로 학맥을 올바로 만나야 함을 말한다. 아무리 재주가 뛰어나더라도 자격 없는 선생에게 배운 나머지 정도(正道)를 모르면 사도(邪道)로 빠지기 쉽다. 나그네가 장도를 갈 때 첫발을 잘 내디뎌야 하는 것처럼 지리에 입문하는 자는 명사를 만나 법종을 올곧게 계승하는 게 가장 중요하다. 맥도 잇지 않고 혼자 깨치는 일은 풍수에서는 있을 수 없다.

둘째는 심령지교(心靈智巧)다.

풍수는 자연과학을 기초로 하지만 조물주가 빚어놓은 혈자리를 찾아내는 일이므로 직감과 영성이 또한 필요하다. 마음과 정신작용이 지혜롭고 정교해야 능히 어려운 법술에 정통할 수 있다.

셋째는 독서명리(讀書明理)로, 《주역》과 산서를 숙독하여 이론을 밝게 함을 말한다. 이론적으로 잘 무장되면 실수가 적다. 영성이 약해지더라도 기본기를 벗어나지 않게 된다.

넷째는 다간선적(多看仙跡)으로, 독서명리로 얻은 이론이 실제로 맞는 것인지 직접 명당을 많이 순례하고 선인들의 행적을 찾아다니며 검증해야 함을 말한다. 옥룡자 도선국사나 무학대사 이름을 가탁한 결록이나 일이승, 성거사 비결 등을 근거로 전국의 명혈을 많이 보고 발복 여부를 확인하다보면 자신만의 눈이 새롭게 열린다.

다섯째는 전심치지(專心致知)로, 다른 잡념이나 잡사에 한눈팔지 않고 오로지 풍수에만 마음을 써서 뜻한 바를 이루도록 해야 함을 말한다. 개안이 안 된다고 중도포기하지 말고 일념으로 매달리다 보면 웬만한 경지에는 오를 수 있다.

여섯째는 선요정심(先要正心), 혹은 심술단정(心術端正)으로 마음이 잡스럽지 않고 거울처럼 맑고 깨끗해야 한다. 너절한 이론 대신 먼저 마음으로 좋은 자리를 느낄 수 있어야 함을 말한다. 강을 건넜으면 뗏목을 지고 가지 말고 버리고 가야 하는 것처럼 이론을 뛰어넘어 직감으로 알 수 있는 경지도 마음이 바라야만 열린다.

득량은 지금 눈앞에 앉아 계신 스승 태을이 바로 이 여섯 가지의 자격요건을 고루 갖춘 진짜 풍수라고 생각했다.

스승 태을은 오로지 제자를 바른 길로 인도하려는 욕심에 열변을 토했다. 한평생을 떠돌이 중처럼 살아온 그였다. 풍수에 미쳐 지내다 보니 가족을 곰살갑게 돌보지도 못했다. 그저 생활비를 책임지는 정도였고 가끔씩 애나 만들어주었지 출가한 사람처럼 살아왔다. 머리만 안 깎았지 산 속에 살기는 중이나 마찬가지였다. 사례에 연연해서 묏자리를 잡지도 않았다. 가욋돈이 생기면 팔도를 유람하는 여비로 썼다.

그렇게 욕심이 없는 양반이 제자 욕심은 있어서 근래에는 득량 하나만을 보고 지내는 눈치였다. 겉으로는 냉정했지만 그곳에 크나큰 사랑이 흐르고 있음을 모르는 득량이 아니었다.

"우리나라 풍수의 국조(國祖)는 신라 말 옥룡자 도선국사다. 그전에도 자생풍수가 있었고 여러 선사들이 터를 잡아왔겠지만 옥룡자를 비조로 삼고 있다. 아마 중국 당나라 때 풍수법술이 발달했고 그 영향을 옥룡자가 많이 받았기 때문일 게다. 옥룡자는 왕건이 개성에 고려를 세우리라는 걸 예언했으며 이 땅 구석구석 생기가 허한 곳을 찾아 그곳에 사찰과 탑을 세우도록 했다. 오늘날 수많은 절터의 거개가 옥룡자의 뜻에 따른 것으로 어느 한 군데 허투로 세운 바가 없다. 모두 불국토를 가꾸려고 비보(裨補, 불완전한 터를 연못이나 나무, 탑, 절 등으로 보완함), 혹은 진압(鎭壓, 흉한 기운이나 살기를 억눌러서 가라앉힘)의 일환으로 세웠지 그저 교세를 넓히기 위해서 절을 짓지는 않았다는 말이다.

사람이 탈나면 침을 놓거나 뜸을 뜨지. 산천도 사람 몸과 같은 것이니 혈이 되는 자리에 절이나 탑을 세우면 지기를 원활하게 할 수 있다는 생각에서야. 얼마나 생태학적인 사유방식이냐.

이 옥룡자의 맥은 고려말 나옹대사로 이어지고 그의 제자 무학대사에 의해서 다시 꽃을 피우게 된다. 무학대사는 이성계를 도와 조선왕조를 세우는 데 결정적인 공헌을 하고 한양을 도읍지로 삼는다."

바야흐로 태을은 시간의 벽을 날아올랐다. 천 년의 시간이 빛살을 타고 감겨졌다. 이윽고 그의 입에서는 이 나라 풍수의 국조에 대한 이야기가 풀려나왔다.

풍수의 비조, 도선국사

나주에서 남쪽 평야 가장자리에 산 하나가 평지돌출로 우뚝 솟구쳤다. 흡사 봉황의 벼슬 같은 형상을 한 월출산이다. 금방이라도 하늘을 태워버리려는 듯 뾰족뾰족한 불꽃을 피워 올린 전형적인 화산(火山)이다.

서기 827년, 통일신라 흥덕왕(興德王) 2년 정미년(丁未年) 영암 월출산 서쪽 주지봉 기슭의 성기골. 성기골은 성인이 난 터라는 뜻으로 4세기 중반 백제 때 왕인(王仁) 박사의 탄생이 있고부터 마을이름이 유래되었다. 왕인 박사는 왜국 응신천왕의 초빙으로 《논어》와 《천자문》을 가지고 일본에 건너가 태자 우치노와의 스승이 된 석학이었다. 일본 히라가타〔枚方〕에 묘가 있다.

"으앙— 으앙—."

옥동자의 울음소리가 우렁차게 담을 넘었다. 아기는 그저 평범했다. 손가락이 여섯 개 달린 것도 아니었고 낳자마자 우뚝 서지도 않았다. 물론 알에서 깨어 나오지도 않았다. 애비 없는 유복자라는 것만 다를 뿐, 어머니 최씨 부인의 하초를 찢고 피를 뒤집어쓰고 나온 사람의 아들이었다.

기진맥진한 상태에서 아이에게 젖을 물리고 있는 최씨 부인의 눈가에 물기가 번졌다. 부인이라고 하지만 정식으로 혼사를 치른 적이 없는, 앳된 구석이 완연한 열여덟의 처자였다. 처녀가 애를 배고 낳은 것이다. 그렇다고 동정녀는 아니었다.

어쩌자고 하늘은 이 운명의 씨앗을….

최씨 부인은 아이를 내려다봤다. 아이는 그새 새근새근 잠에 빠져 있었다. 하늘은 왜 이 아이에게 아비도 없이 자라날 운명을 태워줬을까. 아이의 아버지는 아이가 잉태되고 얼마 있다가 저 세상으로 가버리고 없었다. 가난한 집 유복자로 태어났으니 험난한 일생이 예정된 건 불을 보듯 뻔했다. 부인은 하염없이 눈물을 뿌렸다.

아이의 아버지는 바람이었다. 이름도 모르고 그저 김씨 총각이라고 불리며 날품파는 떠돌이였다.

천년왕국 신라가 기울어 가던 때였다. 고구려, 백제, 신라, 삼국 가운데 가장 열세하던 신라가 삼국통일의 위업을 달성하던 무렵에는 천하가 태평연월이었다. 그러나 하대로 내려오면서 병이 깊어져버린다. 달이 차고 기울기를 반복하는 것처럼 역사는 유전한다.

권력을 다투느라 집권층은 피를 뿌리고 세력싸움에서 밀린 중앙귀족들이 낙향하여 지방호족들로 군림했다. 이래저래 그 틈바구니에서 죽어나가는 건 힘없는 백성들이었다. 말로는 백성을 위한다고 하면서 제 뱃속만 챙기는 게 역대 위정자들의 진면목이었다. 흉년까지 겹쳐 굶주리는 사람들이 넘쳐났다. 농사꾼은 고리대금에 몰려서 땅을 빼앗기고 노예가 되거나 날품팔이로 전락했다.

　김씨 총각이 그랬다. 말로는 태종무열왕의 서손이라 했지만 아무도 믿지 않았다. 그저 근본도 모르는 상것이라고 여겼다. 그나마 최씨 처자와 살림이나 내고 살았으면 또 몰랐다. 어느 보름날 저녁 빨래터에서 겁탈한 후, 그 길로 내빼버린 위인이었다. 최씨 집성촌에서 처자를 겁탈한 게 밝혀지면 멍석말이를 당하고도 남았다. 그래서 내빼버린 작자였다.

　달이 차서 배가 불러오자, 최씨 처자는 복대를 하고 숨기다가 몰래 아이를 낳았다. 그녀는 깊은 밤 대숲 바위에 핏덩이를 버렸다. 그러나 어린것이 눈에 밟혀서 참을 수 없었다. 어둠 속에서 몸을 떨던 모정은 아이를 거뒀고 온 동네가 떠들썩하게 소문이 퍼졌다.

　사서(史書)나 비문, 전설은 이 이야기를 제각각으로 전한다. 1150년, 고려 의종 4년 최유청이 지은 《옥룡자 도선 비문》에는 속성이 김씨이나 그 세계(世系)와 조산에 관한 기록을 잃었다고 기록돼 있다. 어떤 기록은 태종무열왕의 서손이라고도 하며 어머니는 강씨로 나온다. 《세종실록지리지》에는 어머니 최씨가 뜰에 자란 큰 오이를 몰래 따먹고 아이를 낳으니, 부모가 대숲에 버렸는데 이레가 지나 딸이 가보니 비둘기가 날개로 덮어서 아기를 보호하고 있었다고 신비화했다.

　《신증 동국여지승람》은 다르다. 그의 어머니가 빨래하다 물에 떠내려오는 오이를 건져먹고 임신했다고 한다. 아이를 몰래 낳아 버리니 비둘기가 보호했다. 아이 버린 바위를 국사암(國師巖)이라 하고 그 마을을 비둘기숲 구림(鳩林)이라 불렀다는 것이다. 나중에 유명해지자 미화시킨 흔적이 다분하다. 민간에 전하는 속설은 사뭇 노골적이다. 숫제 아비를 밝힐 수 없는 쌍것이라는 얘기다. 빨래터에서 도갑사(道甲寺) 중한테 당했다는 말도 거침없이 나온다. '구림골 큰애기 애기 배니 도갑사 중놈이 똥물 뒤집어쓴다'는 식이다.

아이는 자라면서 세상살이의 고달픔을 일찍 맛보았다. 열다섯 소년 시절에 인근의 암자로 들어가 머리를 깎고 삶을 의탁하니 도선(道詵)은 법명이다. 월유산 화엄사는 도갑사 말사였던 월암사다.

도선은 그곳에서 스무 살 무렵까지 화엄학을 배운다. 신라 중기 이래의 대표적 종파가 화엄종이었으니 당연한 출발이었다. 하지만 그는 귀족출신이 아니다. 관념적이고 현학적인 화엄종의 한계에 부딪치게 되고 선종(禪宗)으로 개종한다. 교종의 한계와 모순에 대한 반성이 일던 때고 그 대안으로 선종이 부각되던 시점이었다. 지방호족들이 후원하던 구산선문(九山禪門)이 그래서 생겨났다.

이른바 오교구산(五敎九山). 신라의 불교가 융창할 때 경전의 가르침을 중시하는 교종이 열반종, 남산종, 화엄종, 법상종, 법성종 등 다섯 유파로 나눠졌었다면, 참선을 중시하는 선종은 희양산, 실상산, 동리산, 가지산, 사굴산, 성주산, 사자산, 봉림산, 수미산 이렇게 아홉 유파로 나뉘어 각 지방에 선(禪)의 등불을 켰다.

곡성 동리산파(桐裡山波). 대당 유학승 혜철선사(慧哲禪師)가 연 산문(山門)이다. 도선은 혜철의 제자가 되어 4년간 선공부에 정진한다. 근기가 무르익음에 혜철의 인가를 받고 만행을 시작한다. 바람에 몸을 맡겨 전국 명산대천을 유람하면서 수행하는 일은 당시 선승들의 빼놓을 수 없는 과정이었다. 그러다가 인연 있는 곳에 자리잡고 산문을 여는 게 관례였다. 이를 운수행각이라고 했다. 구름따라 물따라 떠도는 일이 말처럼 그리 쉬운 일은 아니었다. 머릿속은 온통 깨침에 대한 일념뿐인데 걸레조각 같은 육신은 고단하기만 했다. 도가(道家)들처럼 한가롭게 양생(養生)을 생각할 여유도 없었다. 수행자에게 세월은 백 년이 잠깐이었다. 느슨하게 굴었다간 금생에 깨칠 턱이 없었다.

만행하는 수행자의 삶은 칼날 위를 걷는 일이다. 비록 육신이라는 고깃덩어리는 산천을 더듬고 다니지만 마음은 서슬 퍼렇게 날을 세웠다. 타인에게는 무한정 관대하되 자신에게는 지독히 엄격했다. 화두를 놔버리면 그 즉시로 끝장이었다.

가도 가도 산이었다. 내를 건너고 고개를 넘어도 우뚝 막아서는 건 언제나 산이었다. 산자락이 완만하게 펼쳐진 골골에서 이따금 초가집들이 옹기종기 모인 사람의 마을을 만나고 그 앞에서 제법 널따란 들판도 볼 수 있긴 했지만 거기서 좀 멀찍이 시야를 넓혀보면 어김없이 산으로 둘러쳐져 있는 것이었다. 그때의 산은 흡사 병풍과도 같고 성채(城砦)와도 같다.

길은 늘 산에서 일어나 산으로 풀어져 있었다. 처음엔 사람의 마을에서 시작된 듯해도 가다 보면 어김없이 산에다 머리를 처박고 있었다. 설사 큰 냇가를 더듬거나 들판을 가르마 타고 있는 질펀한 길을 만나더라도 얼마간 다리품을 팔다 보면 어느새 산 속으로 숨어버리고 말았다.

청년 도선은 벌써 6년여의 세월을 길에서 보내고 있었다. 아니 산에서 보내고 있었다. 애당초 길을 걷는 건 곧 산을 찾아가기 위함이 아니었던가. 길은 산과 산의 가슴을 이어주는 어떤 끈 같은 것에 지나지 않았다.

이날까지 그는 산에서 살아왔다. 이 산 저 산 발길 닿는 대로 쏘대다가 공부하기에 제법 괜찮은 자리를 만나면 거기에 토굴을 만들었다. 거기서 있고 싶을 때까지 머물렀고 떠나고 싶으면 거연히 일어나 다시 길 위에 올랐다.

오늘 그는 당나라에서 왔다는 여행자를 찾아가는 걸음이었다. 산중에서의 짧은 만남이었지만 아무래도 약속을 저버릴 수가 없었다. 늙수그레한 여행자는 좀 풍이 센 중국인이었다. 뭔가 있는 것처럼 잔뜩 거드름을 피우고 약간은 신비스런 말까지 흘리는 그런 유의 사람이었다. 이인 행세를 하지만 어찌 보면 사기꾼 같은 위인이기도 했다. 산중에서의 돌연한 해후라는 것부터가 이미 상식적인 분별을 뛰어넘게 했다.

많이도 주저했다. 하산할 결심을 굳히기까지도 그랬지만 산을 내려오면서도 그랬고, 그가 출가한 낙발처(落髮處) 월암사에서 하룻밤을 유숙할 때도, 마음을 굳혀 이미 길 위에 선 지금도 그러기는 마찬가지였다. 촌음을 아껴 써야 할 수행자가 그런 사기꾼에게 현혹당하다니 꼬장꼬장한 스승이 알면 불벼락을 맞을 참이었다. 그러나 속으로 이런 생각이 파고들었다. '달랑 몸뚱이 하나뿐인 인생, 도둑맞을 게 뭐 있으리'. 그래서 속는 셈치고 나선 걸음이었다.

가을이었다. 산그늘 길게 오르내리는 산중의 가을이 그저 고즈넉했다면 산 아래 가을은 따사롭고 평화롭게만 보였다. 자세히 헤아려보면 쭈그렁이일지라도 들판에 곡식들이 물들고 황달 걸린 과일들이 그 모양만큼은 태양을 닮아가는 터일 게다.

훠이, 훠이!

세상은 어지러워도 나락이 익어가는 들판 한가운데는 한때나마 태평하게 보인다. 그래서 새 쫓는 농군들의 한껏 돋워진 고함소리가 아늑하게 느껴진다. 청년 도선은 논두렁을 걸으면서 닷새 전 그날의 기이한 만남을 떠올렸다.

지리산 구령(鷗嶺).

도선이 작년 늦여름에 들어와 토굴을 짓고 똬리를 튼 곳이 여기다. 노고단에서 화엄사 방향으로 떨어지는 낙맥이다. 지리산은 백두대간에서 뻗어온 맥이 소백산을 거쳐 남서쪽을 달리다가 평퍼짐하게 자리

잡은 산으로 그 세가 높고 웅대하여 수백 리에 웅거한다. 백두산(白頭山)의 맥이 여기까지 뻗어내렸다 하여 두류산(頭流山)이라고 하고, 백두산의 맥이 바다에 이르러 그치는데 이곳에서 잠시 정류했다 하여 두류산(頭留山)이라고도 한다. 금강산, 묘향산, 백두산, 삼각산과 함께 해동 오악(五岳) 가운데 하나로 남악(南岳)에 속한다.

그 펑퍼짐한 산, 많고 많은 고갯마루 하나를 빌려 초막을 꾸몄다. 빌렸다 함은 본시 그런 데는 사람이 살 곳은 못 되고 새나 짐승들이 텃세권을 다툴 그런 자리였음이다. 실상은 그네들에게 허락도 없이 파고들어와 함부로 집을 푼 독살 맞은 인간족속이지만.

연소암(燕巢庵).

바위벼랑 아래다 그야말로 제비집 모양으로 옹색하게 지은 토굴이다. 바위틈새에 돌과 통나무를 이용해서 가까스로 집의 흉내를 냈으니 무슨 그럴싸한 당호를 붙일 계제가 아니었다. 그저 도선 자신이 내심 그렇게 겨냥하고 있다는 것뿐이었다.

이곳에서 벌써 한 해를 넘기고 두 번째의 가을을 맞는 도선이었다. 그 동안 나무열매나 솔잎, 풀뿌리 따위로 생식을 해오고 있었다. 솥단지가 없는 것은 아니었지만 양식 떨어진 지가 오래 전이어서 밥을 끓인 기억이 흐릿할 지경이었다. 가난한 사람은 책력 봐가며 밥 먹는다더니 지금의 도선에겐 그 말조차도 배부른 속세간 사람들의 호사일 따름이었다.

바윗덩이도 능히 소화시켜내고 말 스물아홉 한참 나이의 도선이었다. 창자가 끊어지는 배고픔을 일러 무엇하랴. 하지만 선정(禪定)에 들면 배가 고프다는 생각조차도 모두 잊게 된다. 유심정(有心定)의 상태에서는 의식이 있으므로 감각이 있지만 선의 극치인 무심정(無心定) 단계로 접어들면 정신작용까지도 완전히 멈춘 일종의 동면상태가 된다. 따라서 식사나 용변이 필요치 않다. 뿐인가. 멸진정(滅盡定)이라고도 불리는 이 무심정에 들면 호흡이 적어지고 체온마저도 내려간다. 그렇다고 죽어간다는 건 아니다. 그건 차라리 생명의 휴지(休止) 상태에 가깝다. 그 상태에서 우주의 비밀스런 기운과 접속하면 묘리를 깨치게 된다. 선(禪)은 이래서 오묘하고 무섭다.

그날도 도선은 토굴 속에서 결가부좌를 하고는 무심정의 단계를 오르내리고 있었다. 그러나 꿈결 같은 야릇한 소리에 의식을 되찾았다. 분명 몸피를 가진 생명체의 움직임이 지어내는 소리였다. 맹수일까. 사나운 호랑이와 멧돼지가 곧잘 출현하는 산중이었다.

눈을 떴다. 물밑처럼 흐릿한 세계였다. 밤인가. 아니다. 밤은 아닌 듯하다. 다만 음침한 토굴 속 바위벽을 향해서 앉았기 때문에 빛이 빈약한 것이다. 오랜 선정에서 깨어나 갑자기 강렬한 햇빛을 받게 되면 눈이 멀어버릴 염려가 있으므로 처음부터 흐릿한 안쪽 벽면에 면해 가부좌를 틀었다.

"잠시 쉬어가십시다."

등 뒤에서 나는 소리는 사람의 음성이었다. 누군가가 토굴 문앞에 와 있었다.

누굴까. 인적이 잘 닿지 않는 곳이었다. 어쩌다 약초를 캐러 올라온 촌로들이나 짐승을 쫓아온 사냥꾼이 고개를 넘어가다가 토굴을 발견하고는 잠시 들러보는 게 고작이었다.

도선은 말없이 가부좌를 풀고 밖으로 나왔다.

산신님, 아니 허상이다!

도선은 반사적으로 눈을 부릅떴다. 야수의 그것처럼 예리한 눈빛이 허공을 가르고 내리 뻗쳐서 낯선 틈입자의 몸을 더듬었다.

"그대가 정녕 사람인가?"

허깨비가 문 앞에 태연히 서 있다가 도리어 도선을 가리켜 사람이냐고 묻고 있었다. 백발이 성성한 노인이었다. 눈썹이 세 치는 자라서 눈초리 밑으로 드리워졌고 수염은 그린 듯 함초롬하다. 아무래도 사람의 풍모가 아니다. 산신령의 자태다.

"젊은이가 웬 고행인고?"

위험을 느낀 짐승처럼 아직도 여전히 자신을 노려보고 서 있는 도선에게 바투 다가서며 노인이 재차 물었다. 형형한 눈빛이며 말하는 표정으로 봐 허깨비는 아니다. 물론 산신령도 아니었다. 행색이 묘연하긴 했지만 분명 사람이었다.

도선은 그제야 표정을 누그러뜨렸다.

"선 수행을 하는 납자(衲子)랍니다. 하온데 노인장께서는 이 험한 산중까지 어인 걸음이신지요."

"노인을 밖에다 세워만 둘 텐가?"

도선은 노인을 토굴 안으로 안내했다.

"겨우 이슬이나 막는 토굴입니다."

단풍이 산야를 불태우기 시작한 가을 산중에서 두 사람이 마주 앉았다. 한쪽은 오랫동안 머리를 깎지 못해서 더부룩한 검은 머리의 청년이었고, 다른 한쪽은 나이를 가늠할 수 없으리만큼 늙은 백발노인이었다. 도선이 노인을 처음 보고 사람이 아니라고 생각했던 것처럼 노인 또한 도선을 사람으로 보지 않았던 듯했다. 1년여 동안 함부로 자란 머리에 누더기가 다 된 옷차림으로 깊은 산중에서 면벽을 하고 있었으니 당연했다.

"나는 본시 중국사람이네만 천산에서 홍안령과 백두산 낙맥 해동땅을 누차 답산해왔네. 해동의 산천이 기묘하여 즐겨 찾다보니 해동사람이 다 됐지."

노인은 도선의 얼굴을 꼼꼼히 뜯어보면서 이상야릇한 떨림을 동반한 어조로 가만가만 읊조렸다. 흡사 깊은 동굴 속으로부터 울려나오는 바람과도 같은 목소리였다.

"연만하신 분께서 어떻게 이곳까지…? 혹시 도가(道家) 수련하시는 분이 아니신지요?"

중국에서 건너왔다는 말에 화들짝 놀란 도선의 물음이었다.

"글쎄. 도가라면 도가랄 수도 있으려니. 나는 다만 산을 만나면 산이 되고 바람을 만나면 바람이 되고 물을 만나면 물이 되려 하지. 그렇게 해서 천지의 기운을 훔치려는 것이 내 일일세."

갈천자(葛天子)다. 난세에 당하여 천하를 주유하면서 하늘의 뜻을 전한다는 지상신선, 갈천자가 아니고서는 이런 풍모와 언행을 할 수가 없는 것이다. 도선은 난생처음 만나보는 지상신선한테 넋이 빠져 있다.

"신라 땅에는 언제 들어오셨습니까?"

"허허허, 오고간 적이 없네. 늘 마음이 이 땅에 있었으니까. 발해 백두산에서 한라산까지 손금 보듯 훤하다네."

"예!"

"뿐이던가. 이번에는 바다건너 왜국까지 갔다오는 걸음이지."

점점 놀라운 얘기였다.

"도인!"

도선이 노인을 응시하며 이렇게 부른 뒤, 잠시 머뭇거리다가 말꼬리를 잇는다.

"소생도 산천을 누비며 수행해오고 있습니다만 여태 이 강토를 절반도 섭렵하지 못했습니다. 발해 땅에는 아직 발도 못 들여놨고요. 듣잡기에 중국은 신라 땅의 수백 배인지라 일생을 다녀도 모자란다 하온데….”

 "어느새 무슨 수로 그 큰 중국대륙을 다 누비고 해동국은 물론 왜국까지 다녀왔노라고 풍을 치느냐는 애기신가? 그대야 뱀이나 너구리마냥 굴을 파고 들어앉아 혈거(穴居)하는 처지니 그럴밖에. 나는 위로 천문을 보고 아래로 지리를 익혀 인사(人事)를 돌보는 사람, 응당 천하를 주유하여 널리 도를 구하느니."

 상통천문(上通天文) 하달지리(下達地理) 중찰인사(中察人事). 전에 들어본 말이었다. 그랬다. 동리산문 혜철 선사로부터 들은 바 있는 말이었다. 그 스승은 말했다. 천(天)·지(地)·인(人) 삼재(三才)의 묘리를 얻으면 비록 부처에는 못 미친다 하더라도 세상 부러울 게 없는 거라고.

 "이 사람, 여기 그릇에 떠놓은 물에 곰팡이가 슬었구먼. 숫제 물조차 마시지도 않고 고행하는가?"

 노인은 뚝배기와 도선의 얼굴을 번갈아 보며 비아냥댄다. 머쓱해진 도선이 자리를 차고 일어나 물을 떠오려 하자, 노인은 손사래를 쳐서 말린다. 도선이 엉거주춤 앉자 노인은 다시 입을 열었다.

 "젊은이! 그대는 무엇을 얻기 위해 이런 깊은 산중에서 고행하고 있는가?"

 "상구보리(上求菩提) 하화중생(下化衆生) 입니다."

 도선의 거침없는 답변이었다. 선을 통해 도를 얻어서 중생을 구하려 한다는 말이었다. 한마디로 보살행(菩薩行)을 위함이라는 뜻이다.

 "중생에게 이로움을 주는 방법이 불가에서 말하는 보살도를 얻는 것뿐인 줄 아는가?"

 단도직입적인 물음이었다.

 "세상에 도가 많다 하오나 단번에 깨쳐서 과거, 현재, 미래의 만법을 통달하는 불도가 으뜸 아니겠습니까? 화엄경에서 일컫는 보살 십지(十地)를 얻거나 우리 선가의 한 소식을 얻으면 중생구제는 말씀 한마디로도 가능하니까요."

"기세가 대단하군. 불보살이 되는 것이 그렇게 쉬운 일은 아니지. 단번에 깨치겠다는 발심은 가상하네만 설산의 부처도 오백 생을 닦아서 이룬 불도가 아닌가. 누구나 수행하면 부처가 된다고 하네만 새빨간 거짓말일세. 석가 이후 부처가 누군지 대보게나. 석가 또한 당대에 세상 구제를 하지 못하고 고꾸라졌지."

노인은 거침없이 막말로 나왔다. 도선은 대거리하고자 했지만 실증이 없었다. 석가 이후에 누가 부처가 되었는가. 석가는 과연 세상을 구제했는가.

"허나 미처 불보살이 못 되었다 해서 세상에 이로움을 주지 못할 것도 없지. 수행하면서도 동시에 세상을 제도하는 방편이 있단 말이네. 아픈 사람을 고치는 의술을 비롯해서 많이 있겠으나 상지술(相地術)보다 나은 것은 없네."

상지술이라면 풍수의 법술을 말한다. 땅에 흐르는 기를 활용해서 인간의 삶을 이롭게 한다는 법술이 바로 상지술이었다. 그 상지술이 아픈 사람을 낳게 하는 의술보다 낫다는 말인가. 도선은 속으로 실없는 소리라고 여겼다. 스승 혜철 선사의 말씀에 중국은 상지술이 민간에 널리 퍼져 있다더니 이 노인네는 해동에까지 그걸 물고 들어와 흰소리를 하는 거였다.

신라 땅에도 고래로 전해 내려오는 상지술이 있었다. 유사 이래 한민족은 땅을 하늘이 준 최대의 은총으로 여겨왔다. 산천이 수려한 곳을 영지(靈地)로 보는 무속적 관념이 있었던 것이다. 그런 영지를 찾아다니며 수행하는 청년집단이 화랑도(花郎徒)였다. 그러나 이런 영지관념에서 오는 상지술이란 매우 소박하고 상식적인 것이었다. 기껏해야 호연지기를 기르며 자연을 숭배하는 범주였다. 그것이 의술을 능가할 수는 없었다.

불교를 전하려고 고구려에서 신라로 들어와 도리사(桃李寺)를 세운 아도화상(我道和尙)도 그의 어머니로부터 장차 절을 세우면 불법이 오래도록 전해진다는 절터를 가르침받고 있다. 경주 칠처가람허(七處伽藍墟)가 바로 그곳이다. 경주 안에 일곱 군데의 절터가 있는데 첫 번째는 천경림〔興輪寺〕, 두 번째는 삼천의 갈래〔永興寺〕, 세 번째는 용궁의 남쪽〔皇龍寺〕, 네 번째는 용궁의 북쪽〔芬皇寺〕, 다섯 번째는 사천의 끝〔靈妙寺〕, 여섯 번째는 신유림〔天王寺〕, 마지막으로 일곱 번째는 서청전〔曇雲寺〕이라는 것이다.

그 후 화엄사상이 전래되면서 자장법사의 오대산 문수보살 주처설, 의상대사의 동해 낙산 관음보살 상주설, 신문왕의 아들인 보천태자의 오대산 오만 진신설 등이 나왔는데 이 역시 신앙적 염원이 담긴 소박한 상지술의 결과물이었다. 이처럼 신라의 상지술이란 게 주로 수행처를 물색하거나 사찰을 세우는 데 활용하는 정도에서 그치고 있었다. 집터나 묏자리에 관한 상지술도 더러 있긴 했지만 일목요연하게 책으로 묶인 것은 없었다. 그래서 구전하는 수준에 머물러 있는 실정이었다.

그러나 중국은 다르다 했다. 잇단 대가들의 출현으로 상지술의 이론이 짜임새 있게 정리돼 있다는 것이다. 근래 들어 당나라 유학승이나 상인들의 손을 거쳐 들어오기 시작한 지가서들은 유행에 민감한 신라 사람들의 비상한 관심을 끌고 있었다. 특히 대당 해상무역의 교두보인 남해안 일대에는 새로 수입된 지가서들이 공공연히 나돌았다.

진(秦)나라 때 주선도(朱仙桃)의《수산기(搜山記)》, 한나라 때 청오자(靑烏子)의《장경》, 곽박(郭璞)의《금낭경》, 그리고 당나라에 들어와서 양균송(楊筠松)의《감룡경(憾龍經)》과《의룡경(疑龍經)》, 복응천(卜應天)의《설심부》따위가 그것들이었다. 도선은 아직 그런 지가서들을 볼 기회가 없었다. 곡성 동리산에 주석하고 있는 스승 혜철로부터 대략적 설명을 들었을 뿐이다.

스승 혜철은 승려 출신 명풍수인 일행(一行, 683~727)이나 사마두타(司馬頭陀)에 얽힌 얘기도 들려줬다.

일행 선사는 재주가 비범하여 천문이나 지리에도 조예가 깊었다. 당나라 현종(玄宗)의 부름을 받고 역법(曆法)을 정리했으며 황도(黃道), 곧 천구(天球)에 나타나는 태양의 경로 연구에 공로가 크다. 하지만 불과 마흔다섯의 나이에 요절하고 만다. 일설에는 그가 황제의 명을 받고 가짜 풍수서인《멸만경(滅蠻經)》을 지어 세상에 퍼뜨렸다고 한다. 그때 88향법이나 동서사택법, 근거도 없는 갖가지 이기법이 풍수에 섞였다는 것이다.

도선은 지레짐작은 하고 있었다. 풍수가 제법 대단한 법술이긴 한 모양이라고. 그러나 불도에 전념하는 그에게 풍수란 외도일 따름이었다. 기필코 깨치겠노라고 발심한 게 언젠데 벌써 외도에 눈을 돌리겠는가. 스승 혜철도 도선과 같은 생각인 듯했다. 차를 마시며 산방한담을 할 때, 이따금씩 풍수얘기를 해주기는 했지만 살짝 맛만 보여주는 정도였지 깊은 얘기는 삼가는 눈치였었다. 참선이 아닌 외도에 눈을 돌릴까 해서였다.

그런데 바람처럼 나타난 이 이국 노인은 지금 말하고 있다. 수행하면서 동시에 세상을 제도하는 방편으로는 풍수의 법술이 으뜸이라고. 아무나 쉽게 되는 불보살이 아닐진대 불보살이 되고 나서 중생을 제도할 생각을 하기보다는 수행과정에서 중생 제도할 생각을 하라고.
 도선은 어지러운 사념의 덤불 속을 거닐었다. 선공부를 하다 말고 이 또 무슨 느닷없는 술법타령인가.

 얼마쯤 지났을까. 노인이 자리를 털고 일어나면서 입을 열었다.
 "그럼, 나는 그만 내려가 보려네. 유념해두시게. 이 산중에 구렁이 마냥 똬리를 틀고 앉아 있다고 해서 도를 깨치는 것은 아닐 테니 말일세."
 노인은 몸을 돌려서 토굴 밖으로 걸어 나가기 시작했다. 밖은 그새 일몰을 맞고 있었다. 산정에서 일어난 바람이 저녁 이내를 몰고 오는 풍경이 장관이었다.
 "곧 날이 저뭅니다. 누추하지만 오늘은 여기서 묵으시고 날이 밝으면 내려가시지요. 맹수들이 곧잘 출몰하는 곳입니다."
 "허허허, 내 몸 안에서 나를 물어뜯어 먹고 나오는 세월이 무섭지, 애초 나와는 악연지은 바가 없는 맹수가 왜 무서워."
 고수다운 면모였다. 시간이 귀하니 뜸들이지 말라는 가르침이기도 했다.
 "상지술이 정말 의술보다 낫습니까?"
 도선이 막 길을 타내려가기 시작한 노인의 등에 대고 외쳤다.
 "……?"
 노인이 걸음을 멈췄다. 잠시 후훗, 하는 웃음소리가 나는 것도 같았다.
 "나는 곧 돌아갈 요량이어서 시간이 없다네. 닷새 뒤, 그믐날 점심 무렵에 구례현에서 동쪽으로 십 리 상거의 월령봉 아랫마을 강변으로 나오시게. 의술이 아니라 그깟 참선보다도 상지술이 낫다는 걸 증명해 보이겠느니."

 말을 마친 노인은 바람처럼 홀연히 종적을 감췄다.

 도선은 얼마동안 멍하니 서서 노인이 사라져간 산길을 더듬었다. 어스름한 저녁나절, 솜털 같은 구름이 발아래 산중턱을 휘감고 있었다. 그 구름은 준봉들 몇 개만 남기고 온 세상을 지워버렸다. 휙휙, 귀밑을 스치는 구름은 지상과 천상을 양분하는 조물주의 입김처럼 여겨졌다. 가없는 허공에 망망무제로 펼쳐진 구름꽃밭, 그것은 바다에서 보는 수평선과는 사뭇 맛이 다른 장엄함과 황홀감을 동시에 몰고 온다. 수평선이나 지평선과 마찬가지로 하늘이 있어 그려지는 선이건만 운평선(雲平線)은 단연 수승하다. 지상을 떠나 천상에서 가장 가까운 산상에서만 만날 수 있기에 그런 것일까.

 운평선 위로 시나브로 내린 어둠의 흑포 자락이 가을산의 낙엽보다 더 두껍게 쌓여갔다. 그와 때를 같이하여 천공에는 주먹덩이처럼 크게 보이는 뭇별들이 초롱초롱한 눈을 뜨기 시작했다. 갈고리마냥 잔뜩 꼬부라진 하현달은 검푸른 서녘 하늘에 걸려 있다. 도선은 머리를 돌려 북두칠성을 우러렀다. 발아래 거무끄름한 전나무숲에서 밤새 우는 소리가 마냥 처량하다.

  북두(北斗)를 두레박 삼아 은하수 길어 올려
  허공 파낸 종지에 차 끓여 공양하오니
  당장 토해 내놔라, 날 흐린 저녁에 아침해를

 오랜 만의 게송(偈頌)이었다. 도선은 토굴로 들어와 부싯돌을 때려서 관솔불을 밝혔다. 벽면에 어른거리는 검은 그림자가 영락없는 아귀의 형상으로 다가왔다. 먹고 또 먹어도 끝없는 굶주림과 목마름에 괴로워한다는.

그렇게 느껴서 그랬을까. 불현듯 허기가 찾아왔다. 주체할 수 없는 허기였다. 장마철 폭우에 사정없이 떨어져 나가버리고 마는 균열된 제방둑과도 같은 그런 허기였다. 속이 쓰리고 정신이 혼미해졌다.

배슬(拜膝)이 여빙(如氷)이라도 무연화심(無戀火心)하며 아장(餓臟)이 여절(如切)이라도 무구식념(無求食念)하라.

도선은 원효성사의 '발심(發心)수행장' 한 대목을 떠올렸다.

좌선하는 무릎이 마치 얼음같이 차갑더라도 불기운을 그리워 말고, 굶주린 창자가 곧 끓길 지경이라도 먹을 것을 구할 생각조차 말라.

무서운 발심이었다. 금강석(金剛石) 같은 의지였다. 원효가 아니고서는 도저히 말할 수 없는 불사리와도 같은 법어였다. 기필코 득도하고 말겠다는 철벽같은 의지가 여실히 드러나 있다. 그게 어찌 구도자만에 그칠 일인가. 장부로 태어나 한 세상을 살면서 한 번 마음먹은 일이라면 모쪼록 그런 정신력으로 매진해야 할 일이었다. 백년의 세월이 잠깐인데 어찌 한가로이 방일(放逸)할꼬. 화엄학을 배울 때부터 선종으로 개종한 지금까지 줄곧 그런 의지로 달려왔다. 처음 발심했을 때, 즉시 정각(正覺)을 이룬다는 용맹스런 의지였다.

청년 도선은 그런 의지로 오늘까지 수행의 나날을 보내왔다. 바로 이 땅에서 과거를 살다간 이가 능히 해낸 일을 그가 못 해낼 까닭이 없었다. 바위산 암굴 속이건 절해고도의 해벽(海壁) 위건 가리지 않았다. 몸을 붙들어 맨 그 자리가 곧 득도처였다.

그러나 육신은 정녕 무명(無明)한 것이런가. 금강 같은 의지와는 딴판으로 몸은 허망하게 무너져 내린다. 추울 때는 떨리고 더울 때는 숨이 막힌다. 욕망이 차 오르면 머리가 무거워지면서 고깃덩이가 징징 울고 배고프면 창자가 끊기는 고통이 온다. 그렇다고 훌훌 벗어버리거나 쓰레기처럼 내다버릴 수는 없다. 거추장스럽거니 몸이 없으면 깨질 근거도 없는 소치다.

도선은 허둥지둥 토굴 안을 뒤졌다. 아무것도 없었다. 요기가 될 만한 것은 눈에 띄지 않았다. 잘못이었다. 무트로 게으른 자신의 잘못이었다. 선정에 들기 전에 먹을거리를 준비해 놓았어야 했던 것이다. 일전에 몸이 게을렀으니 오늘 몸이 허물어져 내리는 고통을 당하는 건 지당했다. 이게 인연법이라는 거였다. 무서운 인연법이라는 거였다. 당장에, 혹은 얼마 지나지 않아서 반드시 제 스스로 보복을 받고 마는 게 인연법이었다.

도선은 굶주린 짐승의 모습으로 기신대며 토굴을 나왔다. 하현달이 누가 베어먹다 흘린 송편쪼가리처럼 보였다. 그는 휘청거리는 걸음을 떼기 시작했다. 바위벽 모퉁이를 돌아가면 샘물이 있었다. 가뭄을 타지 않는 맑고 단 옥정수였다. 바위틈에서 송송 솟구쳐서 함지박만한 웅덩이에 고인 석간수였다. 도선은 샘 가장자리 바위턱에 두 손을 짚고는 엎드렸다. 단번에 다 들이켜서 허기를 메우기라도 하겠다는 듯이.

아앗!

일순 도선은 비명을 베어 물었다. 하지만 소리가 되어 입 밖으로 나왔는지 어쨌는지는 알 수 없었다. 혼비백산할 일이 벌어진 터이다.

"옴치림!"

그는 엉겁결에 몸을 지켜내는 호신진언을 연속해서 세 번 외고는 그만 뒤로 벌렁 나자빠졌다. 아찔했다.

구렁이었다. 웅덩이에 고인 것은 물이 아니라 치렁치렁 몸을 사리고 있는 구렁이었다. 뿐인가. 시커먼 놈은 고개를 치켜들고 혀를 날름거렸다. 어디 마셔볼 테면 마셔보라고. 네 놈 목구멍 속으로 빨려 들어가 그 복장 안에서 똬리를 틀겠노라고.

 도선은 마른 토악질을 하다가 한참 만에야 몸을 추슬렀다. 허기로 쇠약해진 몸이라 충격이 더 컸다. 그는 기신대며 일어섰다. 이제 허기는 온데간데없었다.

 후훗. 실없는 웃음이 저절로 삐져나왔다. 가련한 인생이다. 굶어죽건 구렁이한테 물려죽건 어차피 한 번 죽는 삶이 아니던가. 무슨 애착이 있어 저깟 구렁이를 무서워하나.

 도선은 자신이 한없이 부끄러웠다. 가을 바람에 아삭거리는 졸참나무숲 너머로 내비치는 별빛이 한껏 그를 조롱하고 있었다. 네까짓 게 무슨 참선이냐. 감히 부처를 꿈꾸는 자가 구렁이 따위의 미물에 혼을 빼앗기다니. 나는 아직 멀었다. 수행자가 죽음을 두려워한대서야 어디 말이 될 법한 얘긴가. 위없는 보리(菩提, 진리)란 죽음을 넘어서 자리해 있는 것. 그러므로 살아서 죽지 않고서야 절대 그 도를 깨칠 수가 없는 것이다.

 도선은 다시 샘가로 다가갔다. 그는 다짜고짜 엎어져서 코를 박고는 벌컥벌컥 소리 내 들이켰다. 구렁이가 어딨는가. 마장(魔障)에 지나지 않는다. 허기가 불러들인 헛것일 뿐이다. 이처럼 맑고 차가운 물에 그런 습한 게 들어앉아 있을 리가 없다. 그는 물을 마셨다. 아니 커다란 구렁이 한 마리를 통째로 집어삼켰다. 그것은 달았다. 그것은 구수했다. 약탕기에 넣고 푹 고아 달인 구렁이탕처럼.

 길섶에서 솔잎 몇 줌을 훑어 가지고 토굴로 올라온 그는 쪼그려 앉아서 그것을 우적우적 씹었다. 독한 향기에 비위가 상했다. 이제껏 산중생활 십수 년에 이골이 난 솔잎이었으나 하도 굶주린 뒤끝이라 속에서 받아주질 않았다.

  도선은 남은 솔잎을 손에서 떨어내고 토방에 팔베개를 하고서 누웠다. 높은 산이 뿜어내는 냉기가 등짝을 후벼왔으나 군불을 지필 생각이 없었다. 나무야 지천으로 널브러져 있어서 토굴 주변의 삭정이만 줍는다 해도 구들장을 데우는 것은 문제가 아니었다. 다만 등이 따뜻해지면 더 기세차게 밀려올 허기가 두려웠다. 내일 아침까지는 이대로 견뎌내기로 했다. 날이 밝는 대로 어디 가서 개복숭아나 정금, 머루 따위의 과실이나 단물 빠진 칡뿌리라도 채집해 오리라. 노루나 토끼 따위의 짐승은 흔했으나 육식을 피하는 수행자인지라 그것들은 먹이가 아니라 차라리 독약이었다. 산의 웅숭깊은 자태를 함께 닮아가는 벗일 뿐이었다.

  띠를 얹은 엉성한 지붕 사이로 잘 익은 홍시 같은 별들이 보였다. 도선은 무심한 별들을 우러르며 누워있기를 계속했다. 그때 한줄기 바람이 불었다. 그 사품에 구름이 일어나더니 초롱초롱한 별을 가렸다. 구름의 장막은 좀처럼 걷힐 줄 몰랐다. 가을 밤비라도 내리려나.

  생각 없이 누워있자니 이내 답답해졌다. 구름 낀 밤하늘과도 같이 무명한 마음자리였다. 세월은 속절없이 흐르는데 깨달음은 멀기만 했다. 앉은자리에서 깨치겠다는 용맹스런 결심도 벌써 헤아릴 수 없이 많았다. 그러나 도선의 마음자리는 섣달 제석(除夕) 날 밤중이었다. 칠흑이었고 수렁 속이었다.

  홀어미와 생별하고 월암사로 들어가 가지런히 땋아 내린 무명초(無名草, 머리칼)를 잘랐을 때 도선의 은사스님은 말했다. 머리를 길러 가지고는 광명한 불도를 깨칠 수 없노라고. 속가에서도 지성으로 닦으면 그게 그것이 아니겠느냐고 하겠지만 삭발하고 용맹정진하는 것에 비할 바 못된다고.

치렁치렁했던 머리가 깎여 중대가리가 되자 허전했다. 이 허전한 머리를 부처님 말씀으로 채우리라. 열다섯 살 소년은 입매에 힘을 주었었다. 크게 깨쳐서 홀어머니를 기쁘게 해주리라. 법력을 얻어서 그 힘으로 아비를 찾고 그를 어머니 앞에 데려다주리라.

소박한 소년의 발심이었다. 소년은 그곳에서 화엄학을 배웠다. 화엄경을 근거로 하여 성립된 사상이 화엄학이었다. 방대한 이 경을 일찍이 의상대사는 210자로 줄여서 게송했으니 법성게(法性偈) 도인(圖印)이 그것이었다. 총기 좋은 소년은 법성게쯤은 달달 외웠고 화엄경의 원전도 훤히 꿰뚫었다.

일중일체다중일(一中一切多中一)
일즉일체다즉일(一卽一切多卽一)

하나 속에 모두가 있고 모든 것도 하나이니, 하나가 곧 우주이고 우주가 하나로다. 이는 주체와 객체가 자재하고 서로 걸림이 없는 법계연기를 이룬다는 사상을 농축시켜 말하고 있음이다.

일체유심조(一切唯心造)라던가. 마음은 솜씨 좋은 화공, 오직 마음만이 모든 것을 그리고 만들어낸다. 마음의 행로에 따라 세상이 달라진다. 오직 마음먹기에 달렸다는 것만 알면 화엄학의 고갱이에 정통한 것이다.

화엄경은 또 믿음과 실천을 강조한다. 문수보살의 믿음과 지혜, 보현보살의 진리와 수행이 일체가 되어 화엄경의 주불인 비로자나불로 나타난다. 믿음을 실천하여 성불한다는 의미다. 화엄경의 꽃이랄 수 있는 입법계품의 선재동자가 맨 처음 믿음과 지혜를 상징하는 문수보살을 찾아가서 그의 교화를 받고 보리심을 발한 뒤 의사, 노동자, 뱃사공, 귀부인, 창녀, 선인 등을 만나면서 구도행각을 벌이고 맨 나중에 진리와 수행을 상징하는 보현보살에게서 가르침을 받고 깨달음의 세계로 들어간다. 이런 화엄사상은 불교사상의 바다요, 꽃이다.

그러나 그것들은 어디까지나 책 속에 담겨 있는 바다요, 꽃일 따름이었다. 때문에 지극히 관념적이고 현학적이었다. 가령 보살 십지품만 해도 그랬다. 십지의 경지에 이르는 길이 휘황하게 묘사돼 있지만 어디까지나 문자의 틀에 갇힌 진리였다. 아무리 숙독하고 마음으로부터 행하고자 노력한다 해도 길이 묘연하다. 차라리 도를 찾아 세상으로 나섰던 선재동자 쪽에 길이 있어 보인다. 그래, 선재동자처럼 세상을 주유해 보자. 구도 행각하는 과정에서 마장에 걸려 나락으로 떨어지는 한이 있더라도 몸소 부딪쳐보자. 그렇게 해서 지금껏 만행하고 고행했다. 그런데 아직도 바람에 나부끼는 누더기 외에 아무것도 아니다.

멀고 험하구나, 도의 경계여.
걷어내기 어렵구나, 미망의 먹장구름이여.
대저 어느 때에야 명징한 반야지(般若智)를 얻을꼬.

도선은 누운 채로 시신경을 조였다. 구멍 뚫린 띠지붕 사이로 드러난 하늘을 보기 위함이었다. 구름에 가려진 별은 좀처럼 나타날 줄 몰랐다. 대신 얼굴로 떨어지는 습한 것이 있었다. 비였다. 비는 후드득 소리를 내며 쏟아졌다. 가을비 치고는 기세가 사나웠다. 허름한 산막 안으로 빗물이 새어들었다. 도선은 몸을 피하지 않았다. 뿌리는 비를 그대로 맞고서 와불(臥佛)처럼 누워 있었다. 번뇌에 사로잡힌 마음이

칠흑 속인 판이라 빗물을 저어할 계제가 아니었다.

얼마를 그렇게 누워서 보냈던 걸까. 다시 올려다본 하늘에 금강석 같은 반짝거림이 느껴졌다. 빗소리도 들리지 않았다. 도선은 산막 밖으로 나왔다. 말끔히 구름 걷힌 하늘에는 주먹만한 크기의 초롱초롱한 별들로 빼곡이 채워져 있었다.

그렇다.

해와 달과 별들은 항상 밝은 것이다. 다만 구름이 덮인 고로 위는 밝고 아래는 어두워 무명세계가 되는 것이다. 문득 바람이 불어와 먹장구름이 걷히면 홀연히 광명한 세계가 나타난다. 마찬가지로 본래의 청정한 법신(法身)인 사람의 마음을 미망이 가려 무지몽매하기만 하나 반야지가 일어나면 일오지불(一悟知佛)! 한 번 깨쳐서 곧 부처의 지위에 이르는 명철함을 얻는다. 이는 사실 얻는 게 아니고 회복하는 것에 가깝다.

회복의 세월은 어느 때에나 돌아올 것인가.

눈앞은 은산철벽(銀山鐵壁). 무턱대고 용맹정진을 한다 해서 그 벽이 뚫리는 건 아니다. 경전공부를 하다가 끊어진 길을 만났다. 그래서 선종으로 개종한 것인데 여기서도 철벽을 만난 것이다.

산 아래로 유성 하나가 긴 꼬리를 늘어뜨리며 곤두박질쳤다.

내려가자. 여기서는 더 이상 공부가 되지 않는다. 1년 전, 정갈하게 터닦은 이 자리는 이제 마장이 끼었다. 여기서 더 이상 머물러 봤자 선공부는커녕 마구니의 제물이 될 게 뻔하다.

도선은 그 길로 바랑을 꾸렸다. 떠날 때를 당했으니 떠나야 한다. 아까 저물녘의 그 황당한 이인(異人) 탓이라고 해두자. 구렁이의 마장 때문이라고 해두자. 그러나 그건 필연이었다. 여기가 어디라고 당나라에서 건너온 이인이 뜬금없이 찾아오며, 그 샘물이 어떤 물이라고 구렁이가 똬리를 트는 헛것이 보이겠는가. 모두가 새로운 인연을 지으라는 하늘의 뜻인 것이다.

새벽은 빠르게 달려왔다. 도선은 바랑을 메고는 토굴 앞에서 합장했다. 한때나마 용맹정진한 구도의 현장이었다. 이렇게 떠나면 언제 다시 오게 될지 모를 일이었다. 그가 감사하는 건 이제껏 이 터를 지켜준 신장(神將)들이었다. 그는 새벽공기를 가르면서 산길을 내려갔다. 산 아래 화엄사로 가는 길이었다. 고향집이나 다름없는 거기서 며칠 묶으면서 지친 심신을 조섭한 뒤, 다음 일을 생각할 요량이었다.

결국 도선은 당나라 여행자를 만나보기로 했다. 바로 오늘 새벽, 화엄사에서 새벽쇳송을 마치자마자 길을 좁혀온 것이었다.

지리산은 이 땅의 단전(丹田)이다. 사람의 오장육부가 모두 배 안에 들어 있듯이 지리산에는 한민족의 얼과 지혜가 무트로 온축돼 있다. 술이 단지에서 익듯 무엇이든 그 안에 들어가면 숙성하고 마침내는 일가(一家)를 이루어 세상에 나온다. 지사(志士)가 들어가면 대학자가 되고 역사(力士)가 들어가면 장군이 된다. 그래서 이 땅 사람들은 예로부터 이 지리산을 영산으로 모셔왔다.

천왕봉에서 서쪽으로 내달리며 우뚝우뚝한 준봉들을 세운 지리산의 서변에 노고단이 자리잡고 있다. 그 낙맥이 방향을 틀어 남으로 뻗치다가 형제봉을 만들고, 다시 기복(起伏)하여 솟구쳐놓은 게 월령봉, 월령봉에서 방향을 동남쪽으로 튼 산자락은 아래로 천천히 내려오면서 마치 비단자락을 풀어놓은 섬진강 물을 마시기라도 하려는 듯 기다란 용머리를 살짝 구부린다. 그 서쪽자락 안에 남향판으로 들어선 강촌마을은 가히 사람살기에 더없이 좋은 복지였다. 물산이 풍부한 지리산 품 안에 강을 낀 넓은 들판의 마을이다. 천혜의 고장이란 이 마을을 두고 이름이다.

　도선은 속으로 감탄사를 발했다. 잘 영근 나락이 따사로운 가을바람에 물결이 되어 출렁거리는 들녘을 우러르며 산자락 아래로 풀어진 길을 걸었다. 그는 마을 앞에서 남쪽으로 방향을 틀었다. 당나라 여행자가 말한 강변이 눈에 들어왔음이다. 들녘을 지나 강가 모래사장에 다다른 도선은 물가로 가서 목을 축이고 얼굴을 씻었다. 지리산 골골을 씻으며 내려온 물이라 맛이 좋았다. 산 좋고 물 맑고 들 넓으니 이곳이 과연 낙토였다.

　아직 시간은 일렀다. 해가 천중(天中)에서 동쪽으로 한 뼘 정도에 머물러 있었던 것이다. 이인이 말한 시간은 점심 무렵이었다. 도선은 강변에 앉아 물고기들이 여기저기 뛰어오르면서 일으키는 동심원을 한가로이 바라다보고 있었다. 햇빛에 반짝이는 은린이 눈부신 것이 회유하는 은어떼들이었다. 지난봄에 산란을 위해 올라왔다가 이제는 새끼들과 더불어 바다로 내려가는 것일까.

　고향에 계신 홀어머니의 얼굴이 물무늬 위로 떠올랐다. 어머니는 지금 무얼 하고 계실까. 방랑 세월 6년 남짓 동안 월출산 자락을 찾은 건 단 한 번뿐이었다. 그때 고향마을 구림촌에 들러서 어머니의 손을 부여잡아 봤다. 출가하면서 마음을 모질게 잡도리한 그였으나 막상 험한 들일에 시달린 어머니의 더덕장아찌 같은 손을 잡고 보니 와락 눈물이 쏟아졌다.

　인연의 강이여, 그 깊음이여. 천륜의 정은 어쩔 수 없고나.

　천지간에 도를 구하는 대장부와 어머니라는 여인 앞에 선 아들….

　더구나 어머니는 어떤 분이시던가. 무슨 그리 두꺼운 업장을 타고 나셨던지 처녀의 몸으로 인륜에 어긋나는 씨를 받으셨다. 속마음으로 사모해온 사람도 아니었다. 어디서 흘러들어 왔는지도 모르는 떠돌이 사내에게 얼떨결에 당하고 어쩔 수 없이 나를 낳으셨다. 버젓한 이름도 없어서 사람들에게 그저 김가 놈이라고 불렸던 바람 같은 사내…. 가슴에 피멍울을 남긴 비애는 그래서 싹텄다. 그것은 도선 자신의 정한일 뿐만 아니라 어머니 최씨의 포한이기도 했다.

애비 없는 후레자식.

어릴 적 도선의 어머니가 제일 무서워한 소리였다. 도선도 그 소리가 싫었고 철이 나기도 전에 절로 들어간 까닭도 애비 없이 자란 놈이라는 세인의 눈총과 무관하지 않았다. 절에서 성장하는 동안 그는 비로소 알았다. 애비가 없거나 있거나 사람에게는 저마다 한이라는 게 있다는 것을.

생명은 다 그랬다. 축복 속에서 태어난 생명이라 해도 사노라면 모두가 한의 자리에 남겨지는 게 인생살이였다. 불가에서는 그걸 업(業, 카르마)이라고 했다. 처음부터 생겨나지 않았으면 되었으련만 무명은 다시 무명을 낳기 마련이어서 끝도 없는 윤회를 계속하는 것이었다.

잘라내 버리자. 업의 그 질긴 끈을 잘라내 버리자. 도선은 물무늬에 떠오른 어머니의 환영을 지웠다.

"중이 고기 노는 걸 입맛 다시며 봐서 어쩔 셈인고!"

야릇한 떨림이 있는 목소리였다. 그 여행자였다. 당나라에서 왔다는 이인. 산 속에서와 달리 산 아래서는 비단옷으로 어엿한 행장을 갖추고 있었다. 당나라 상인 복장이었기에 못 알아볼 정도였다. 도선은 자리를 털고 일어나서 그를 향해 정중히 합장했다.

"그대가 오늘 예까지 나온 것은 인연법이라."

당나라 노인이 대견스런 표정으로 도선을 응시했다. 도선은 다시 합장해 보였다.

"그럼 가세. 먼저 요기부터 해야지."

노인이 도선을 데리고 간 곳은 강변 정자나무 밑의 작은 기와집이었다. 촌주(村主)를 지낸 마질지(麻叱智)의 별서(別墅)였다. 촌주는 신라의 말단 지방관이었다. 당나라와 교역하는 상인이기도 해서 노인과 각별한 교분이 있다 했다. 늙은 여행자는 신라와 왜국에 상단(商團)을 이끌고 다니며 교역하는 사람이었다. 마질지는 노인이 거래해 온 신라상인 가운데 하나였다. 노인은 신라 땅을 밟을 때마다 상단에서 떨어져 나와 산천을 밟고 있었다. 올망졸망하고 미묘한 해동의 산천과 노닐다 보면 언제나 시간가는 줄 모른다 했다.

촌주의 별서에서 사제의 예를 갖췄다. 도선이 삼배를 올렸고 중국 상인은 그 정표로 해시계와 나경이 함께 붙어 있는 휴대용 목제 앙부일구(仰釜日晷)를 주었다. 당나라에서 최근에 만들어낸 귀중품이었다. 이로써 두 사람은 사제지간이 되었다.

점심을 든 두 사람은 다시 정자나무 그늘이 널린 강변으로 나왔다.

"오늘부터 상지술을 전해줄 것이니 제대로 배우고 바르게 써서 중생을 이롭게 하거라."

"예."

"학문이 사람을 높은 정신세계로 이끈다면, 술법은 그런 사람을 돌보는 역할을 한다. 유학자나 불자나 도학자가 평탄할 때는 자기 분야의 도가 으뜸이라고 침을 튀겨대지만 고난에 닥쳐서는 의술이나 점술이나 풍수를 찾지 않는 이가 없다."

당나라 상인의 설명은 계속됐다.

대저 의술이란 무엇인가. 사람을 살려내는 술법이다. 심신을 조화롭게 보살피고 나아가 사지에서 생지로 돌이키는 활인술(活人術)인 것이다.

복술이란 또 무엇인가. 길을 가다가 어두워지면 횃불이 있어야 하고 큰물이 가로놓여 있을 때는 뗏목이 있어야 능히 건너갈 수 있는 법! 횃불과 뗏목을 거벌(炬筏)이라 이르는바 인생의 험로에서 거벌이 돼 주는 게 복술이다.

풍수란 무엇인가. 사람이 나고 자라고 죽어 돌아가는 이치를 밝혀 놓은 게 풍수다. 크게는 제왕의 출현과 한 나라의 흥망이, 작게는 한 가문이나 개인의 길흉이 풍수에 의해 영향을 받는다. 이 세 가지 술법 가운데 풍수야말로 천·지·인 삼재가 삼합의 조화를 빚어내는 절묘한 법술이다. 자리에 따라서 제왕도 나고 거지도 나니, 어찌 하늘의 점지한 바 없이 우연히 생겨나겠는가.

하면 명당, 곧 미혈(美穴)을 짓는 곳을 어떻게 찾을 것인가. 먼저 산세를 볼 것이며 다음에는 결국(結局)된 형태, 마지막으로 방향을 볼 것이다. 그러나 대지(大地)는 하늘이 감추고 땅이 숨기는 터에 웬만한 풍수사의 눈에는 보이지 않는다.

그는 강변 모래밭에 산맥을 만들어 보여가면서 도선의 이해를 도왔다. 도선은 말 한마디 산맥 한마디 놓치지 않고 뇌리에 새겼다. 노인의 설명을 들으면서 도선은 생각했다. 저 사람은 전생에 학이나 솔개였는지도 모른다고. 그렇지 않고서야 하늘을 날아본 사람처럼 그 넓은 중국과 발해, 신라, 왜국의 산천지세를 손금 보듯 훤히 내려다보고 눈앞에 그대로 그려 보일 수는 없었다.

"해동국의 산천지세를 말하기에 앞서서 중국과 왜국의 지세를 말하는 것은 아주 중요한 일이니라. 특히 중국은 해동국의 태조산인 백두산의 뿌리가 되는 것이니 그 원래의 뿌리와 줄기를 말하지 않고 끄트머리에서 대뜸 지리의 맥을 말하는 것은 그야말로 맥없는 수작에 불과하다는 말이니라. 해동국을 국한해서 보자니 백두산이 태조산인 것이지 그 맥이 나온 근본을 거슬러 올라가면 가히 거리를 셈할 수 없을 만큼 멀고 먼 줄기와 뿌리가 엄연히 있느니."

중국은 서쪽 변방에 자리한 곤륜산(崑崙山)에서 일어난 산들로 만들어진 나라다. 나라의 모양은 마치 가을 해당화 모양 같기도 하고 뽕잎 모양 같기도 하다.

곤륜산은 신강과 서장 및 석가의 나라 인도 사이에 자리하고 있는데 봉우리의 높이는 물경 오천여 길(8,611m)로 세상에서 가장 높은 산이다(당시는 중국 중심의 세계관으로 인해 그렇게 믿고 있었다. 실제로는 히말라야 다음으로 두 번째로 높다). 층층한 봉우리들이 첩첩이 쌓여 있고 위로는 구름 속까지를 뚫고 있다. 가히 그 웅자(雄姿)를 눈으로 직접 보지 않은 사람은 짐작조차 할 수 없다.

산은 크게 남대간(南大幹)과 북대간(北大幹), 이렇게 둘로 나눌 수 있고 여기서 다섯 줄기로 맥을 지어 뻗어 나왔다. 북대간의 한 줄기인 아리태산계는 몽골로 들어가고, 다른 한 줄기인 천산계는 신강성을 거쳐 멀리 서역 너머에까지 뻗어 들어갔다. 남대간은 세 줄기로 가지를 쳤는데 음산계, 진령계, 남령계가 그것이다. 음산계는 해동국 백두산으로 뻗쳤고 진령계는 중국 오악(五岳) 가운데 으뜸인 태산(泰山)으로 뻗쳤다. 남령계는 천하 으뜸이라는 계림산수를 숨겨두고 있는데 이 맥이 중국 각성에 뻗어 들어갔다. 이래서 세인들은 말한다. 곤륜산에서 다섯 마리의 용이 나왔는데 두 마리의 용은 서역으로 가고 세 마리의 용은 중국으로 들어왔다고.

대저 양 대간 골짜기를 다녀보면 골골에 물이 있으니, 그 물이 굽이쳐 흐르는 데에서 산맥이 따라 달리고, 그 물이 모이는 데에서는 산이 끊긴다. 곤륜산도 이미 남북 양 대간으로 갈라져 나와서 물의 원천이 부서지는바, 스스로 동서양파로 분류해서 나오는데, 유독 남쪽 산맥의 물이 중국으로 들어온다. 중국의 산천대세는 북방으로부터 남방으로 달려와서 남을 앞으로 하고 북을 뒤로 하고 동을 좌로 하고 서를 우로 하고 있다.

물의 원천인즉 세 개의 커다란 강이 있으니 이것이 곧 장강(長江), 황하(黃河), 압록(鴨綠)이다. 혈자리는 산이 모이고 물이 모이는 자리(山聚水會之處)에 있으니 도읍을 정할 때는 반드시 산수가 크게 모인 곳에 할 것이다. 적당히 모인 곳에는 성과 시를 두고, 적게 모인 곳에는 묘지나 집터를 잡을 일이다.

"여기까지는 이해가 되는고?"

열심히 모래를 매만지던 손을 멈추고서 노인이 도선에게 묻는다.

"그저 놀랍기만 합니다. 산에도 이런 맥락과 의미가 있군요."

"나와 함께 중국에 건너가 산세를 타보고 돌아올 수 있다면 좋으련만."

노인이 그렇게 말했지만 사실 도선으로서는 중국 땅을 밟아본다는 게 거의 불가능한 일이었다. 불법을 배우러 가는 것도 어려운데 풍수 공부를 위해 답산하려고 중국까지 갈 여유는 더더욱 없었다.

"허면, 이번에는 해동국과 왜국의 뿌리를 찾아보기로 하자꾸나. 아까 말한 대로 중국 음산계에서 뻗어 나온 맥이지. 동쪽으로 내달린 맥이 백두산을 짓고 거기서 두 줄기로 가지를 치느니. 한 줄기는 남으로 뻗어 해동국으로 가고 다른 한 줄기는 사백력(시베리아)을 거쳐 북으로 달리다가 바다를 뛰어넘어 왜국으로 들어가거든."

"왜국의 산천이 우리 신라에서 건너뛰어 들어간 것이 아닙니까?"

도선의 눈빛이 빛났다.

"아니지. 백두산 그 위에서 들어간 맥이 바다 속으로 퐁당퐁당 뛰어내려서 왜국을 섬나라로 지어놨느니라."

"아직 가보진 않았습니다만 백두산은 정말 거창하겠군요. 그 힘을 왜국까지 뻗쳤으니까요."

"이르다 뿐이겠느냐. 산정에는 사시사철 눈이 쌓여 있고 그 꼭대기에는 거대한 못이 있어 근원은 깊고 흐름은 넓어서 압록강을 짓고 토문강을 짓고 송화강의 발원지가 되느니라. 산의 바람은 세차고 기후는 혹독해서 산삼 영약이 나며 하늘을 더듬을 기세로 높이 자란 울창한 나무들 또한 일품이니라."

노인은 백두산을 마르고 닳도록 칭송하고 있었다.

내 반드시 그 산에 가보리라. 도선은 입술을 야무지게 다물었다. 해동산천의 근원인 백두산의 위용을 중국 사람으로부터 듣는다는 게 부끄럽기만 했다.

도선의 속내를 아는지 모르는지 노인은 하던 설명을 계속했다.

중국 음산계가 동으로 달려오면서 하늘과 땅의 엄한 정기를 맺었다. 서쪽 곤륜산으로부터 장장 수만 리를 내달고 오다가 그 끝지점에 이르러 다시 한 번 불끈 솟구쳤으니 가히 그 아래로 아름답고 조촐한 혈자리를 무수히도 많이 끼친 바라. 동방에 명당이 많다 함은 여기서 연유된 말이다.

"다음에는 바다 건너 왜국으로 뻗어 들어간 산맥을 만들어 보일 테니 잘 보거라."

노인은 해동국 동해바다 밖으로 네 무더기의 모래산을 만들었다. 그러고는 도선에게 물었다.

"무슨 모양같이 보이느냐?"

"글쎄요."

"대략 세 가지 형국으로 볼 수 있느니라."

"……?"

"비봉조천혈(飛鳳朝天穴)이 그 첫 번째지."

"그게 무슨 말씀이온지요?"

"날개 편 봉황이 하늘에 조회하는 모양을 이른다."

"그렇게 말씀하시니 그리도 보이는군요."

"이것은 곤륜산으로부터 내달려와서 그 끝에 이르러서 오던 길을 유정하게 되돌아보는 모양, 곧 회룡고조(回龍顧祖, 용이 달려오다가 돌려서 조상 산을 바라봄)로 보아서 그런 것이고, 두 번째는 흩어져 있는 개구리알의 형국으로 보기도 하느니라."

"정말 그렇군요."

"세 번째는 대륙을 거대한 뽕잎으로 봐서 그 뽕잎을 갉아먹으려고 덤비는 누에의 형국이다."

"야아!"

도선은 비명을 질렀다.

어쩌면 이처럼 적합한 비유가 있을 수 있을까. 풍수의 묘미가 바로 이런 것이로구나. 모래에 그려진 산맥의 모형도는 영락없는 뽕잎이요, 누에 형상이었다.

"그래서 왜구들이 밤낮 우리 신라와 당나라를 노략질하는군요."

도선은 지리법에 나타난 왜인의 기질을 유추해냈다.

"아직은 약세라서 노략질하는 정도에서 머무르지만 장차 기세가 커지면 사정이 다를 것이니라. 누에는 네 번 잠을 자고 급기야 날개를 달고는 날아오르는 법, 그때가 왜인들이 떨쳐 일어나는 때가 될 것이니라."

노인이 예언했다.

"그러면 우리 신라가 위태롭겠군요."

도선의 걱정이 자심하다.

"오래 지난 뒤의 일! 한 나라가 흥하고 망하는 건 도읍지를 어디에 잡았느냐가 아주 중요하다. 왜국에는 분문혈(糞門穴)이 있다. 똥구멍에 해당하는 자린데 그곳에 도읍을 지으면 실로 융창하여 세상에 떨치리라."

"서라벌은 어떻습니까?"

"서라벌은 행주형(行舟形)이니라. 지금 배에 짐이 가득하니 행로가 힘겹구나."

앞날이 어둡다는 말이었다.

"새로운 왕조가 일어난다는 말씀입니까?"

"우후죽순처럼 발흥하리라. 그러나 도읍지를 제대로 잡지 못하리니 아침 꽃이 저녁에 떨어지는 것과 무엇이 다르랴."

"어느 터가 적합한 도읍집니까?"

"원국(垣局)을 지은 곳이라야 하느니."

"원국이라면?"

도선이 생소한 말의 의미를 물었다.

"그건 이따가 밤하늘을 보면서 가르쳐주리라. 굳이 오늘 같은 그믐날을 택한 까닭이 별을 보기 위함이었느니."

강변에 물안개가 내리자 두 사람은 촌주 마질지의 별서로 돌아갔다. 그들은 저녁을 든 후에 다시 밖으로 나왔는데 이번에는 강변이 아니고 들판을 지나 산기슭으로 향했다. 별을 보자면 물안개가 끼는 강변보다는 산 쪽이 나은 까닭이었다.

어디선가 소쩍새가 연방 울어댄다. 하늘에는 별이 총총 눈을 떴고 산자락과 들판이 만나는 기슭에 옹기종기 모인 초가에는 호롱불빛이 아련하다.

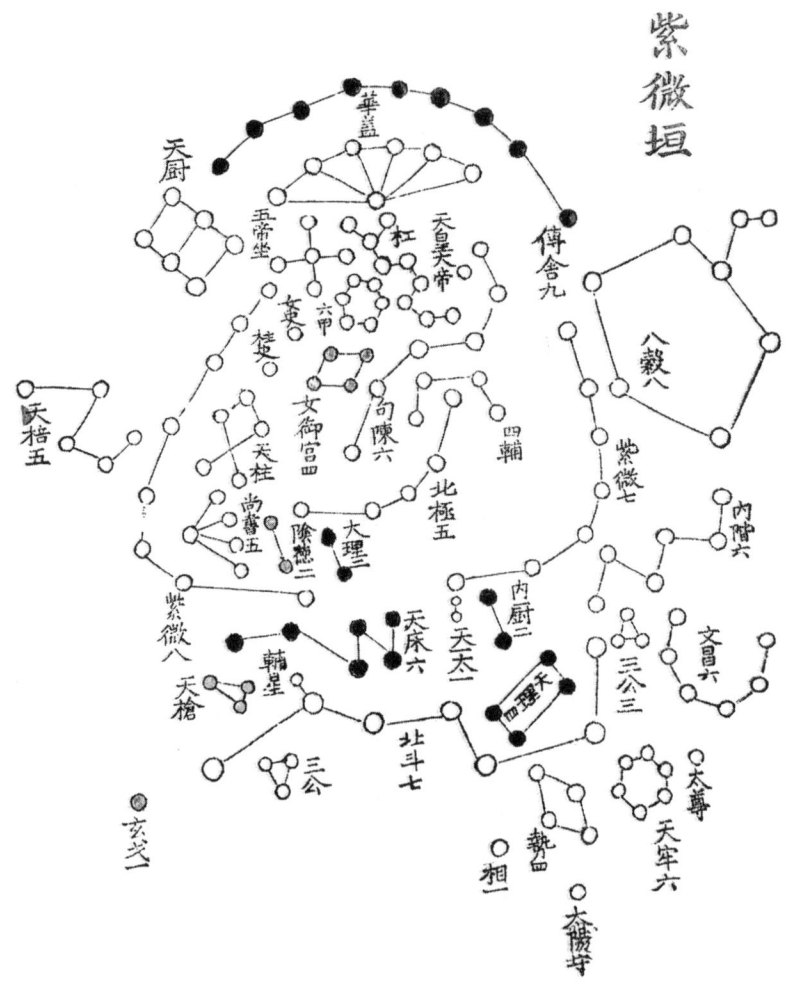

자미원 별자리

"대저 하늘에는 네 개의 원국이 있다. 원국이란 하나의 울타리를 이룬 별자리를 이르는 말이다. 저기 저 북두칠성 주변에 좌우로 늘어선 별들이 자미원(紫微垣)이고, 저 남쪽 장성(張星)과 익성(翼星), 진성(軫星)이 위치한 곳에 있는 게 태미원(太微垣)이고, 동쪽 미성(尾星)과 기성(箕星), 두성(斗星)이 위치한 곳에 벌여진 게 천시원(天市垣), 태미원과 천시원 사이에 제대로 국을 짓지 못한 저 별자리가 소미원(小微垣)이다."

도선으로서는 전혀 알아듣지 못할 얘기였다. 밤하늘에 수많은 별들이 있지만 도선이 그 이름을 아는 별은 고작 서너 개였다. 국자모양의 북두칠성, 견우와 직녀별, 좀생이별, 샛별 그리고 하늘의 강물 은하수(銀河水)가 전부였다. 저 많은 별자리에 저마다 이름이 있다는 건 놀라운 일이었다.

"천문학 책을 봐가면서 밤하늘을 익히면 그렇게 어렵지 않느니라. 알면 알수록 점점 더 까다로워지는 풍수에 비해 천문은 아주 쉬운 것이니."

노인이 그렇게 말해줬지만 도선으로서는 반대로 여겨졌다. 산이야 고정돼 있는 것이니 부지런히 발로 밟고 다니면서 보면 된다. 하지만 돌고 돈다는 하늘의 별자리를 어떻게 익힐 것인가.

도선으로서는 해봄직한 생각이었다. 그러나 사실은 별자리 익히기가 훨씬 쉬웠다. 하늘이 광대무변하다 하나 사람의 눈에는 그 전모가 훤히 올려다 보이는 터이다. 하지만 땅은 다르다. 웬만큼 밟아봐서는 그 전체의 형세와 국을 읽어내지 못하는 것이다. 뿐더러 하늘이야 제자리에 가만히 서서 보면 되지만 땅이야 한 발 한 발 걸어서 누벼야 한다. 시간상으로도 수백 배 힘겨운 일이다.

"자미원과 태미원, 천시원 안에는 제좌(帝座)가 있다. 황제의 자리가 있으니 마땅히 도읍지가 될 수 있다. 허나 소미원에는 제좌가 없지. 그런 곳에 도읍을 삼으면 오래 버텨낼 재간이 없는 법, 군웅이 저마다 제왕이 되고자 하나 하늘이 내린 원국에 도읍지를 잡지 못하면 제후 정도에서 그치는 게다."

"하늘의 원국과 땅의 도읍지가 도대체 어떤 관계가 있는데요?"

"천·지·인 삼재가 이것이니라. 하늘의 운기가 그대로 지상에 내려와서 산을 만들고 국을 지었음이 아니더냐. 하늘의 자미원은 땅에 내려와 그 모양 그대로 자미원국을 지었고 태미원도 천시원도 소미원도 다 그렇다."

"결국 그 자리를 찾아내면 되는군요."

"옳거니. 그것만 알면 큰 공부는 다한 거나 다름없다. 세세한 건 다음의 일이니까 말이다."

"해동국에는 자미원국이 있습니까?"

"허허, 숫제 털도 안 뽑고 먹으려 드는구나. 그건 그대가 이 다음에 많은 답산을 해보고서 스스로 알아낼 일인 게야. 다니다 보면 자연히 보이고 그 임자가 될 사람도 만나게 될지니."

"그 자리를 찾으면 해동국에서도 천자(天子)가 날 수 있겠군요."

도선의 말에 노인이 섬뜩 놀랐다.

무서운 젊은이로다. 감히 천자를 들먹이다니. 노인은 속으로 읊조렸다.

"도인, 우리 해동국에서도 천자가 …?"

"어허, 말을 삼가라!"

노기가 낀 일갈이었다.

천자는 세상에 하나뿐이어야 했다. 천자는 하늘이 점지한 땅의 중심에서 세상을 대신 다스리는 사람이니 어찌 둘이 있을 수 있겠는가.

그것은 한 하늘에 두 개의 해가 있다는 말과 같으니 도저히 있을 수 없는 일이었다. 그런데 지금 애송이 도선이 그걸 입에 담은 것이다. 천자의 출현이 해동에서도 가능하겠느냐고.

노인은 타이르듯이 조용히 말했다.

"크게 보아 해동국은 중국과 한 자미원에 속하니라."

"왜국도 그렇습니까?"

"물론이지. 해동국은 중국 장안이나 낙양의 먼 앞을 감아도는 형국이야. 좌청룡이 됨과 동시에 안산(案山)으로 감돌아 지나고 있음이지. 또 왜국은 멀리서 조산(朝山)이 되어 둥글게 조응하고 있느니."

노인의 주장은 해동국이나 왜국이 모두 중국이라는 명당을 오른쪽과 앞에서 둥글게 감싸는 하나의 사(砂)라는 얘기였다. 철저한 중국 중심의 풍수관이었다.

도선은 아까 낮에 강변의 모래사장에서 노인이 그려 보인 세 나라의 산맥도를 떠올렸다. 해동국의 입장에서 보면 왜국이 좌청룡이요, 중국이 우백호가 아니겠는가. 그러나 그 말을 꺼내지는 못했다. 어차피 그 부분은 당나라 노인과 합의를 볼 수 없는 대목이었다. 도선의 스승이 된 형편이라지만 노인은 역시 중국인이었다.

노인은 황도, 곧 태양의 길목에서 만나는 28수 별자리에 대해서 말해준 뒤 첫날의 가르침을 가름했다.

다음날, 당나라 노인은 자신이 이어온 풍수의 법맥에 대해서 일러줬다. 세상사 무엇이건 계보가 없는 것이 어디 있으랴. 모든 건 맥을 따라 이어가기 마련이었다. 바람이 그렇고 물이 그렇고 사람의 일이 그랬다.

"나는 본래 두 분의 은사를 두었더니라. 한 분은 중국 고래의 풍수에 정통한 분이고 다른 한 분은 밀교와 혼융한 풍수에 일가를 이룬 분이셨다. 한 분은 일생을 철저하게 숨어살아서 세상에 이름이 나기를 원치 않았던 분이고 다른 한 분은 일행 선사의 맥을 이었다. 일행 선사는 종래의 풍수이론에 밀교(密敎)를 가미한 분인데 그대가 불가에 귀의한 처지니 일행 선사의 맥을 잇는 게 좋으리라. 해동국은 불교가 융창한 나라고 그대는 선(禪) 공부를 한다. 일행 선사의 맥을 바르게 이어 해동국을 거대한 만다라로 장엄해 보아라."

해동국 전체를 하나의 만다라로 장엄한다? 도선은 눈이 번쩍 뜨였다.

이것이다. 내가 상지술을 배워서 할 수 있는 일이 바로 이것이다. 은사스님 혜철도 전에 이와 유사한 말을 한 적이 있었다. 중의 신분으로 풍수를 배워서 세상을 구제한다는 건 불국토(佛國土)를 만든다는 의미라고.

도선의 의중을 알아챈 노인은 차근차근 설명을 계속해 나갔다.

사람이 사는 곳이면 어느 곳이건 재래의 상지술이 있다. 사람이 움집을 파고 혈거(穴居)했던 원시시대에도 바람과 물을 가리는 건 지당한 처사였다.

인도에도 고대로부터 전해 내려오는 독특한 상지술이 있었다. 그것은 수행자들이 하루 빨리 도를 이루기 위해 적합한 터를 가리는 데서 연유했다. 나중에는 만다라, 곧 불당을 짓는 데 활용되었고 이를 적극적으로 수용한 것이 밀교인 것이다. 밀교는 석가모니 당시의 인도에 존재한 의례적이고 주술적 신비주의의 영향을 받아서 성립된 교파다. 흔히 금강승(金剛乘)과 진언승(眞言乘)으로 나뉜다.

금강승은 힌두교 탄트리즘의 시바(남성신)와 샤크티(여성신)의 관계를 불교적으로 바꿔놓았다. 성의 불교적 의미부여인 셈이다. 여성과 남성의 성교가 극치의 쾌락을 주는 것처럼 지혜와 방편의 혼합을 요가로 하여 보현의 경지에 도달할 수 있다는 것이다. 반면, 진언승은 주술로 우주정신과의 합일을 실현해서 자연이나 인간사의 진행을 지배할 수 있다고 역설한다.

이렇듯 인도의 토속적인 제반신앙과 대승불교가 접목되어 나타난 게 바로 밀교다. 그러므로 제사, 주술, 성희, 제천(諸天, 하늘을 여덟 개로 나눔), 도상학(圖像學), 사원형식 따위가 다분히 수용된다.

특히, 진언을 외거나 도량을 건립하고 각종 밀교적 의궤를 행하는 장소선정이 매우 중시된다. 자리에 따라 수행목적을 속히 성취하기도 하고 아예 불가능하기도 하기 때문이다. 가령, 제불보살이나 제중선신이 수호하는 곳에서는 수행성취가 빠르지만 마귀와 악신들이 들끓는 곳에서는 그네들의 장난에 의해 수행성취가 어렵다. 길지와 흉지를 가리는 이유다.

수행하기에 적합한 터를 가리는 것, 이것을 밀교의 택지법(擇地法)이라 하는데 관지상법(觀地相法), 관지질법(觀地質法), 치지법(治地法) 이렇게 세 분야로 나뉜다.

관지상법은 수행처가 될 장소의 외적인 조건을 관찰하여 길지와 흉지를 판별하는 방법이다. 이때 지세, 형국, 물, 바위, 나무 등이 세심하게 고려된다. 관지질법은 흙의 성질을 감별하여 길지와 흉지를 식별하는 방법이다. 먼저 잡물을 골라낸 상태로 흙의 양을 보고, 다음에 흙의 냄새와 맛을 보고, 마지막으로 흙의 색깔을 본다. 치지법은 더 적극적인 택지법이다. 궂은 땅을 정화시키는 등 흉지를 길지로 다스리는 방법인 것이다. 흉지를 길지로 바꿀 수만 있다면 세상에 흉지란 없다는 얘기가 된다. 그러나 터마다 등급이 있는 건 사실이다. 수행속도의 빠름과 느림에 따라서 상품지(上品地), 중품지(中品地), 하품지

(下品地)로 나누는 게 그것이다.

　이런 밀교의 택지법을 중국 전통의 풍수에 가미시킨 장본인이 바로 일행 선사였다. 이인은 도선에게 전통 상지술과 밀교 택지법을 가르쳐 줬다. 전통 상지술이 산과 물의 기세와 형국을 중심으로 길지와 흉지를 가린다면, 밀교의 택지법은 몸과 마음에 평온함을 주는 곳, 특히 심리적 관점을 중시한다. 조사들의 수행지나 고요한 곳, 맑은 물이 있는 곳, 야생화와 과실이 많은 곳, 황량하고 거칠지라도 평평하게 턱이 진 곳, 흰빛이나 검은빛이 도는 땅, 백학 따위의 조류가 모여드는 곳 등이다.

　도선에게 두 가지의 상지법을 전수한 노인은 현장학습에 들어갔다. 도선으로 하여금 수행하기에 적합한 터를 잡아보도록 한 것이다.
　둘은 답산을 시작했다. 단순한 절집터가 아니고 참선수행을 목적으로 하는 터를 잡아야 하는 까닭에 마을로부터 떨어진 산야를 훑어내렸다. 도선은 3일간 일대를 쏘대고서야 겨우 자리 하나를 잡았다. 구례현에서 남쪽 시오리 상거에 있는 오산(鰲山)의 산마루 바위틈이었다. 동서로 맞뚫렸으되 뒤편인 서쪽에 바람을 막아주는 바위벽이 직립했다. 굴 밖에서 보면 북으로 섬진강이 좌에서 우로 감돌고 그 너머로 지리산 연봉이 발아래 있는 것처럼 조망되었다. 높이로 치면 오산이 훨씬 낮은데 올려다보는 것이 아니고 내려다보는 입장이 된다. 이것이 터가 갖는 오묘함이다.
　"제가 참선수행할 곳은 이곳인가 하옵니다."
　"그대는 천생이 선승이로다."
　노인이 고개를 끄덕이며 읊조린다. 자기가 상지술을 가르쳐주기 이전에도 이 젊은 수행자는 나름대로 지기를 읽는 법을 터득하고 있었다. 웬만한 내공으로는 잡지 못할 공부터였다.

　도선은 관지질법을 이용하여 동쪽 바위굴 초입의 토질을 감별하기 시작했다. 먼저 막대기와 돌을 이용해 사방 일주(一肘)의 넓이와 깊이로 흙을 파냈다. 일주란 팔의 한 관절로 한 자가 조금 넘는 길이를 가리킨다. 파내진 흙에서 자갈과 나무둥치 따위의 잡물을 골라냈다. 토질이 좋아 잡물이 거의 없었다. 남은 흙을 다시 구덩이에 채웠다. 모자라지도 남지도 않고 그대로 알맞다. 길지라는 얘기다. 남는다면 좋으나 모자란다면 못쓰는 자리가 된다. 그만큼 잡물이 많으니 흉지가 되는 것이다.

　"이번에는 흙을 조금 집어서 혀끝으로 맛을 보게."

　파낸 흙을 다 채우자 이인이 주문했다. 도선이 그대로 따랐다.

　"맛이 어떤고?"

　"단내가 나는 것도 같고 향기도 같은데 괜찮은 것 같습니다."

　"과연 수승한 자릴세."

　노인이 만족해하는 어조로 말했다.

　"흙 색깔도 좋고, 습하지도 메마르지도 않으니 과연 상품지야."

　흙 색깔이 흰색이면 천재지변이나 병화, 기근, 질병, 횡사 등의 재해를 소멸하는 힘을 얻는다. 흙색깔이 황색이면 복덕과 번영, 소망하는 일의 성취를 이룬다. 청색이나 검은 색이면 원한을 지닌 적이나, 마귀의 항복을 받아서 퇴치하는 힘이 생긴다. 적색이면 사람들의 마음을 능히 움직일 수 있고 기도하여 원한 바를 이룬다.

　"여기서 수행하여 부디 한 소식 얻어듣도록 하시게."

　노인이 축원했다.

　"나무관세음보살!"

　도선은 바랑에서 향을 꺼냈다. 바위굴 입구에 향을 피워 꽂았다. 그런 다음 만다라 건립시에 외우는 염불을 독송하기 시작했다.
"일체의 부처님과 모든 대보살, 성문, 연각과 다섯 종류의 하늘과 이곳의 영험스런 토지신께 사뢰옵나이다. 이곳에 만다라를 건립하여 정진수행하며 염불독송하려 하오니 제가 하고자 하는 일이 속히 성취되기를 원합니다. 오로지 지신께 원하옵나니 본원을 기억하시어 저에게 만다라의 건립을 허락하사 저를 보호하고 도와주소서. 그리하여 석가모니가 보리수 아래 앉아 모든 마장(魔障)을 항복시켰던 것과 같이 이제 저 또한 그렇게 되게 하여지이다."
이것으로 수행장소의 선정의식이 끝났다. 얼마 동안이라고 기약할 수는 없지만 이제부터 도선은 이곳에서 뼈를 깎는 용맹정진에 들어갈 것이었다.
"그만 내려가보세."
두 사람은 해가 이우는 것을 보면서 하산했다.

강촌으로 돌아오니 촌주가 주안상을 준비해놓고 기다렸다. 가야금까지 내놓았다.
"그래, 공부터는 잡으셨습니까?"
촌주 마질지가 둘을 번갈아보며 물었다.
"예, 촌주님 덕분에 오산 정상에서 좋은 터를 잡았습니다."
"예로부터 이 근동에는 명당이 여럿 있다고 들었습니다. 온종일 답산하셨으면서 그 꼭대기밖에는 못 보셨습니까?"
마질지가 뭔가를 아는 눈치로 물었다. 마질지는 명색이 이 고을의 촌주요, 거부였다. 오다가다 들르는 행인들에게 들은 바도 있었고 그 자신이 사물을 보는 안목도 있었다. 당나라에서 온 진인과 선수행을 한다는 스님이 고작 그런 자리 하나를 고르고 와서 너스레를 떠니 기가 막혔다.

"허허허."

이런 마질지의 내심을 읽었음일까. 노인은 한바탕 파안대소했다. 그러다가 마질지를 뚫어지게 응시하며 입을 열었다.

"촌주!"

"네, 진인."

"그대가 정녕 명당에 욕심이 있는고?"

"그게 아니옵고…."

"여욕득길산(汝欲得吉山)이어든 막약위선사(莫若爲善事)라!"

방안이 떠나갈 듯한 노인의 외침이었다. 마질지도 그랬지만 도선도 움찔했다. 노인의 눈에서 불꽃이 튀었음에다.

무슨 말인가. 웬 날벼락인가. 노인의 호령은 좌중을 싸늘히 얼려버렸다. 만일 그대가 좋은 자리를 구하고자 한다면 착한 일을 하는 것만 못하다는 가르침! 이제 그 정도의 적선 좀 했다고 해서 그대가 벌써 명당 타령이냐는 꾸짖음이었다. 적선하다 보면 살아서나 죽어서나 자연스레 명당자리에 들어가지 않을쏘냐는 의미도 담겨 있는 말이었다.

어찌 노인이 가근방의 길지를 모르겠는가.

벌써 여러 차례 무른 메주 밟듯 한 이 지리산 자락이었다. 옥녀봉 아래, 옥녀탄금형(玉女彈琴形), 병풍산 아래 오미리에 금구몰니(金龜沒泥)와 금환낙지(金環落池)가 모두 엎어지면 코 닿을 데였다. 특히 옥녀탄금형은 지금 세 사람이 주안상을 벌여놓은 촌주네 별서 바로 이 자리였다. 오미리는 산모퉁이 하나 넘은 동쪽 마을이었다.

물고기는 물 속에서 살아도 물이 뭔지를 모르고, 사람은 세상에서 살아도 세상이 뭔지를 모른다. 지금 촌주 마질지가 그러했다. 번연히 명당자리를 잡고 앉았으면서 그걸 모르고 딴 생각이다.

"옥녀가 가야금을 타는 자리라? 옥녀봉 아래 가을 산방(山房), 가야금은 다소곳이 임자를 기다리고 있건만 줄을 퉁길 옥녀는 대체 어디에 있는고?"

노인이 다시 빙그레 웃으며 너스레를 떤다. 그제야 얼어붙었던 좌중에 다시 화기가 돈다. 마질지가 바깥에 대고 소리를 한다.

"게 누구 없느냐?"

이윽고 나타난 아리따운 여인 하나. 오두품 이상이나 입는 이십승(二十升) 마포의(麻布衣) 차림이다. 일승은 직물의 여든 올을 가리킨다. 물들이지 않은 흰색 저고리에 남색 치마가 곱다. 오종종한 키, 해사한 낯빛, 남삼한 머리는 곱게 틀어 올려 보옥장식을 꽂았는데 머리를 숙여 절할 때 드러난 보송보송한 귀밑머리가 아직 앳된 나이임을 엿보게 한다. 스물이나 됐을까. 눈에 띄는 미인은 아니라도 곱상했다.

"비선옥이라 하옵니다."

마질지가 덧붙인다. 지리산으로 사냥을 나갔다가 맞아들인 소첩인데, 그 전날 밤 꿈에 선녀가 날아와 옥구슬 하나를 주고 갔던 게 생각나 이름을 그렇게 지었단다.

사내란 일왈 재물이랬던가. 재물이 많으면 여복도 많은 법이다.

"그럼 두 귀인을 위해 한 곡조 뜯어보아라."

마질지의 말에 비선옥은 대답 대신 앉은 자세에서 앞으로 머리를 숙여 보인 뒤, 가야금을 무릎 위에 올려놓는다.

잠시의 고요. 이윽고 여인의 가느다란 손이 열두 줄 위를 날기 시작한다. 새떼가 물을 차고 오르는 소린가. 추강에 바람이 달리는 소린가. 고운 선율이 방 안에 울려나오기 시작한다.

노인은 눈을 감고 있다. 시각을 닫음으로써 청각을 더더욱 또렷이 열어두고자 함이다. 번잡스러움을 차단함으로써 단아한 선율을 호젓

이 잡도리하기 위함이다.

가야금은 천·지·인 삼재를 다 담은 우주의 축소판이었다. 위가 둥근 것은 하늘의 모양을 본떴음이고 바닥이 평평한 것은 땅을 본떴음이며 가운데가 빈 것은 육합(六合), 곧 천지와 사방을 뜻하며, 줄은 열둘이니 이는 12개월, 곧 시간을 상징한다. 그러므로 우주를 울리고 나오는 소리가 바로 가야금 곡조다. 거기에 옥 구르는 소리 같은 미녀의 노랫가락이 여울지니 가히 신선의 악기다.

무하유향 확량지야
아무 걸림 없는 세상에 살려이다
가없는 들녘에서 노니리이다
고우신 님 함께라면
아흐 나는 가려이다
무하유향에 노니다가
확량지야에 쉬리이다
정든 님 함께라면
주려 죽어도 즐거이 노니리이다

〈환유락(幻遊樂)〉이다. 장자(莊子)가 꿈꿨던 세상을 가야 때 어떤 사람이 가야금에 맞춰 지었다는 곡이었다. 가야(伽倻)가 망한 지가 언제이던가. 나라는 망했어도 노래는 사람들의 입에서 입으로 유장하게 전해져온다.

집착 없는 무위자연의 삶에 남녀 음양의 애틋한 정리를 가미한 때문이어서일까. 속세간에 사는 이나 출세간에 도를 닦는 이나 누구든 들노라면 저녁 안개 같은 그리움이 뼛속에 스며든다.

풍수의 길 191

"미재라! 해동의 음율 중에서 과연 가야금 병창이 으뜸이로고."

당나라 노인이 그윽한 눈길로 비선옥을 바라보며 찬사한다. 그 역시 노장의 도를 좇는 사람이었다. 마질지의 말대로 그가 정녕 진인의 경지에까지 간 도인이라면 무하유향에서 노닐고 싶어하리라. 어쩌면 오늘밤 바로 이 자리가 그런 자리인지도 모를 일이었다.

도선은 옆자리에서 야릇한 상념에 젖는다. 세상은 참으로 오묘한 것이다. 어떤 이는 제왕이 되어 세상을 다스림으로써 희열을 얻고, 어떤 이는 출세간(出世間)하여 도학에서 자유를 얻는다. 어떤 이는 질편한 술자리에서 환희를 보고, 어떤 이는 음양의 교합에서 극락을 오르내린다. 길은 그렇게 많다. 무엇이 가장 값진 길인가. 가슴에 피가 끓는 나는 지금 옳은 길을 가고 있는 것인가. 그립다. 여인의 품이 그립다. 음양의 이치가 없이 어찌 내가 있었겠는가. 어찌 세상이 있겠는가. 그게 없으면 세상은 절멸이다. 성인은 그래서 음양을 부정치 아니하고 혼례를 만들어 향연을 즐기게 하고 그로써 질서를 잡았다. 사람의 몸뚱이 속에 꿈틀거리는 더럽고 음흉한 색욕을 미풍양속으로 만들었음이다.

그러나 유독 수행자에게는 색욕(色慾)이 마(魔)가 된다. 천지의 도가 하나같이 음양을 떠나지 않는데 불도는 그걸 떠나라고 강변한다. 뭔가 잘못된 것 같다. 그렇게 될 리는 만무하겠지만 세상사람 모두가 불도를 닦는다고 한다면, 얼마 안 가서 세상은 끝장나버리고 만다. 물론 세상이 끝장나면 나고 늙고 병들고 죽는 고통도 없으리라. 그걸 해탈(解脫)이라고 부를 수 있을까. 그걸 진정한 도라고 할 수 있을까.

도선은 도리질을 쳤다.

어쩌면 그래서 밀교라는 게 태동되었는지도 모른다. 남녀교합의 열락을 수행에 활용하는 종파가 생겨났는지도 모른다. 하지만 그것은 천축국이나 중국의 경우이고 신라 땅에서는 금기시되고 있다. 아직 선종조차 제대로 뿌리를 내리지 못한 형편이었다. 오랫동안 이 땅에 메아리친 교종의 영향력이 등등한 때문이다. 선종에 대한 경계의 시선이 등잔불 같은데 남녀교합의 열락을 수행에 끌어들였다간 벼락이 떨어지고 만다. 신라인의 정서에는 전혀 맞지 않는 것이다.

방하착(放下着)! 놓아버려라. 바람이다. 바위등걸을 쓸어내리는 바람이다. 눈앞에 펼쳐지는 저 여인의 가야금 연주나 요염한 노랫가락은 한낱 바람에 지나지 않는다.

도선이 번뇌의 늪에서 빠져나오는 사이, 노인은 또 한 곡을 청했고 비선옥의 손가락이 다시 줄 위를 난다.

이번에는 〈항아곡(姮娥曲)〉이다. 달 속에 산다는 미인을 읊은 노래다. 달도 없는 가을밤에 〈항아곡〉이다. 비선옥 스스로가 항아가 되어 지상에 내려왔음인가. 그래서 오늘밤은 달이 뜨지 않는 것인가.

삼경이 지나자 노인은 대취했다. 그는 거연히 일어나 춤을 추기 시작한다. 인위적으로 다듬은 그런 춤사위가 아니다. 팔이 흔들리는 대로 다리가 떨어지는 대로 그냥 흔들 뿐이다. 학의 날개짓을 닮았다. 앞발치로 오종종 떨 때는 다람쥐 모양만 같다. 제 자리에서 상체만 놀릴 때는 풀잎 같다.

도선은 넋을 놓고 학을 보았다. 다람쥐를 보았다. 풀잎을 보았다.

그랬다. 노인은 학이었다가 다람쥐였다가 풀잎이 되는 그런 이였다. 지리산 토굴에서 조우하여 그에게 비전의 상지술을 가르쳐준 당나라 상인 노인, 내일이면 그는 돌아간다. 남해바닷가 나루터로 나가 당나라 항주로 떠나는 상선을 타고 돌아간다.

도선은 춤추는 중국 노인을 길래 우러러보고 앉아 있었다. 그는 단순히 중국과 신라, 왜국에 걸친 해상 교역상단을 따라다니는 장사꾼이 아니었다. 현실적으로는 장사를 하지만 이상향을 찾아다니는 도인이기도 했다.

새벽녘이 돼서야 자리가 파했다. 주인과 그의 첩 비선옥은 안채 깊은 방으로 돌아가고 도인과 도선만 남았다. 두 사람은 한 이부자리에 나란히 누워 잠을 청했다. 잠은 쉽게 와주지 않았다. 일어나는 대로 도인과 작별하리란 생각 탓인가. 도선은 몸을 뒤챘다. 그러나 도인은 이내 고른 숨소리를 내고 있었다.

도선은 보았다. 창호지문 밖으로 여명이 밝아오는 것을. 그리고 또 보았다. 그 여명을 받아 도인의 노안이 한 송이의 연꽃처럼 뽀얗게 피어오르고 있는 것을. 아니었다. 그것은 여명 때문이 아니었다. 노안으로부터 이상한 광채가 배어 나오고 있었다. 그 사품에 노안이 꽃처럼 피어나는 것이었다. 말 그대로 홍안백발이었다. 신기한 일이었다.

도선에게는 풍수 스승이 되는 당나라 노인은 다음날, 남해 포구 완도에서 상선을 타고 흑산도를 거쳐 당나라 남부 상해로 되돌아가고 도선은 암굴에 들어가 수행에 들어간다.

천 년의 세월을 거스른 긴 이야기였다.

스승 태을은 목이 마른지 밭은기침을 했다. 득량은 밖으로 나와 찻물을 달였다. 찻종지에는 지난 가을에 따 말린 구기자가 들어 있었다. 한참을 끓이자 게눈깔 같은 물방울이 올라오면서 누런 찻물이 우러났다. 너무 오래 달이면 차가 되는 게 아니라 탕약이 되었으므로 적당한 때에 찻종지를 화로 위에서 내려야 했다.

절 뒤뜰에서는 바우가 구덩이를 파느라 괭이질을 하고 있었다. 김장을 하고 남은 무와 배추를 묻어두기 위해서였다. 이것도 땅의 온기를 이용하는 삶의 지혜였다.

찻잔을 앞에 놓고 다시 마주 앉은 두 사람.

"이를 두고 세상에 유전하는 몇몇 잡서나 그것을 읽은 세인들은 도선이 중국에 건너가 당나라 최고의 명풍이던 일행 스님으로부터 풍수를 배웠다고 한다. 하지만 이는 낭설에 불과하다. 일행의 몰년이 서기 727년이니 연대상으로 도선보다 백 년도 더 앞선 인물이었고 신라출신 대당 유학승 가운데 도선의 이름은 보이지 않기 때문이다. 당나라 해상교역 상단에 속한 여행자가 도선에게 모래산을 만들어가며 풍수를 가르쳐준 구례고을 섬진강변은 오늘날 사도리(沙圖里)라는 이름으로 전해 내려오고 있다. 상사, 하사로 된 이 마을은 장풍득수가 잘된 데다 토질이 좋고 우물물의 맛이 좋아 전국에서 첫째가는 장수촌이기도 하다. 그리고 바로 오른쪽 산너머 마을이 오미리로 양택명당 운조루(雲鳥樓)가 있다. 곧 그 일대를 가보게 될 게다."

"실제로 그 현장이 있단 말씀이죠?"

득량은 가슴이 설렜다.

"물론이다. 오산 석굴에서 한 소식을 듣고 천하를 주유하다가 개성에서 왕씨가문의 창업기반을 돕는다. 도선국사가 개성의 왕씨집안과 인연을 맺는 것도 모두 해상무역을 통한 교류 때문이다. 왕씨들 역시 중국 동해안과 신라 서해안, 특히 나주 영산강이나 개성근처 예성강 일대의 항구를 무대로 상업활동을 했지. 예나 지금이나 경제적 기반이 있어야 세력을 규합하여 일어설 수 있는 거다. 도선국사는 중국 상인에게 당시 유행하던 중국의 풍수이론서나 인도의 만다라 택지법을 수용하고 국토가 하나의 생명체라는 인식 하에 허한 곳을 비보(裨補)한다. 종교를 통해 나라의 평안을 꾀했으니 포교 그 이상의 뜻이 컸지.

그래서인지 도선국사가 세웠다는 절이 수백 군데나 된다. 아마 국사께서 지정한 자리를 훗날에 세웠을 게다. 현장답사 때에 국사가 비보한 절 여러 곳을 볼 수 있을 게야."
　득량은 의원이 쑥으로 뜸을 뜨는 광경을 떠올렸다.
"예수교의 예배당도 같은 구실을 할 수 있겠군요. 서울 명동성당은 남산 첫째 명당이라고 들었습니다."
"절집뿐만 아니라 교회나 성당도 지기를 외면하고는 오래 버티지 못한다. 나도 예전에 명동성당이라는 데를 가보았다. 선인이 하강하는 자리로 남산의 수혈(首血, 으뜸 명당)이다. 그간은 천주교가 박해받고 지금 역시 교세가 약하지만 아마 나중에는 큰 역할을 할 게다."
　태을이 예단했다.
"선생님, 그 말씀만은 동조할 수 없겠습니다. 조선사람들이 유교전통이 있고 불교가 성한데 그럴 리가 있겠습니까?"
　득량이 좀처럼 하지 않던 이의를 달았다.
"허허, 네가 유교와 불교가 쇠미한 정황을 빤히 보고서도 그러느냐? 이 절집만 해도 과거에는 대찰이었다. 지금은 대중스님들이 하나도 없고 겨우 노장선객 하나가 버텨내고 있질 않느냐? 너의 가형이 믿는다는 보천교는 신도가 수백만이고 저 위 마이산 정명암과 운장산 팔정사에서 내 사돈이 맥을 잇고 있는 금강불교도 신도가 만여 명이다. 게다가 천도교며 증산교 등 수많은 민족종교는 뭐냐."
"그런 종파들은 토착정서에 바탕을 두고 있지만 교회나 성당은 어디 그렇습니까? 한마디로 서양신이 아닙니까?"
"네가 성하고 쇠하며 순환하는 역리(易理, 주역의 이치)를 알면서도 그러느냐. 지금 서양문물이 밀물처럼 들어온다. 하면 그네들의 정신근간인 종교도 함께 묻어와 뿌리내리는 거다. 나는 그런 종교들을 배

타적으로 대할 게 아니라, 우리의 토착신앙과 잘 화합하기를 바란다. 월남(月南) 이상재(李商在, 1895~1927) 선생을 봐라. YMCA를 통해서 구국운동을 하셨다. 당시 주로 천민이나 평민만 믿던 기독교에 독립협회 지도자들을 대거 입교시켜서 한국기독교 역사의 새로운 지평을 여셨다. 나는 선생을 몇 차례 친견했다만 참된 선비였고 동시에 민족정기를 바로 세우려는 제사장 같은 기독교인이었다. 선생께서는 서양이 아닌 우리 식의 기독교를 바탕으로 독립을 꾀하셨지. 일본인들에게도 불호령을 치며 당당하게 말씀하셨다. 성경 구절을 인용하여, 칼로 일어선 자는 칼로 망한다고. 그런 분네만 있다면 이 땅에 이방의 종교가 들어와 널리 퍼진다 한들 무슨 문제가 있겠느냐? 토착신앙과 잘 화합하며 공생하면 되는 거지. 안 그러면 전쟁이 난다. 두고 봐라. 언젠가는 종교전쟁이 벌어지는 때가 올 테니까."

진태을의 표정과 눈빛, 어조가 싹 달라졌다. 어떤 신령한 기운이 들어와 있는 것처럼 변했다. 무언가를 힘있게 주장하거나 예언할 때마다 그랬다. 이럴 때는 누구도 딴소리를 할 수 없었다. 누구라도 조복시키는 특유의 마력 때문이었다. 높은 수행단계에 이른 사람에게는 보호령(保護靈)이 있다던가. 득량은 스승 태을에게도 그런 기운이 있음을 자주 느꼈다.

"나는 말이다. 도선국사를 생각하면 인간의 고귀한 정신에 감동받는다. 이 땅의 종교인들이 쎄고쎘지만 원효성사와 도선국사 그리고 돌아가신 지 얼마 되지 않은 해월(海月) 최시형(崔時亨) 선생 같은 분네들은 다시 오기 어렵다. 가장 높은 정신세계를 지니시고도 가장 낮고 천한 자리를 스스로 찾아다니신 분들이니까. 도선국사는 그 가운데서도 가장 천한 자리에서 몸을 일으켜 드높은 경지를 개척하셨다. 선승이시면서도 민초들이 관심 갖는 풍수를 익혀 그들 속으로 파고들었다.

지리의 힘을 빌려서 어려운 삶을 구제하고자 애썼고, 크게는 전국토를 생명력 넘치게 활용했다. 오늘날 수많은 풍수관련 문서들이 옥룡자 도선국사 이름을 가탁하여 만들어지고 나도는 것은 그분의 권위도 권위지만 민초들과의 친근감에서 기인한다. 영암과 광양 일대에 답사갈 때, 그 분의 또 다른 면모를 보게 될 게다."

득량은 어서 스승과 함께 전국답사를 떠나고 싶었다. 가서 확인하고 싶은 게 너무도 많았다. 특히 천도교의 2대 교조인 해월 선생 얘기는 너무 의외였다. 전주 일원에 해월 선생의 일화가 많았지만 진묵조사나 이서구 선생에는 못 미칠 것 같은데 스승은 해월을 꼽았다.

진태을은 이 땅 풍수학인들의 계보에 대한 이야기를 다시 이어갔다.

"무학대사의 탄생설화는 대단히 구도적인 데가 있다."

"저도 그 얘긴 들었습니다. 조부님께서 무릎에 앉혀놓고 해주신 말씀이 생생합니다."

"그래, 어떤 것인지 기억나는 대로 말해보아라."

"무학대사의 아버지 되는 분은 혼인하기 전, 지리산에 들어가 10년 동안 수도했고, 어머니 되는 분은 10년 동안 벙어리 행세를 해서 큰 인물 낳을 준비를 했다지요. 그런 다음, 두 사람이 필연적으로 만나 혼인했고 부인이 아이를 가진 뒤에야 비로소 입을 열어 벙어리 행세를 그만뒀다지요. 깜짝 놀란 남편이 '당신 벙어리 아니었소?' 하고 물으니, 부인이, '서방님께서는 10년 동안 산에서 그 어려운 수도를 하셨는데 집안에 살면서 이깟 벙어리 행세를 못해 내서야 어디 인물을 낳겠어요?' 했더라지요."

"허허허, 제대로 들었구나. 넌 어떻게 생각하느냐?"

"사람 낳는 일을 쉽게 치를 게 아니라고 봅니다."

"옳다. 짐승처럼 퍼질러 내놓는대서야 어찌 인물이 나겠느냐. 오늘날 사람은 쌔고쌨으나 인물이 없는 건 남녀가 쉽게 만나서 되는 대로 낳기 때문이다. 넌 명심해야 하느니. 아내를 얻을 때는 미색에 눈이 어두워서도 안 되고, 재물에 눈이 가려져서도 안 된다. 나이가 찼다고 수컷본능으로 짝을 찾아서는 더더욱 안 된다. 사람됨이 제일 중요한 게야."

태을은 무엇을 염두에 뒀던지 득량에게 여자 보는 눈을 일러줬다. 여름에 다녀갔던 하지인을 의식한 것일까. 수컷본능 어쩌고 하는 말씀이 득량의 귀에 거슬렸다. 편지나 주고받는 남녀관계였다. 건전하다 못해 건조한 관계였다.

"무학대사가 이성계를 도와 조선왕조를 세우는 얘기 또한 한양 풍수를 답사하며 해도 될 것이고, 내가 지금 하고자 하는 얘기는 이곳 마이산과 관련된 것이다."

스승 태을은 또다시 시간의 벽을 날아올라 고려말 이인들의 행적을 그려내기 시작했다.

무학대사와 조선왕조의 창업

고려 공민왕은 원나라에서 수도하고 돌아온 나옹대사(懶翁大師)를 왕사(王師)에 봉한다. 그러나 나옹은 이미 고려가 기울고 새 왕조의 기운이 뻗쳐오고 있음을 알았다. 그는 수제자 무학(無學)과 함께 새 왕조의 주인을 비밀리에 만나면서 밀교의식을 거행한다.

1380년 왜구가 삼남 일대에 쳐들어와 노략질을 일삼자, 서강부원수 이성계 장군이 남녘으로 토벌에 나섰다. 남행하기 직전 개성 광명사

(廣明寺)에 주석하고 있던 나옹과 무학을 찾았다. 나옹은 스승으로, 무학은 친구로 삼은 이성계였다.

"장군, 장군께서 지난번에 해몽(解夢)을 부탁한 몽금척 말씀이오. 꿈에 신인(神人)이 나타나 금척을 주었다는 그 산이 장군의 본관인 전주 동쪽 고을에 있소이다."

"네?"

이성계는 화들짝 놀랐다. 몇 달 전에 하도 기이한 꿈을 꾸어서 두 스님께 꿈풀이를 부탁했었다. 그때만 해도 큰일 날 소리라며 쉬쉬하던 나옹이었다.

"높이 솟구쳤다 하여 서다산이라고 하오. 내가 젊은 날, 그 아래 금당사 석굴에서 참선공부를 했었소. 우리 무학 스님도 다녀온 적이 있지요."

"무학 스님, 사실입니까?"

"그래요. 워낙 큰 꿈이라 이제야 솔직히 말씀드리오. 그 산은 목(木) 기운이 성한 영산이오. 그곳 산신이 장군께 삼한강토를 다스리라고 영물을 내린 듯하오."

무학이 염주를 굴리며 읊조렸다. 야심가 이성계는 전국 명산과 큰 절을 찾아다니며 산기도를 올려온 사람이었다. 무력으로야 이미 당해 낼 자가 없었다. 이제 삼한강토의 신령한 기운만 힘입는다면 천하가 수중에 들어왔다. 군대를 이끌고 행군하면서도 틈틈이 산기도를 했고 그때마다 그 고을 호족들과 결속을 다졌다. 어찌 보면 산기도는 명분이고 내용적으로는 토착세력들과의 관계 만들기였는지도 모른다.

"장군은 이미 대운이 들어와 있소. 왜구를 토벌하고 개성으로 돌아오기 전에 꼭 그 서다산에 들러보오. 경천동지할 일이 생길 것이오."

이성계는 지리산 남원 황산(荒山) 전투에서 왜장 아기바투(阿其拔

都, 어린 용사)를 무찌르고 승전고를 울렸다. 그는 종친들이 잔치준비를 해놓고 기다리고 있는 전주로 곧바로 가지 않고 진안에 들렀다. 그리고 드디어 두 봉우리의 바위산을 보고는 소스라쳤다. 금척을 받았던 산이 눈앞에 우뚝 서 있는 게 아닌가. 이성계는 정성을 다해 산신제를 올리고 시 한 편을 읊었다.

동으로 달리던 천마 이미 지쳤는가 (天馬東來勢已窮)
갈 길은 먼데 그만 쓰러지고 말았구나 (霜蹄未涉蹶途中)
내관이 몸통만 가져가고 두 귀만 남겨 (涓人買骨遺其耳)
두 봉우리 하늘 높이 솟았네 (化作雙峰屹半空)

이성계는 전주 오목대에서 종친들과 연회를 갖고 야심을 드러냈다. 천하가 분명 그의 것이 되리라고 신인이 계시한 것이다. 이때 이성계를 수행했던 문관 정몽주(鄭夢周, 1337~1392)는 근심에 싸였다. 굶주린 호랑이 이성계 앞에 고려왕조는 이미 힘 빠진 사슴이었다. 호랑이는 자기 터전에서 노골적으로 탐욕을 드러냈다.
"두 분 스님, 전 이제 놀라지 않습니다. 천하를 경륜하기 위해 제가 앞으로 해야 할 일들을 일러주십시오."
이성계는 승전고를 울리며 개선하자마자 나옹과 무학을 찾았다. 때가 무르익었음을 안 나옹은 비밀스런 의식을 거행하도록 한다.
"그 산은 산태극 수태극의 중앙 혈자리오. 또한 계룡산까지 다시 속리산에서 관악산 너머 한양까지 힘을 밀어 올리는 역할을 하며 천을(天乙) 태을(太乙)이라고 귀봉이오. 왕을 좌우에서 돕는 문인과 무인을 상징하기도 하지요. 또한 거대하게 용출한 산의 모양이 목성체(木星體)이니 목자(木子)인 이 장군의 기상이기도 합니다. 장차 큰일을 도모하려면 금(金) 기운을 제압해야 목체의 기상이 천하에 떨칠 것입니다."

이성계는 관자놀이를 당기며 입매에 힘을 주었다.

"두 스님, 제가 어떻게 하면 그 서다산의 목 기운을 배가시키고, 금 기운을 묶어둘 수 있겠습니까? 이르시는 대로 거행하겠나이다."

이성계는 당장 절을 올렸다. 그는 용감하고 성실한 장수였다. 때를 만들어가는 인물답게 작은 일에도 최선을 다했다. 거사를 도모하자면 인적 자원을 구성하고 새 시대의 논리를 계발하는 일도 중요했지만 음덕을 쌓는 일도 필요했다.

"그 산 서쪽 봉우리 안쪽 골바람이 몰아치는 허한 곳이 있소이다. 그곳에 산의 형상과 흡사한 두 기의 돌탑을 쌓아서 비보(裨補)하시오. 작은 탑 다섯 개도 쌓아서 음양오행 기운이 충만하게 하시오. 이는 도선국사의 가르침이 비전된 것이오. 그리고 인근에 전주 종친들을 풀어서 산 이름을 고쳐 부르게 유도하시오. 속금산(束金山)이라고 말이지요."

"스님, 정말 절묘합니다. 금 기운을 묶었다는 뜻의 속금산!"

이성계는 합장했다.

"곧 장군의 시대가 열리고 있소이다. 수많은 사람들이 장군께 몰려들 것이며 산천이 호응할 것이외다. 이 늙은이는 장군께서 하늘을 나는 용이 되는 광경을 못 보지만 여기 이 자초(自超, 무학의 본명)는 한 자리에서 영화를 나누게 될 것이니 자초에게 비보탑 쌓는 일을 맡겨도 좋을 것입니다."

일은 감쪽같이 진행되었고 서기 1392년 임신년(壬申年) 7월 17일 이성계는 드디어 왕위에 오른다. 고려왕조의 궁궐인 수창궁(壽昌宮)에서였다. 위화도회군이 있은 지 4년 만이었고, 출정하면 장수요, 조정에 들어오면 재상(出將入相)이라던 최영과 충신 정몽주, 우왕(禑王), 창왕(昌王)과 그들의 무수한 신하들을 도륙한 뒤였다. 수문하시중 이성계의 세력이 더 이상 어떻게 해볼 수 없게 커져버리자, 군주의 신분으로 신하와 동맹을 맺었던 고려의 마지막 왕 공양왕(恭讓王)은 원주로 쫓겨갔다. 흔히 의리파라 불리는 정몽주 계열의 고려 충신들이 말끔히 제거되었고 사공파인 정도전 계열이 득세했다.

재상중심 정치를 구상한 신진사대부 정도전은 자신의 꿈을 실행하기 위해 이성계를 발탁했다고 생각했다. 이성계의 아들 이방원에 의해 정도전 자신이 도륙되었지만 조선왕조는 애초 정도전이 기획한 나라였고 이성계는 상징적 의미의 왕이었다. 정도전을 비롯하여 권근, 조준, 하륜 등은 주자학을 신봉했고 불교를 배척하는 정책을 수립한다. 불교로는 고대국가적 한계를 벗어날 수 없다고 판단한 때문이다. 이성계 입장에서는 나옹과 무학의 음덕을 입었으면서도 새시대 이념이었음에 숭유억불(崇儒抑佛) 정책을 펼 수밖에 없었다.

하지만 그 자신은 불심(佛心)이 남달랐다. 국가수반으로서의 입장과 개인적 취향이 이중적이었다. 이성계는 처음 국호를 고치지 않고 고려를 그대로 썼고 의장이나 법제 또한 고려 것을 따랐다. 안으로는 급작스런 변화에 백성들이 동요할까 우려된 때문이었고, 밖으로는 새 왕조 수립에 따른 명나라의 승인문제 때문이었다. 수도를 옮기자는 의견이 있어 계룡산과 무악이 물망에 오르나 무학대사가 천거한 한양으로 천도를 결정한다.

1394년 10월에 한양천도가 있고, 태묘(太廟), 사직(社稷), 경복궁(景福宮), 북쪽의 백악(白岳)과 동쪽의 낙산(駱山), 남쪽의 남산(南山), 서쪽의 인왕산(仁旺山)을 잇는 도성을 축조한다. 성리학을 근간으로 오백년왕조의 터전을 만들었던 것이다.

속금산은 이태조의 다섯째 아들 태종(太宗) 이방원에 의해 마이산으로 다시 이름이 고쳐졌다. 그는 두 차례나 이곳에 와 마이산 산신께 제사를 올렸다. 창업 초창기라 아직 국정의 기틀이 잡히지 않았고 잇단 왕위다툼으로 자리마저 위태로울 때였다. 태종 자신이 왕자의 난을 일으켜 왕위에 오른 사람이었다. 이런 때 여러 날 자리를 비워두고 임금이 손수 남행할 정도로 이 산이 그렇게 중요한 곳이었을까. 산 자체로는 왕이 몸소 산신제를 모실 만한 곳이 아니었다. 계룡산 중악단 산신제나 삼각산제처럼 대사(大祀)가 아니었음은 물론이고 소사(小祀) 목멱의(木覓儀)를 지내는 남산보다 낮은 등급이었다. 비보탑을 쌓고 특별히 관리하지 않았다면 설명하기 어려운 대목이다.

스승 태을은 거기서 일단 무학대사와 마이산 비사를 매듭지었다. 언제 어떻게 탑을 쌓았는지는 여전히 의문으로 남았다. 어쨌든 마이산 탑들은 풍수가 얼마나 깊은 법술인가를 예증하는 사료였다. 풍수의 길은 그렇게 그늘에 서서 양지를 보전하는 희생의 길이기도 했다.
"무학대사 다음으로 맥을 이은 분은 정북창(鄭北窓, 1506~1549) 선생이다. 북창 선생은 역학과 풍수에 달통한 이인이셨지. 앞날을 너무 훤히 내다볼 수 있어서 오히려 괴로움을 겪었던 분이다. 오늘날, 토정이나 서산대사의 이름을 아는 이는 많으나 북창 선생을 아는 이가 드문 건 그 분이 철저하게 은둔생활을 하셨기 때문이다. 내가 그 분이 은거하셨던 경기도 천마산 현장을 안다. 나중에 네가 그곳을 보면 생전 선생의 답답해하셨던 마음을 능히 짐작하고도 남을 게다. 중요한 건 북창 선생의 학맥을 누가 정통으로 이어받느냐 하는 것이다. 또한 시절이 하도 수상하니 과연 이 풍수가 후대까지 온전하게 전해질지도 문제다. 일본인들의 왜곡이 너무 심하고 돈벌이에 혈안이 된 얼치기들이 설쳐대서 사기꾼들의 집합소가 돼가기 때문이다."

스승 태을의 노안이 반짝거렸다. 그는 제자 득량의 힘있게 뻗어 내린 콧날과 서글서글한 눈을 주시하다가 다시 입을 열었다.

"내 욕심이 있다면 이 두 가지를 네가 해내는 것이니라. 조선풍수의 계보를 잇고 제대로 된 풍수를 계승 발전시켜 후대에 전하는 일이다."

방안에 침묵이 흘렀다. 득량은 쉽게 대답하지 못했다. 자신이 없어서가 아니었다. 그런 일은 자신이 있다고 해서 해낼 수 있는 일이 아니었다. 민족 문화유산이자 민간신앙의 뿌리랄 수 있는 풍수의 학맥을 정통으로 잇는 일, 그리고 그것을 이 어지러운 세상에 온전히 전하는 일은 결코 쉬운 일이 아니었다.

득량은 언젠가 스승 태을이 말했던 상생의 시대와 상극의 시대에 생각이 미쳤다. 지금은 명백한 상극의 시대였다. 그리고 이런 시대는 당분간 계속될 전망이다. 이 상극의 시대에 과연 풍수는 어떤 공헌을 하게 될 것인가. 어지러운 시대에 난을 피해 숨어사는 논리, 명당을 차지하려고 술수를 쓰는 논리가 과연 만인을 위한 진리랄 수 있겠는가.

득량은 스승 태을에게 자신의 마음 안에 슬어 있는 그 의문을 얘기했다. 스승 태을의 답변은 의외로 간단하고 명쾌했다.

"세상에 도를 말하는 사람들이 많으나, 과연 어느 도가 능히 만인을 위할 수 있겠느냐. 석가모니는 집착을 버리고 자비를 베푸는 것으로, 공자는 인(仁)을 실천하는 것으로, 예수는 사랑을 실천하는 것으로 세상 만민을 구제한다고 외치지만 유사 이래 그 어떤 종교나 이념도 만민을 구제한 예가 없다. 어차피 그건 이상에 지나지 않는 일, 따르고 믿는 자만 위안을 받을 수 있을 뿐이다. 난세에는 자신의 목숨만이라도 부지하면 그것으로 됐다. 좀더 욕심을 부려 자기 가문만이라도 안온케 하고 훗날의 창성함을 꾀할 수 있다면 더 좋다. 나아가 국태민안을 도모한다면 그게 이상의 실천이다. 되지도 않는 논리로 온 세상을 구제하겠다는 건 사다리를 놓고 하늘에 오르겠다는 것과 다를 바 없이 허무맹랑하다."

바람의 조화

"놋대접 세 개를 들고 따라 나서라."

곧 저녁상이 들어올 무렵인데 태을은 외출하겠다고 나섰다. 득량은 뜬금없이 웬 사발을 들고 오라는 건지 짐작이 가지 않았다. 설마 어디로 밥을 얻으러 가는 건 아니겠지 싶었다.

해가 저물어가면서 찬바람이 불어왔다. 태을은 탑골을 향해 오솔길을 타기 시작했다.

탑은 언제나 울창한 숲 속 그 자리에 고고하게 서 있었다. 탑들은 그렇게 오백 년 동안을 한결같은 몸짓으로 서 있었다. 탑을 세우게 한 왕조는 저물었건만 자연석을 쌓아올린 탑만은 무리를 지어 서서 빼어난 조화를 이루고 있었다. 예전의 조탑(造塔) 사연이야 어쨌건 그 후로 더 많이 쌓인 즐비한 탑무리는 보는 이에게 신심을 품도록 하고 있었다. 그리하여 산 기도를 올리려 오는 사람들이 늘어갔다. 그들을 이갑룡 처사가 거뒀다. 그의 산막은 점점 커지고 있었다.

"이곳에 저 옹달샘 물을 떠다 놓아라. 하나면 족하다."

태을이 작은 탑들이 즐비한 곳을 가리켰다.

"정화수를 올리는 것입니까?"

"아니다. 그냥 시키는 대로 하여라."

득량이 스승의 말대로 물 한 사발을 떠다 탑 아래 놓았다.

"됐다. 또 따라오너라."

태을은 다시 앞장서서 휘적휘적 걸었다. 산령을 돌아오는 저녁바람에 도포자락이 뒤로 휘감겼다.

"이곳에도 물 한 사발을 떠다 놓아라."

관음상 아빠봉의 늙은 소나무 밑에 다시 물 한 사발을 떠다 놓았다. 태을은 득량을 이끌고 가파른 산협을 탔다. 양 봉우리 사이의 고갯마루에 오른 뒤, 그곳에 또 한 사발의 물을 떠다 놓게끔 했다. 득량은 아빠봉 중턱께 바위굴 속에서 나오는 물을 떠다 느티나무 아래 놓았다.

"제법 싸늘하구나. 그만 내려가자."

두 사람은 말없이 산을 내려왔다. 거센 산바람이 등을 떠다밀었다. 절에 도착할 무렵쯤에는 산길만 빤하고 주위에는 벌써 어둠이 뒤엉키고 있었다. 협곡 사이 산사의 어둠은 탕약의 찌꺼기들처럼 가라앉아 오던 것이었다.

"절집 마당 한쪽에도 물 한 사발을 떠다 놓아라."

스승이 시키는 대로 하면서도 득량은 전혀 감을 잡을 수가 없었다.

다음 날 이른 아침 식전에 태을이 득량을 밖으로 불러냈다. 겨울 새벽공기가 코끝을 따끔하게 찔러왔다.

"이 물사발을 봐라."

엊저녁에 떠놓은 물사발이 꽝꽝 얼어 있었다. 날씨가 추우니 물이 어는 건 지극히 당연했다. 득량은 그게 뭐가 대단하다고 그걸 보라고 말하는 스승 태을이 이상했다.

"따라 오너라."

두 사람은 댓바람을 헤치고 산길을 탔다. 탑골로 가기 위해서였다. 탑무리는 아침이슬을 하얗게 뒤집어쓰고 있었다. 그들은 어제 물을 떠다 놓은 곳으로 다가갔다.

"아니!"

득량의 입에서 터져 나온 소리였다.

득량은 얼어붙은 물사발을 양손으로 들어올렸다. 놀랍게도 얼음기둥이 위로 치솟아 있었다. 얼음기둥은 한 뼘은 족히 되었다. 불가사의란 이를 두고 이르는 말이었다.

"어떻게 해서 이런 기현상이 일어납니까?"

득량이 황급히 물었다.

"그 역 고드름 속을 잘 관찰해보아라."

고드름 속을 보니 하얀 것이 가느다랗게 들어 있었다. 공기방울들이 이어져 실낱 같은 대롱을 만들어 놓았다. 이 대롱을 타고 기포가 솟아오르면서 역 고드름을 얼린 것으로 짐작됐다. 만약에 그러하다면, 기포가 왜 솟아올랐는가, 하는 게 문제였다.

"왜 공기방울들이 솟구치게 됐을까요? 누가 불어 올렸다거나 빨아올린 것도 아닐 텐데요."

"귀신이 조화를 부렸다는 투로구나. 이 산중에 바람밖에 더 있더냐?"

관음상 아빠봉의 노송 밑에도 역시 역 고드름이 얼어 있었다. 그러나 산협 고갯마루에 떠놓은 물사발에는 그런 현상이 없었다. 절 마당의 것처럼 꽝꽝 얼어붙어 있기만 했다. 아니, 절 마당의 물사발이 곱게 얼었다면, 이 고갯마루의 물사발은 얼면서 거센 바람을 맞아서 그랬는지 엎질러진 형상으로 거칠게 얼어 있었다.

역고드름

"모두가 바람의 조화이니라. 장풍이 잘된 곳, 장풍이 빼어나 바람이 감돌면서 상승기류를 만드는 곳, 북풍이 불어닥치는 곳 등 장소에 따라 물사발이 어는 모양이 이렇게 다르다. 특이한 건 두 번째의 경우이니 이런 역 고드름은 딴 데서는 좀처럼 보기 어려운 기현상이다. 같은 바람 같지만 하룻밤 동안의 조화가 이렇게 확연히 다르다. 하물며 수십 년의 세월을 지낸다고 해보자. 땅 위에서 지낸다면 집이 되겠고, 땅속에서 지낸다면 무덤이 되겠는데 그 조홧속을 감히 어느 누가 가벼이 하랴."

산을 내려가며 태을이 말했다.

스승의 예시 교수법은 머리에 쏙쏙 들어오게 했다. 득량은 또 한번 살아 꿈틀거리는 대지와 그 숨결이랄 수 있는 바람의 생기를 체험했다. 하룻밤 사이에 큰 공부를 한 것이다.

어딘가 있다. 분명 어딘가에는 천하대명당이 있다. 조부가 누워 계셨던 호승예불혈도 천하대명당 가운데 하나라 했다. 그런데 시운이 맞지 않는다 했다. 명당을 찾으리라. 명당을 찾되 지금 당장 소용되는 그런 터를 찾으리라. 득량은 어느새 새로운 공부단계로 접어들고 있었다.

8
쇠말뚝을 박는 사람들

조선의 혈맥을 찾는 일본인

겨울산행은 독특한 매력이 있다. 봄날의 꽃과 여름날의 녹음과 가을 단풍을 완상하는 즐거움과는 또 다른 맛이 있다. 산의 진면목은 옷을 벗고 맨몸을 드러내는 겨울에 볼 수 있다. 아무런 치장이 없는 골격과 살갗을 구석구석 음미할 수 있다. 용절과 형상이 한눈에 조망된다. 명당을 감상하거나 고를 때, 주로 겨울을 이용하는 것은 농한기여서이기도 하지만 바로 이처럼 산의 실체가 여실히 드러나기 때문이다.

조 풍수의 아들 조영수는 벌써 몇 개월째 경상도 일원의 산들을 일삼아서 타고 있었다. 동행자는 그때그때 달랐다. 1931년 《조선의 풍수》를 펴내게 되는 무라야마 지준이 직접 동행하는 경우도 있었고 총독부 직원이 동행하는 경우도 있었다. 어느 경우든 지프와 소요경비가 제공되었다. 보수도 주사직급 봉급에 준하여 지급되었다.

일제는 대정(大正) 13년(1914)에서 소화(小和) 원년(1925)에 오늘날과 같은 등고선 지도를 제작했다. 일본인 지형측량사들은 조선인 보조들을 데리고 다니며 산과 들을 일일이 삼발이로 된 평탄측기로 측량했고, 그 정보를 바탕으로 조선의 지도를 만든 것이다. 그 전에는 고산자(古山子) 김정호(金正浩, ?~1864)의 대동여지도나 서양 선교사들이 제작한 지도가 전부였다. 그런 지도에는 국토의 외곽선과 섬들, 산맥과 고을지명 표기 정도가 고작이었다.

조영수는 등고선이 표기된 지도를 휴대하고서 풍수답사를 다녔다. 이런저런 결록이 있고 고을마다 풍수에 의한 지명과 풍수설화가 있어서 어느 고을에 무슨 명당이 있는가는 훤했다. 그런데 여기에 등고선이 표시된 지도를 참고하니 기가 막히게 작업이 용이했다. 민간전설이나 결록만으로 혈자리를 꼬집어 찾기는 쉽지 않지만 등고선을 보고 찾으면 몇 군데로 압축할 수가 있었다. 먼저 독도법을 익혀서 평면에 그려진 등고선만으로 공간을 가상할 수 있어야 했다. 평탄한 곳과 가파른 곳, 낮은 산과 높은 산이 등고선의 성글고 촘촘함, 많고 적음에 따라 가려졌다. 여러 차례 지도를 읽고 현장을 답사하면서 조영수는 지도만 보고서도 좌청룡 우백호 날이 어떻게 생겼고 주산과 안산의 높이나 명당의 국량이 얼마나 크고 작은지 알 수 있었다.

조영수는 고령과 성주, 김천, 상주, 의성, 군위, 달성, 청도, 영천, 포항까지 수많은 혈자리를 답사하고 지도에 표기했다. 동행자는 더 자세한 목록을 만들어 혈형 그림을 곁들이고 촌로들의 구술도 채록했다.

"조선의 동해는 빼어난 풍광이오. 안 그렇소이까, 조상?"

포항 동쪽 양포의 횟집에서 나오며 무라야마 지준이 물었다. 오늘은 한반도를 호랑이 형상으로 볼 때, 꼬리부분에 해당한다는 장기 일대를 조사하기로 한 날이었다. 고령에서 아침 늦게 출발한 탓에 점심을 먹고 난 이후로 조사활동이 시작되었다.

"일본은 사방이 바다인데 이런 바다가 뭐가 그리 좋아 보입니까. 저는 산이 더 좋습니다."

조영수가 작은 눈알을 연방 굴려대며 유창한 일본어로 대꾸했다.

"풍수니까 당연히 산이 좋겠지요. 당신은 모르오. 조선의 산이나 동해바다가 얼마나 정겹고 아름다운지를. 나는 조선사람들이 왜 자신들의 나라나 문화에 자부심이 없는지 알다가도 모르겠소."

이름난 학자가 왜 그걸 모르겠는가. 조선사람들은 해외에 나가본 이가 드물어 다른 나라와 비교해볼 기회가 없었고, 일본에 병탄돼 버렸는데 무슨 자부심이 있겠는가. 열패감만 가득할 수밖에 없었다. 아무리 길라잡이 노릇을 하고 다니지만 조영수 역시 조선인이었다. 배부른 자의 거드름에 비위가 상했다. 하지만 속내를 드러내지 않았다. 몸을 낮추고 복종해야 떡고물이 더 떨어짐을 잘 알고 있었다.

"조상, 장기 수성리 감골이라고 하셨지요? 토함산 지맥의 끝자락 명당 말씀이오."

무라야마가 지프 조수석에 올라타며 물었다.

"그렇습니다. 수성리 뒷산 이득운 장군 묘가 있는 산입니다. 수성리는 그 후손들이 집성촌을 이루며 살고 있다 합니다."

조영수가 뒷좌석에 타며 대답했다. 무라야마는 지도를 펴들고 운전기사에게 가야 할 지점을 안내했다.

지프는 수성리를 지나 감골로 미끄러져 들어갔다.

"지맥이 어떻게 흘러가지요?"

무라야마가 산에 올라서 물었다.

"이득운 장군의 묘가 기준입니다. 정혈에 제대로 들어앉은 묘입니다. 정상에서 이 묘를 거쳐 아래쪽으로 흘러가네요."

조영수는 먼저 형국을 본 다음, 나뭇가지를 꺾어 들고 기맥을 탐색했다. 무라야마는 연필로 부지런히 그림을 그리고 기맥이 흐르는 선을 표시했다. 그 선을 따라 여러 개의 # 마크를 넣었다. 내려오면서 사진기를 꺼내 현장을 찍었다.

"다음은 금곡리 할매바위지요?"

"그렇습니다."

"서두릅시다. 호미곶에 들렀다가 청하 용산까지 마저 조사하고 오늘은 포항에서 묵지요."

그들은 다시 해안도로로 나와서 장기천을 건너 우회전했다. 바닷물에 침수된 늪지대를 끼고 세 마장쯤 거슬러 올라가면 마을 뒷산에 특이한 바위가 나타났다. 혈이 맺힌 산 끝자락에 묘지가 하나 있고 바로 그 앞에 여인네의 벌거벗은 둔부 형상의 커다란 바위가 보기 민망하게 퍼질러 앉아 있다.

"거 참 바위 보고 낯 붉히니 무안하오. 농익은 자태로 남정네를 유혹하는 분위기로군요."

전국을 다니며 남근석과 여근석을 숱하게 봐온 무라야마였다. 주로 짝을 이루는 성기모양의 바위들은 다산과 풍요를 상징했다. 마을 사람들은 그런 바위에 제사까지 지내며 해학 이상의 신앙을 보였다. 그 위쪽으로 산을 타면 할매바위가 나타났고 그 위쪽 150m 후방 등날에 할배바위가 있었다.

"이 바위들도 참 오묘하군요."

무라야마가 헤벌쭉 웃었다.

"낙동정맥인 백운산에서 동쪽으로 지맥이 뻗쳐 천마산과 치술령을 거쳐 토함산을 짓고 바다 쪽으로 흘러나온 맥이 그치는 지점이지만 이런 바위를 연달아 만들었다면 기운이 그만큼 힘차게 내려왔음을 뜻합니다. 할매바위 바로 위쪽 이 바위 위로 지맥이 뻗어가네요. 서쪽에서 동쪽방향입니다."

조영수가 일러주자 무라야마가 바위 위치를 지도에 표기하고 백지에 그림을 그린 다음, # 마크를 표시했다.

지프는 다시 말바위를 향해 달렸다. 용마가 물을 마시는 형국의 명당이 술좌진향(戌座辰向, 동남향)으로 형성돼 있는 자리였다. 안타깝게도 신작로가 말 목부분을 잘라놓고 있었다. 무라야마는 지도상의 도로에 # 마크를 표시했다.

그들은 구룡포를 지나 호미곶에 섰다. 겨울 바닷바람이 세찼다. 일본인들은 이 호미곶을 장기갑이라고 고쳐서 불렀다.

"조상, 조상은 한반도 형상을 뭐라고 보시오?"

무라야마가 파도치는 바다를 바라보며 물었다.

"이곳이 호미곶이니 호랑이 꼬리가 되고 당연히 호랑이 형상이겠지요. 거대한 대륙으로 팔을 뻗으면서 포효하는 호랑이가 아니겠습니까? 이건 제 생각이 아니라 조선조 명종 때 유명한 풍수였던 남사고(南師古, 1509~1571) 선생의 지론입니다. 호랑이는 머리뿐만 아니라 꼬리도 중요합니다. 꼬리로 무리를 지휘하고 힘의 균형을 잡는다고 합니다."

조영수가 아는 체하고 나섰다. 기회만 있으면 자신이 아는 것을 자랑삼아 이죽거렸다. 그러면 무라야마는 "아하, 그렇습니까" 하며 지대한 관심을 보였다. 이 당대의 일본인 석학이 그런 정도의 고사를 모를 리 없었다. 호미곶은 힘이 집약된 곳이었다. 그걸 알면서도 무라야마는 딴청을 피웠다.

"이제는 장기갑 아닌가요? 여긴 호랑이 꼬리 형상이 아니라 말갈기나 토끼 꼬리에 가까운 곳이오. 까닭 없이 이름만 크면 격이 맞지 않지요."

"그런가요? 까짓 토끼꼬리면 어떻고 말갈기면 어떻소이까. 대륙에 매달려서 앙버티며 전전긍긍하는 신세이긴 마찬가지지요."

조영수는 괜한 일로 긁어 부스럼 만들고 싶지 않았다. 이름 따위로 시비를 붙여서 큰일을 망칠 필요가 없었다. 막말로 일제가 바꾼 지명이 어디 한둘인가. 백두산 장군봉을 병사봉으로 격하시켰고, 봉소산(鳳巢山)을 비봉산(飛鳳山)으로, 구미리(龜尾里)를 구미리(九味里)로, 거물리(巨物里)를 거물리(巨勿里)로, 화촌리(花村里)를 하촌리(下村里)로, 구어리(九魚里)를 구어리(九於里)로, 인왕산(仁王山)을 인왕산(人旺山)으로 수도 없이 고쳤다. 봉소산이나 비봉산이 거기서 거긴데 뭐가 잘못이냐고 하지만 이름이라는 게 혼과 뜻이 담겨있기에 간단한 문제가 아니다. 봉황이 깃든 산과 봉황이 날아가는 산은 전혀 다르다. 깃들면 상서롭지만 날아가면 망한 것이다. 행주를 걸레로 고쳐 부르고 꽃을 쓰레기로 바꿔 부르는 것과 다름없었다. 무라야마는 호미곶, 아니 자기들이 맘대로 장기갑이라고 고쳐 부르는 지역 일대를 사진기로 여러 번 찍었다. 중요한 자리가 아니면 좀처럼 사진기를 꺼내지 않는 그였다.

해안도로를 따라 영일만 안쪽을 돌아서 북상했다. 청하면 용두리 뒷산인 용산(龍山)은 해발 200m의 바위산으로 월포 앞바다를 향해 날아오르는 용머리 형상이었다. 청하의 진산으로 예부터 용산의 정기를 받고 큰 인물이 난다는 말이 전해졌다. 비룡쟁주(飛龍爭珠)라 하여 넓고 푸른 동해바다를 향해 날아오르는 용이 여의주를 삼키려 드는 형국이었다.

용산에 오르니 눈발이 날렸다. 춥고 발이 미끄러웠다. 곧 날이 저물어 가는데 조사는 계획된 대로 진행되었다. 용산 정상에서 또 혈이 될 만한 자리를 찾았다. 동북방향으로 천혈(天穴)이 하나 있었고 용두리 마을 바로 위쪽에도 큰 혈이 있었다. 무라야마는 조영수가 가리킨 천혈 부위를 도면에 그리고 # 마크를 표시했다.

"조선의 산에는 참으로 혈들이 포도송이처럼 맺혔구려. 이 많은 명당바람을 타고 인물들이 쏟아지면 세계도 제패할 텐데 어찌 우리 대일본국의 식민지로 전락해 버렸는지 이상하오. 조상, 안 그렇소이까?"

당신이 하는 풍수쟁이질이라는 거 알고 보면 사기술 아니냐는 비꼼이었다. 조영수는 풍수의 후예였고 풍수쟁이로 밥을 먹고살았다. 자신의 안목이 문제지 풍수 자체가 사기술이라는 생각은 전혀 하지 않았다.

"터마다 쓰는 때가 있지요."

조영수는 꾹 참으면서 부드럽게 응수했다. 무라야마도 학자였다. 상대를 불쾌하게 할 의도는 없었다.

"오해 마시오. 우리 대일본국은 묏자리 풍수를 전혀 활용하지 않아도 막강한 부를 축적했고 세계를 향해 뻗어가고 있소. 중국과 조선은 우리 일본국의 근대화 정책에 동조하여 하루바삐 문명국으로 탈바꿈돼야 하오."

무라야마는 역시 관변의 어용학자였다. 총독부의 지침을 받고 연구하는 사람답게 투철한 국가관으로 무장돼 있었다. 대동아공영권을 이의 없이 찬동하는 그였다. 일본인 학자라고 다 그런 건 아니었다. 양심적 지식인들은 각 나라의 고유한 문화를 인정해야 한다며 조선의 우수한 문화를 긍정적으로 보고자 애썼다. 너희 조선은 일본에게 먹혔으니 모든 문화가 열등하다는 식이어서는 얘기가 되지 않았다.

'다른 나라를 침략하고 약탈하는 것이 문명국이오?'

조영수는 그렇게 대거리하고 싶었지만 속에서 맴돌았다. 어차피 그는 애국애족심 같은 게 희박한 사람이었다. 우선 가문을 일으켜 세우고 떵떵거리며 살면 그만이었다.

"총독부에서 우리 조선을 많이 도와주게 해주세요. 철도도 더 놓고 공장도 세우고 경지도 정리하고요."

맘먹은 것과는 정반대로 아부 섞인 말이 참기름 칠하여 나왔다.

"다 그런 자료로 쓰려고 이 고생하며 조사하는 것 아니오? 어서 내려갑시다. 내일은 경주 일대를 전부 조사해야 하니 새벽부터 움직여야 할 것이오."

조영수는 무라야마 뒤를 털레털레 따랐다. 사냥감을 물어다주고 주인의 뒤를 졸래졸래 따라가는 사냥개 같았다.

조영수는 경주 일대는 물론 성주 월항 인촌리 서진산 자락 태봉산의 세종대왕 왕자 태실까지 조사했다. 백두대간 우두령에서 수도산을 거쳐 백마산과 영암산에서 산천의 정기를 모아 태봉산 돌혈을 만들었다. 기세 찬 산맥이 더 이상 뻗지 못하여 기를 축적해둔 용진처(龍盡處)다. 연맥들이 청수하고 양명한데 병풍을 두른 듯 서로 이어져 사방을 감싼다. 그 가운데 둥근 봉우리 하나가 볼록 솟아있는데 막 피어날 것만 같은 꽃봉오리다. 왕자나 공주의 태를 묻는 태봉자리는 반드시 웅장하게 솟은 돌혈이었다. 왕실의 위엄과 권위를 높이기 위해서였다.

"조선조 왕실은 참 욕심도 많았소이다. 도성 백 리 안의 경기도 명당은 죄다 왕실에서 차지하고 이 먼 지방까지 태실이라는 명목으로 명당을 선점해 뒀으니 말이오. 도대체 유골을 묻어도 발복이 될까 말까인데 그깟 아기주머니를 묻어서 무슨 복을 받겠소? 이는 모두 지배 이데올로기요. 백성들이 명당을 못 쓰게 하는 한편 중앙에 있는 왕족과의 거리감을 좁히는 전략이기도 했겠지요. 왕실의 흔적이 이 고을에도 있다고 상기시키는 것 말이오."
 무라야마가 날카롭게 지적했다. 이방인 학자라서 더 객관적이고 이성적으로 판단하는 것인지도 몰랐다.
 "원래 이 자리는 성주 이씨(星州李氏) 중시조 이장경(李長庚)의 묘가 있었던 곳입니다. 전설에 의하면 어느 도사가 이 자리를 잡아주면서 아무리 후손들이 잘 되더라도 재실을 짓거나 묘를 잘 꾸미지 말 것이며, 주변의 나무도 베어내지 말라고 신신당부하였다지요. 한데도 벼슬이 높아진 후손들이 가문의 명성에 맞게끔 큰 재실을 짓고 호화분묘로 꾸몄던 거죠. 그러다가 1438년, 세종 20년에 세종대왕의 명으로 왕자들의 태실을 조성할 길지를 찾아 전국을 돌아다니던 지관이 이 근처에 이르러 이장경의 묘가 대길지임을 발견한 것입니다. 지관이 세종대왕에게 대길지가 있다고 보고하자 곧 어명이 내려져 이장경의 묘를 옮기게 하고 태실을 조성했다고 합니다. 때마침 그의 후손 이정녕(李正寧)이 당시 풍수학제조였는데 자기조상 유택이 있는 이 자리를 뺏기지 않으려고 하다가 귀양을 갔답니다."
 조영수가 상세하게 내역을 밝혔다.
 "그러게 좋은 것은 감춰둬야 합니다. 자꾸 키우고 꾸미고 자랑하다가 도둑을 부르는 꼴이지요. 한 금정틀 안에서 지기를 받으면 그만인데 석물을 하고 봉분을 키우고 그렇잖아도 헐벗은 산을 잠식할 필요가 뭐 있겠소. 그나저나 조선은 민둥산부터 녹화사업을 해야 하오. 묘지로 산을 깎고 땔나무로 나무를 베고 그러니 매년 여름마다 산사태 걱정이지."
 총독부 직원이 맹렬히 비판했다. 조영수는 그 말에 창피함을 느꼈다.
 조영수는 그날로부터 닷새 뒤에야 고령 본가에 돌아왔다. 경상도 일대의 혈자리를 조사하는 작업은 한 달 후쯤에 다시 재개될 것이었다. 무라야마는 조사한 자료를 정리하고 경성에 볼일도 있어서 대구에서 열차로 올라갔다.

조영수는 두둑하게 받은 사례비로 쇠고기 세 근과 돼지고기 다섯 근을 끊었다. 쇠고기는 아버지 조 풍수 몫이었다. 마침 아버지가 산막에서 내려와 있었으므로 생색낼 좋은 기회였다.
"아버님 어머님, 소자 원행을 나갔다 무사히 돌아왔습니다. 이거 용돈으로 쓰세요."
조영수는 지전까지 올리며 제법 의젓하게 나왔다.
"전화위복이라더니 우리 영수가 그렇구나. 될 사람은 넘어져도 돈을 줍고 안 될 놈은 자다가도 얼굴이 돌아가 굳는 거여."
조 풍수는 그새 이가 다 빠져서 합죽이였으므로 웃는 모습이 우스꽝스러웠다. 반면에 그의 할멈은 칠순을 넘기고도 단정한 자태였다.
조영수는 자식들과 조카들을 불러 모아놓고 과자값을 건네며 일장 훈시에 들어갔다.
"공부를 해라. 눈에 불을 켜고 공부해서 대구사범학교에도 가고 경성제국대학에도 가고 일본 명치대에도 유학가거라. 아들자식이네 조카자식이네 가리지 않고 공부 잘하고 될성부른 녀석은 무조건 밀어줄 거다. 가문을 일으켜야 우선이다. 나라걱정 같은 건 성공하고 나서 해라. 알았나?"
"예!"
큰놈 작은놈들 여럿이 나란히 앉아서 제비새끼들처럼 입을 벌렸다.
"아버지, 저도 대구사범학교 가면 학비 대주실 거죠?"
조영수의 큰딸이 기회라고 판단하여 물었다. 중학교에 다니는데 공부를 썩 잘했다. 벌써부터 조르는 걸 모른 척하고 있었다.
"글쎄다. 여자가 중학이면 됐지. 더 배워서 어따 쓰겠냐? 넌 중학교 마치는 대로 살림 좀 거들다가 좋은 데 시집이나 가거라."
여자를 가르치면 남 좋은 일 시킨다는 것이 조영수의 생각이었다. 아니, 그뿐만 아니라 당시 거개의 사람들 생각이 그랬다. 조영수의 큰딸이 실망하며 눈물을 뿌렸다. 더 눌러 있지 못하고 밖으로 나가자 조영수가 뒤꼭지에 대고 소리를 빽 질렀다.
"저런 급살맞은 년! 큰딸은 살림 밑천이라는데 저것은 숫제 월사금 도둑이야. 배워서 시집가면 홀랑 시댁사람 돼버리는데 중학이면 됐지 뭘 더 배워!"
그는 남아 있는 학생들 앞에서 조씨 가문에서 난 역대 인물들을 거론하며 침을 튀겼다.
"사내는 우선 잘나고 봐야 해. 그러려면 공부를 잘해서 높은 지위에 올라야 쓰는 거야. 총독과 밥 먹고 천황폐하의 훈장을 받거나 작위를 받으면 그걸로 우리 집안은 일어서는 거다. 대구사범에 가면 대구에 집을 사서 이사갈 거고, 경성제국대학에 가면 경성에 집 사서 도와주마. 나는 한 번 한다면 하는 사람이야."
아까 저녁상에서 고깃국에 소주 한 잔 하더니 위세가 하늘을 찔렀다. 총독부가 주는 사례금 좀 몇 달 받아먹으면 사람이 이렇게 달라지는 모양이었다. 하긴 그럴 만도 했다. 총독부에서 파견나온 사람과 답사를 다니지 않고 이렇게 집에 돌아와 있어도 조사가 마무리될 때까지는 급료가 나왔다. 집에 쉬면서도 결록과 지도를 비교하거나 촌로들의 구술을 채집하여 다음 답사코스를 잡아야 했다. 말하자면 사전 준비작업을 해야 했다. 경우에 따라서는 혼자서 예비답사를 가기도 했다. 경찰서에 말하면 차량을 제공해주었다. 그만큼 중요한 가치가 있는 일이었다. 자연히 빽도 생겼다. 숯공장 사업하는 형 민수보다 더 막강한 빽이었다.

"동생, 동생이 그런 걱정 안 해도 우리 새끼들이나 조카들 학업은 이 형이 시킬 수 있다네. 공장이 잘 돼서 돈이 제법 모이거든. 우리 참숯이 일등품이라고 일본에서까지 주문이 들어와 요즘은."

형 민수가 보다 못해 점잖게 껴들었다.

"형님, 우리 형제 말고 이 타관에 누가 있습니까? 아우를 너무 무시하지 마세요. 저도 이제 한자리 잡았습니다."

"아 그럼, 누가 우리 동생을 무시하겠는가. 애들 교육걱정을 하기에 나선 것이야. 오해하지 말고 들어."

조민수는 아버지 조판기 쪽을 일별하며 씩 웃어 보였다. 둘 다 여유가 보였다. 조판기는 기분이 좋아서 맞대응하며 헤벌쭉 웃었다. 두 아들 모두 이만하면 승승장구였다. 전주를 벗어나 숨어 들어온 가야산 밑이 풍양조씨(豊壤趙氏) 가문의 새로운 발복처가 아니고 뭔가. 조씨들의 본관은 경기도 양주로서 전주 역시 타관이기는 마찬가지였다. 양반가문이었으나 시절이 어려워지자 전주에 내려가 아전노릇을 했고 그것도 여의치 않자 풍수가 된 조판기였다. 죽기 바로 직전까지 맞았던 몰매며, 야반도주며 파란만장한 일생이었다.

'내가 죽어야 진짜 명당바람이 불지. 아버지 유골은 너무 깊숙이 묻혔어. 남의 자리에 밀장하는 것이니 어쩔 수 없었지. 발복은 좀 늦게 될 게야. 내가 죽고 우리 마누라가 죽어서 쌍분으로 들어가야 바로 발복할 테지.'

조판기는 내심 그런 생각을 하며 작은 눈을 연방 굴렸다. 그때까지도 그는 부친의 유골이 파내어져 버쉬진 걸 알지 못했다. 아니, 누구라도 알 수가 없었다. 모르는 게 약이라고 명당을 잡아놓고 죽음을 기다리는 조판기는 행복해 보였다. 사람이라는 게 참으로 영민하면서도 어리석고 마음에 품은 생각 때문에 행복해지기도 하는 별스런 존재였다.

쇠말뚝에 신음하는 산하

마이산 바로 북쪽 진안의 진산인 부귀산.
인부 다섯 명이 짐을 지고 부귀산에 오르고 있었다. 산역이 있는 모양이었다.
'누가 이 초겨울에 사정 급한 이장이라도 하려는 걸까. 아니면 측량용 말뚝을 박으러 가는 걸 거야.'
읍내 못 미처 연장리 사람들은 부귀산으로 오르는 인부들을 보고 그렇게만 여겼다. 인부들이 타지에서 온 사람들로 전혀 낯이 설었다. 하지만 그들은 뗏장을 뜨지도 않고 곧장 산을 타고 있었다. 지게에 실린 짐들도 봉분을 조성하는 데 쓰일 만한 것은 아니었다. 곡괭이며 해머, 그리고 회포대로 감은 기다란 그 무엇과 시멘트 자루가 그것이었다. 뿐만 아니었다. 산역꾼들을 지휘하는 게 경찰분서 서장 겐사부로라는 게 더 이상했다. 그는 일부러 사복차림을 했고 수행하는 순사도 마찬가지였다. 근동의 작대기 풍수 최 아무개가 그 뒤를 따랐다.
이윽고 부귀산 정상에 조금 못 미친 바위절벽 전망대에 오른 일행은 이마의 땀을 훔치며 사방을 조망했다. 정남쪽으로 두 귀가 쫑긋한 마이산이 손에 잡힐 듯 눈에 들어왔다. 그 뒤로 백두대간의 장안산, 영취산, 대덕산이 병풍처럼 둘렀다.

"아따, 여기서 보니 꼭 풍만한 여인네의 젖무덤같이 생겼네 그려."
인부 하나가 마이산 두 봉우리를 보고 농을 던졌다.
"무슨 젖무덤이 저렇게 뾰족하게 솟구쳐!"
누군가가 토를 달았다.
"아, 젖꼭지를 실로 묶어 당겨서 천장에 매달았나 보지 뭘 그려."
"그게 아니고 넓적다리를 벌려 세우고 누워 남정네를 유혹하는 광경 같지 않나. 실제로 가랑이 사이에는 샘물이 솟구친다고."
산역꾼들이라는 게 하는 일이 힘들어서인지 몰라도 틈만 나면 음담패설이었다. 특히 묘를 조성하느라 땅을 팔 때는 더 노골적이었다. 관이 들어가는 땅속 구멍이나 여자 거기가 그것이 그것이었다. 그래서 흙이 찰지냐, 메마르냐, 물이 나오느냐에 따라 질펀한 농지거리가 터져 나왔다. 상갓집 사람들이 울건 말건 괘념치 않았다. 그네들은 그저 힘든 노역일 따름이었다.
"이 사람들! 대낮부터 웬 젓국비린내 나는 얘기들을 해쌓는가. 그만 움직이세! 얼른 작업하고 내려가야지. 날도 추운데."
최 풍수가 인부들을 다그쳤다. 그들은 5분가량 더 올라가서 정상에 섰다. 묘지 근처가 해발 806m의 부귀산 정상이다.
"이곳이 부귀산의 정수리입니다. 부귀산은 동남방의 백두대간에서 갈라져 올라온 맥을 저 마이산에서 받아 다시 일으켜 서쪽으로 밀어서 조약봉을 만들지요. 남으로 내장산을 위시한 호남정맥과 북으로 운장산을 위시한 금강정맥을 만드는 힘이 이 부귀산에 내밀해 있는 것이지요."
최 풍수가 손가락으로 먼 산맥을 가리키며 읊조렸다. 겐사부로서장은 고개를 끄덕이며 경청했다.
무지렁이 인부들은 최 풍수가 점찍은 자리에다 짐을 내려놓고 작업

준비를 마쳤다. 회포대에 감긴 기다란 물건이 정체를 드러냈다. 놀랍게도 세 자나 되는 쇠말뚝들이었다. 말뚝은 모두 여섯 개였다.

"최 풍수, 어서 방향을 잡아주시오."

"예, 서장 나으리."

겐사부로 서장의 말에 최 풍수가 허리를 굽실거렸다. 이미 두둑한 사례를 받은 마당이었고 앞으로도 서운치 않게 뒷배를 봐준다는 말에 최 풍수는 입이 찢어져 귀에 걸리기 직전이었다. 야무지게 닫으려 해도 자꾸 벌어졌다.

"하나는 정중앙에 박도록 하시지요. 이 주산의 혈을 죽이고자 함입니다. 다음 하나는 저 마이산을 향하도록 이쪽에 박고, 그 다음 것은 덕유산, 그 다음 것은 모악산, 그 다음 것은 운장산을 향하도록 하시오."

최 풍수가 나머지 네 개의 쇠말뚝을 박는 지점을 알려줬다. 곧 인부들에 의해 곡괭이질이 시작되었다. 초겨울 산바람이 윙윙 귓전에 울렸다. 아직 땅은 깊이 얼어 있지는 않았다. 웬만큼 파헤치자 그 속에 쇠말뚝이 박혀지기 시작했다.

"으싸, 으싸."

양쪽에서 커다란 해머를 든 인부들이 서로 번갈아가며 내려쳤다. 한 번 내려칠 때마다 쇠말뚝은 쑥쑥 들어갔다. 드디어 그 기다란 쇠말뚝 하나가 다 들어가자, 그 머리 위에 한 자 크기의 작은 쇠말뚝이 다시 올려졌다. 해머 질은 그 위로 다시 시작되었다. 깊숙이 박기 위해서였다.

나머지 네 개의 쇠말뚝도 여지없이 깊게 박혔다.

"자, 이제 그 위로 공구리를 만들어 부어라."

산정에 난데없는 가죽포장이 펼쳐지고 시멘트와 자갈모래가 버무려졌다. 아까 산역꾼들 몇이 지게에 지고 올라온 수통에서 물이 쏟아졌다. 삽으로 비비자 콘크리트가 완벽하게 만들어졌다.
"쇠말뚝을 친 곳에 듬뿍듬뿍 부어라."
서장의 명령이 떨어지자, 산역꾼들은 삽질을 시작했다. 쇠말뚝이 박힌 홈에 콘크리트를 이겨 덮는 까닭은 나중에라도 쇠말뚝을 빼내지 못하게끔 단단히 방비하기 위함이었다.
"좀 쉬었다가 굳는 기미가 보이거든 흙을 덮고 내려가자."
겐사부로는 산정에 쪼그려 앉아 담배를 당겼다. 인부들도 퍼질러 앉아서 담배를 피우고 잡담을 나눴다. 자신들이 지금 무슨 일을 했는지 아는지 모르는지 태평하기만 하다.
"으음, 그만하면 잘 됐다. 흙을 덮고 내려가자. 내일은 저 마이산이니 아침 일찍 경찰분서 앞으로 집결해주기 바란다."
겐사부로 서장은 즉석에서 이틀치 노임을 지불했다. 한 사람 앞에 5원씩이라는 아주 후한 노임이었다. 돈을 받아 쥔 산역꾼들은 흥분을 감추지 못했다. 이런 일이라면 더도 말고 한 달에 한 건만 있어도 살맛 날 것 같았다. 무지하기 짝이 없는 그들은 우선 당장 눈앞의 돈이 컸던 것이다.

다음날, 일행은 다시 마이산 엄마봉에 올랐다. 아빠봉이 더 효과가 있으리라는 건 알고 있었으나 너무 가팔라서 도저히 오를 수가 없는 산이었다. 그래서 경사가 완만한 엄마봉을 택하기로 한 것이다.
어제의 산역꾼 말고도 전기선을 끌고 올라가는 인부들 몇이 더 가세하고 있었다. 대형 전기드릴도 준비되어 있었다. 돌계단 정상부위까지 발동기를 메고 왔던 것이다.
겐사부로는 가파른 바위산을 오르느라 땀을 뻘뻘 흘렸다. 짐을 진

지게꾼들도 생똥이 빠질 지경이었다. 그들이 중턱쯤에 다다랐을 때였다. 갑자기 바람이 부는 듯싶더니 때아닌 운해가 하얗게 내려와 덮쳤다. 거의 앞을 분간할 수 없을 정도였다. 아빠봉쪽을 보니 그쪽도 그랬다. 운해는 두 봉우리를 감돌고 있었다. 겐사부로는 잔뜩 인상을 찌푸렸다.

"이 낮은 산에 웬놈의 운해가!"

"본래 이 산은 구름이 잘 일어나곤 하지요, 나으리."

최 풍수가 겐사부로의 심기를 다치게 하지 않으려고 나부댔다.

"이러다 당신들 조선사람들이 믿는 산신령한테 매 맞고 가는 거 아니오?"

입가에 미소가 일었지만 겐사부로의 그 말이 꼭 농담만은 아니었다. 겐사부로는 겁이 많았다. 이 땅 사람들이 그렇게 빌어쌓는 산신령을 무조건 무시할 수는 없었다. 게다가 이 산은 명산 가운데 명산이었으니 더 그랬다.

운해는 자욱한 연기를 방불케 했다. 두 봉우리를 은가락지처럼 둥그렇게 감싸고돌았다.

"안 되겠다. 잠시 기다렸다가 올라가자."

겐사부로는 인부들을 쉬게 하고는 쪼그려 앉아 파이프 담배를 물었다. 담배를 다 태우고 났어도 운해는 가라앉지 않았다. 아니, 점점 더 짙어지는 양상이었다. 참으로 신기한 일이었다. 멀리 보이는 다른 산들은 쾌청한데 유독 이 산에만 왜 운해가 일어나는 것일까. 이 작은 산에 대체 어디서 운해가 피어나는 것일까. 한식경을 기다려도 나아지는 기미가 없었다. 기다리다 못한 인부들이 채근하고 나섰다.

"서장 나리, 그냥 올라가서 해치워버리지요."

"아니다. 그러다 사고가 나면 어쩌느냐. 더 기다려보자."

아무리 기다려도 운해는 좀처럼 벗어질 줄을 몰랐다. 산 어디엔가 거대한 용이 버티고서 끊임없이 입김을 내뿜는 듯했다. 아무래도 꺼림칙한 일이었다.

별일이다. 이 산을 지키는 산신령이 조화를 부리고 있는 것인가.

겐사부로는 출렁이는 운해 속에서 두려움을 느끼기 시작했다. 운해는 점점 그를 조여 오고 있었다. 그는 본능적으로 몸조심을 해야겠다고 마음먹었다. 도 경무부로 승진해갈 날이 채 석 달이 남지 않은 상황이었다. 이번 일만 잘 끝내면 승진발령이 있을 것이었다. 굳이 무리를 해서 탈을 일으킬 필요가 없었다. 매사를 신중히 해야 옳았다. 시간을 다투며 해야 할 만큼 바쁜 일도 아니었다.

"짐을 그 자리에 놔두고 몸만 내려가라. 내일 다시 와야겠다."

겐사부로는 그대로 하산했다. 그는 직감을 중시하는 인물형이었다.

다음날, 그는 산역꾼들을 데리고 다시 산을 올랐다. 여전히 운해가 일었으나 어제보다는 좀 나았다. 겐사부로는 산역꾼들과 정상에 섰다.

"천하 명산인 이곳은 목체래룡(木體來龍)입니다요. 그래서 나무 기운을 쇠 기운으로 누르는 것입죠. 오행설에 금극목(金剋木)이라 했으니까요."

대수롭지 않은 음양서적 몇 권 읽은 게 고작인 최 풍수가 모처럼 문자를 들이대며 깝죽거렸다. 동으로 덕유산, 서로 모악산, 남으로 지리산, 북으로 계룡산 등이 겨냥되었다. 중앙에는 이 마이산의 혈이 겨냥되었다.

표토층이 파헤쳐지고 암반층이 나오자 전기드릴로 구멍을 뚫는 작업이 진행되었다. 구멍은 지름이 7센티 정도로 크게 뚫렸다. 드릴 작업이 끝나고 그 자리에 쇠말뚝이 박혀지기 시작했다. 이 쇠말뚝은 그저께 부귀산에 질렸던 것과는 사뭇 달랐다. 길이는 한 자가량밖에 안 됐지만 굵기와 모양이 꼭 로켓포 같았다. 끝에는 재질이 다른 철침이 박혀 있었다. 한 번 박혔다가 뽑아내면 철침부위가 떨어져 나오지 못하게 고안된 것이었다.

이윽고 콘크리트가 부어졌고 작업이 끝났다. 운해가 자욱이 내려와 길이 보이지 않을 정도였다. 그들은 발을 더듬으며 기다시피해서 하산했다.

같은 시간, 득량은 전주 본가에서 세량과 무릎을 맞대고 있었다. 형제의 표정은 어두웠다. 득량의 말을 듣고 난 세량은 서둘러 준비를 하기 시작했다. 엄마봉에 쇠말뚝 작업을 하려다 못했다는 걸 알게 된 태을은 어젯밤, 득량을 본가로 급히 가게 했다.

"악랄한 놈들! 내 저들이 전국 명혈자리를 찾아다니며 철침을 놓고 철로나 신작로를 닦는다는 명목으로 산맥을 자른 걸 모르는 바가 아니나 이 마이산까지 건드리다니. 안 될 일이다. 이 영산에 쇠말뚝이 박히면 큰일이다. 이 산이 어떤 산이냐. 풍수적 의미도 그렇거니와 1905년 을사늑약 이후 호남 최초로 자생적 항일의병결사가 있었던 곳이다. 어서 집으로 달려가 형에게 도움을 청하여라. 서둘러 준비해 와야 한다. 누구에게도 낌새를 눈치 채이지 않도록 비밀스레 해야만 하느니."

세량은 사금광에 쓰던 도구들과 장정 셋을 급히 불러서 득량에게 딸려보냈다. 세량은 지프를 내주었다. 득량 일행이 금당사에 도착한 것은 석양이 피를 토하며 서산마루로 떨어질 무렵이었다.

"됐다. 어서 산에 오르도록 하자."

태을과 구암선사가 몸소 앞장섰다. 전주에서 온 장정 셋과 득량, 이렇게 여섯 사람은 그림자처럼 소리 없이 산에 올랐다. 남의 눈에 띄어서는 안 될 일이었다. 만일 밀고라도 한다면 감옥살이를 면치 못했다.
"어서 공구리(콘크리트)를 파내거라. 아직 굳지는 않았을 게다. 공구리는 한쪽에 잘 걷어내도록 해라. 나중에 다시 덮어놔야 저들이 눈치 채지 못하지."

장정들 셋이 쇠말뚝 위를 뒤덮은 콘크리트를 파내기 시작했다. 콘크리트가 파헤쳐지자 안에서 육중한 쇠말뚝 다섯 개가 나왔다. 그것을 뽑아내는 일은 쉽지 않았다. 암반 깊숙이 워낙 단단히 박아 두었고 이미 어둠이 내린 데다 산 정상이어서 불을 밝힐 수도 없었다. 은밀히 해야 하는 일이었기 때문이다. 쇠말뚝과 침 제거작업을 마쳤을 때는 동녘 하늘에 둥근 달이 떠올라 있었다. 그 달빛을 밟으며 산을 내려오면서 태을은 비감에 젖었다. 서리한 눈이 빛을 잃고 눈 꼬리가 처져 있었다. 그는 속으로 비통하게 울부짖었다.

'하늘이여! 하늘이여! 어찌하여 이 땅에 이런 시련을 주시는 것이옵니까? 어찌하여 왜놈들로 하여금 이 땅을 집어삼키게 하고 오늘날 이처럼 비굴한 만행까지 저지르게 놔두시는 것입니까? 이것은 간악한 침략자들의 또 한 번의 침략행위이옵니다. 이 나라 산천에 핏줄처럼 흐르는 맥을 잘라놓고 정혈들을 망치려 함은 저들의 침략을 영구히 하려는 소치입니다. 말로는 듣기 좋으라고 대동아공영권을 부르짖지만 속내는 이 민족을 멸절시키려는 수작으로 가득합니다. 제국의 야욕은 만족이 없고 내면세계는 불안합니다. 이미 확보한 먹이인 조선이 독립을 꾀하면 야욕이 붕괴될 것이기에 싹을 잘라버리려 듭니다. 상생이 아니라 상대를 죽여 버리고 저들만 살아남으려는 망상입니다. 지상의 그 어느 법과 논리로도 생명을 죽이고 독식하는 책략을 정당화할 수는 없습니다. 그랬다가는 끝내 하늘의 주살을 면치 못할 것입니다.

하늘이여! 저들의 만행을 어서 막아주소서. 땅이여! 이 겨레의 젖줄이 되신 땅이여! 아픈 상처를 스스로 치유하시어 혈맥을 보전하소서. 조상신들이여! 못난 후손들이지만 정명(正命)을 다하도록 도우소서.'

같은 쇠말뚝을 접하면서도 가야산 조판기 부자들과 마이산 진태을 권속의 대응이 이처럼 대조적이었다. 사리사욕이 개입된 까닭이었다.

진안읍내 경찰분서 이층 집무실. 겐사부로 서장은 방금 작성된 서류를 검토하고 있었다. 아래층 취조실에서는 아까부터 한 사내의 비명소리가 기분 나쁘게 울려왔다. 부하직원들이 붙잡아온 잡범을 족치는 모양이었다. 겐사부로는 그 비명소리를 무시하고 서류를 읽어내렸다.

제목 : 철주(鐵柱) 작업보고서
수신 : 경성 경무총감부
발신 : 진안 경찰분서장 겐사부로
내용 : 상부지시에 따라 본서 관할구역 내의 명산에 쇠말뚝 박는 작업을 아래와 같이 마쳤음. 이것은 제1차분임을 밝힘. 제2차분은 각 마을의 주산을 총망라해야 하므로 많은 시간이 소요될 것으로 여겨지며 민심의 동향을 파악한 연후에 신중하게 진행하는 게 좋을 것으로 사료됨.
먼저 시행한 진안의 주산 부귀산의 철주작업은 차질 없이 마쳤음. 길이 60cm, 지름 3cm의 쇠말뚝 다섯 개를 이 지역에 거주하는 최모 풍수의 조언을 받아 방향을 정한 뒤 깊이 박고 시멘트로 콘크리트를 쳐 손을 못 대게 방비해뒀음.
다음으로 시행한 마이산 철주작업에는 다소 어려움이 따랐음. 영산으로 알려진 이 산에 인부들을 동원해 올라가려 하자, 갑자기 운해가 일어 앞을 분간할 수 없었음. 이 운해는 하루종일 계속되었고 인부들은 산신령의 조홧속이라며 작업하기를 꺼렸음. 그들을 다그치다가 도리 없이 하산, 다음날 전기드릴을 사용하여 쇠말뚝을 박을 수 있었음. 쇠말뚝은 길이 30cm, 두께 7cm로 끝에 침이 달려 있는 걸 썼으며 수량은 다섯 개. 이 날도 최모 풍수를 대동했음.
이상과 같이 철주작업 제1차분 완료를 보고함.

소화 5년 12월

　읽기를 마친 겐사부로는 야간근무를 하고 있는 부하직원을 불렀다.
　"서장님 부르셨습니까?"
　하세가와가 경례를 올려붙였다.
　"이 서류 관인 찍어서 내일 발송하도록!"
　"하이! 알겠습니다."
　부하직원 하세가와가 나가자, 겐사부로는 창 밖을 향해 섰다. 달빛이 교교히 흐르는 우화정이 뿌옇게 드러났다. 그는 야경이 참 아름답다는 생각을 했다. 그게 어디 저 산의 야경뿐이랴. 이 나라의 산과 물은 어디나 아름다웠다. 그래서 사람들의 성정이 대부분 순하고 착한 것인지도 몰랐다. 물론 만주나 상해까지 망명가서 무장투쟁하는 악바리들도 있었고, 게을러터져서 개, 돼지처럼 더러운 치들도 많았다. 종자개량 대상이었다.
　이제 이번 일이 끝나게 되면, 전국의 거의 모든 산에서 혈이 끊어지고 말 것이다. 경성의 삼각산 백운대, 창덕궁 인정전 뒤, 지리산 천왕봉 아래 옥녀봉 정혈, 부산 금정산, 심지어는 여수 백도 절벽에도 쇠말뚝을 꽂았다. 자그마치 365개 지역이라는 귀띔이다. 수많은 명산에 쇠말뚝이 박혔다. 조선인들의 풍수논리에 의하면 이제 더 이상 인물이 나오려 해도 여의치 않을 것이다. 이 조선을 일본제국의 영원한 식민지로 만들기 위해서 취한 상부의 조치였다. 그가 생각해도 철저한 식민정책이었다.
　'어쨌든 오늘은 마이산 혈을 끊었으니 피를 본 셈이군.'
　겐사부로는 퇴근을 서두르며 그렇게 되뇌었다. 한 잔 걸치고 싶어지는 가을밤이었다. 그는 명월관의 기생 초옥이의 봉긋한 젖무덤을 상기

해냈다. 조선은 산세만 아름다운 게 아니고 여자들도 어여뻤다.
'그래, 초옥이한테 가자.'
겐사부로는 경찰분서를 나와 고풍스런 기와집 골목으로 스며들어갔다. 벌써 가야금 뜯는 소리가 유장하게 들려오고 있었다.

일본의 풍수침략

한편, 10리 밖 금당사 요사채에서는 태을과 구암선사가 득량이 듣는 앞에서 억장 무너지는 이야기를 하고 있었다.
"정말 큰일이로세. 왜놈들이 이런 짓까지 일삼고 있으니 장차 이 민족의 미래가 어찌되겠는가."
"내 기도가 부족한 탓일세. 무슨 수로 저들의 만행을 막을꼬."
"어젯밤 저애를 보내놓고 밤새 악몽에 시달렸네."
태을이 득량을 건너다보았다.
"나도 그랬다네. 참으로 불길한 꿈이었네."
구암선사가 꿈을 풀어냈다.
거대한 용이 끝없이 늘어서 있었다고 한다. 그 용은 마을을 감싸고 강을 건너고 바다에까지 이어졌더란다. 비늘마다 꽃이 피고 진기한 열매가 열렸다. 사람들은 용의 몸통 위에서 평화롭게 삶을 영위해가고 있었다. 그때 별안간, 뇌성이 울고 소나기가 쏟아지기 시작했다. 사람들은 재빨리 용의 비늘 속에 숨었다. 그러나 누가 짐작이나 했겠는가. 소나기는 졸지에 쇠못들로 돌변했고 용의 몸통에 여지없이 날아와 꽂혔다. 너무 갑작스럽고 동시다발로 쏟아진 쇠못 세례에 용은 피하지

쇠말뚝을 박는 사람들 233

도 못하고 고통스럽게 꿈틀거렸다. 하지만 비늘마다 사람들이 몸을 숨기고 있었기 때문에 함부로 요동치지도 못했다. 용은 고통을 참아내느라 하염없이 눈물을 흘리고 있었다. 그 눈물은 쇠못이 박힌 상처에서 나는 핏물과 함께 강을 이뤘다.

"어찌 그게 꿈 속의 일이겠는가. 나는 눈을 뜨고서도 훤히 보았다네."

태을의 얼굴은 비통하게 일그러졌다.

"그러면 이제 명당이고 뭐고 다 기운이 달아나고 마는 것입니까?"

득량이 타는 입술을 하고서 물었다. 그는 머릿속이 멍해지고 아찔한 느낌에 사로잡혔다. 이날까지 갖은 고생을 무릅쓰고서 몰입해온 산 공부였다. 게다가 천하대명당을 잡아보겠다는 발원은 어찌할 것인가 하는 생각에 똥끝이 타들어갔다.

바윗돌 같은 침묵이 방안을 내리눌렀다. 아무도 득량의 갈급한 물음에 시운한 물을 축여주지 않고 있었다.

이 쇠말뚝 박기는 일제에 들어와 세 번째 풍수침략에 해당하는 것이었다. 첫 번째는 도로나 철도공사를 할 때였다. 일인들은 노골적으로 혈이 맺는 부위를 잘라댔다. 공사를 구실로 했으니 거의 반발을 불러일으키지 않았다. 문중의 선산만 쪼개지 않으면 그만이었다. 또 설령 이의를 다는 사람들이 있더라도 총부리 앞에서는 더 나서지 못했다.

두 번째는 바로 공동묘지제도였다. 명당을 찾아 조상의 뼈를 묻는 행위를 금지케 함으로써 인물이 나오지 못하게 했던 것이다. 1912년, 명치 45년 6월 20일. 일제는 조선총독부 부령(府令)을 내린다. 이른바 묘지, 화장장, 매장 및 화장취체규칙(墓地, 火葬場, 埋葬及火葬取締規則)이다. 모두 24조항으로 되어 있는 이 규칙의 골자는 간단하다. 묘지의 신설이나 변경, 또는 폐지는 경무부장의 허가를 받아야 한다는 것, 특별한 경우 외에는 부, 면, 리, 동 기타 지방공공단체가 설치한 공동묘지에 매장할 것. 만약 이를 위반한 자는 구류나 과료에 처한다는 내용이었다.

이는 명백한 풍수탄압이었다. 조선이 풍수에 근거해서 세워진 나라이며 조상숭배를 바탕삼은 풍수가 조선사람들의 정신적 근간을 이루는 사상이라는 걸 잘 아는 일제였다. 식민지를 지속시키기 위해서는 무엇보다도 정신개조가 필요했다. 천황이나 신사참배를 강요하기 전에 조선사람들의 머릿속에 뿌리 깊게 박혀 있는 풍수사상을 긁어내야 한다고 믿었던 것이다. 이 묘지취체규칙은 전국각지에서 엄청난 반발을 가져왔다. 일제는 다소간의 융통성을 보이긴 했지만 공동묘지제도를 강행했다. 특정한 산에 많은 묘지가 들어서자 산사태가 일어났다. 그들은 뿌리가 억세게 뻗치는 아카시아나무를 대량으로 공급해서 묘지 사이사이에 심도록 했다. 이른바 사방공사였다. 산사태를 막자는 뜻은 허울에 불과했다. 그 이면에는 또 다른 저의가 있었던 것이다. 땅속 깊은 데까지 뿌리를 뻗은 아카시아는 관 속까지도 능히 파고들었다. 목렴이라 하는 것으로 나무뿌리가 시신을 덮게 되면 그 후손은 화를 면치 못하게 된다. 그야말로 교묘하기 이를 데 없는 탄압방법이었다.

일본인들의 풍수침략의 역사는 이미 임진왜란 때부터였다. 왜장들은 지관들을 데리고 다니며 혈자리를 끊어놓는다거나 숯불, 혹은 쇳물로 뜸을 떠서 이 땅에 장수가 나지 못하도록 했던 것이다. 그러기는 임진왜란 때 원정군을 이끌고 왔던 명나라 장수 이여송이도 마찬가지였다. 작은 나라에 인물이 왜 이리도 많을까, 따져본 결과 빼어난 지세에 있음을 간파하고 당장 방책을 했다고 하니, 인걸은 지령이라는 말이 비단 이 땅 사람들만의 전용어는 아니었다.

일본인들의 침수침략이 본격적으로 시작된 것은 역시 신작로를 내거나 철도를 개설할 때였다. 전국에서 이름난 풍수들이 조사되었다. 풍수들을 공사계획에 참여시키기 위해서였다.

"이 지방의 산세는 어떻소이까?"

"가히 인물이 날 만하외다."

"이곳은 어떤 형상이오?"

"용머리 고개올시다."

일본인들의 흑심 섞인 물음에 순박한 조선의 풍수들은 올곧게 대답해줬다. 무슨 큰일을 도와주는 것으로 착각하고 서로 다퉈서 침을 튀겨댔다. 조사를 끝낸 일본인들은 속으로 회심의 미소를 지었다. 그 직후 공사가 시작되었고 경제성보다 우선으로 고려된 게 혈을 끊는 일이었다.

방방곡곡에서 용의 목이 잘려나갔다. 말의 목도 잘려나갔다. 뱀목, 노루목, 거북이목, 장군목 등이 삽시에 잘려졌다. 잘려나간 목 부위에서 붉은 피가 튀겼다는 소문들이 터져 나왔다. 땅 속에서 무슨 피가 나왔을까. 바로 홍황자윤(紅黃滋潤) 한 혈토가 밖으로 드러났다는 뜻이었다. 민심이 흉흉했다. 이러다가 조선에 인물 하나 안 나오게 되는가 모르겠다는 말들이 떠돌았다.

"풍수는 미신이오. 철도를 놓고 신작로를 내야 나라가 발전하오. 그깟 미신에서 빨리 벗어나시오."

일인들은 그렇게 민심을 다스렸다. 공사가 끝나자, 잘려진 용머리 고개로 칙칙폭폭 기차가 달렸다. 거북이목 위로는 탈탈탈 자동차가 달렸다. 과연 발전된 모습이었다. 사람들은 당장 눈에 보이는 것만 생각하고 고개를 끄덕여댔다. 그들은 달리는 철마(鐵馬)를 타보는 게 소원이었다. 며칠씩이나 걸렸던 서울 나들이도 이제는 별것이 아니었다.

"우리가 뭐랬소. 조선도 이제 문명국가요. 예전처럼 만날 걸어서 다니다가 일은 어느 세월에 보오?"

일인들은 생색을 내느라 야단이었다. 앞에서 웃고 뒤에서 등골 빼먹는 것도 모르고 조선사람들은 달리는 기차를 타며 마냥 좋아했다.

그렇게 이 강산의 혈자리를 끊은 일제는 그 후속타로 공동묘지제도를 시행한다. 속으로는 간악한 흉계가 있었지만 겉으로는 산림을 보호 육성한다는 명목을 내세웠다. 경찰력을 동원한 일인들은 사설묘지를 철저히 방지했다. 공동묘지를 강요했던 것이다. 만약 이를 어기면 혹독한 벌로 다스렸다. 가혹한 체형을 가했고 막대한 벌금을 물렸다. 이 때문에 어느 지방에서는 목숨을 잃은 사람까지 생겼다.

진안 마령에 사는 전기열이라는 사람은 가문의 종손이었다. 그는 천안 전씨로서 인륜과 도덕에 밝은 사람이었다. 득량의 고모부와 한집안이었다.

"조상을 부장지(不葬地)에 묻어 자손대대로 화를 입을 바에야 차라리 내가 형을 살겠다."

그가 말한 부장지란 묘를 쓸 수 없는 곳이었다. 대략 다섯 가지로 분류된다. 동산(童山, 나무나 풀이 없어 밋밋한 산), 단산(斷山, 용이 오다가 뚝 끊긴 산. 실처럼 가느다랗게 연결돼 있으면 쓸 수 있다), 석산〔石山, 흙이 없는 돌산. 그러나 괴혈(怪穴)이라 하여 돌과 돌 사이에 혈이 형성되는 것을 말하는데 시신 한 구 정도가 들어갈 만한 흙이 덮여 있으면 쓸 수 있다〕, 과산(過山, 지맥이 머물지 않고 지나가는 산), 독산(獨山, 홀로 서 있어서 생기를 받을 수 없는 산) 등이 그것이었다. 이 밖에도 물이 세차게 빠져나가는 곳, 바람이 세게 때리는 곳, 안산이 없는 곳, 명당이 기울어진 곳, 좌청룡 우백호가 등을 돌리고 달아

나는 곳 등은 묘를 쓰지 말아야 한다. 일제가 지정해준 공동묘지는 대부분 그런 산들이었고, 때문에 묘를 쓰지 못할 곳이었다. 이를 무릅쓰고 묘를 쓰면 자손이 화를 입게 마련이었다. 그러니 공동묘지에 조상을 묻을 전가가 아니었다. 전기열은 모친이 죽자 시신을 선산으로 모셨다. 당연히 경찰서에서 붙잡아갔다.

"너는 법을 알고도 어겼으니 구류를 살아야 마땅하다."

전기열은 본보기로 6개월간 구류에 처해졌다. 사람을 숫제 굶어 죽게 한다는 형무소였다. 그는 그곳에서 병을 얻었으면서도 기분 좋게 형을 살았다. 만기출소를 하는 그의 몰골은 말이 아니었다. 하지만 당당하기만 했다.

"네놈은 구류를 살고 나오는 마당에 뭐가 그리 기분이 좋으냐?"

형무소에서 교도관이 물었다. 전기열의 대답이 걸작이었다.

"이 한 몸 고생해서 조상을 편히 모실 수만 있다면 백 번이라도 그리 할 것이오. 나는 지금 죽어도 여한이 없소. 효도를 다했으니 말이오."

일본인 교도관은 혀를 내둘렀다. 그는 이건 뭐가 잘못돼도 한참 잘못됐다고 생각했다. 묏자리를 집터 이상으로 여기고 조상의 뼈를 자신의 목숨보다 더 중하게 여기는 조선사람들의 관습을 그가 이해하지 못하는 건 당연했다.

전기열은 출옥하고 보름 있다가 모친의 뒤를 따랐다. 감옥에서 얻은 병이 골수에 사무쳤던 것이다. 모친은 선산에 묻혔지만 그는 공동묘지로 가야했다. 그는 죽으면서 그걸 알고 있었다.

"더도 말고 삼대에 한 자리만 잘 쓰면 되느니라. 그러면 발복이 미치는 법이지. 왜놈 세상이 얼른 끝나야 할 텐데."

전기열의 유언이었다.

그런가 하면 훗날을 위해, 가묘(仮墓)를 쓴 사람도 있었다. 정면으로 맞서는 걸 피한 묘책이었다. 그 묘책이 통하는 경우도 있었고 들통난 경우도 있었다.

마이산에서 북쪽으로 삼십리쯤 떨어져 있는 곳에 가치(歌峙) 마을이 있었다. 부귀산 뒤 옥녀봉 남쪽에 자리잡은 마을로, 동쪽에 노래재가 있다. 이 마을 임종술은 가묘를 쓴 대표적인 사람이었다.

임종술은 이 지역에서 뜬쇠 좀 만져봤다면 익히 알고 있는 옥녀봉의 옥녀등공창가형(玉女騰空唱歌形) 길지에 선친을 모셨다. 아리따운 여인이 노래를 부르며 하늘로 올라간다는 자리였다. 이 자리는 천년 동안이나 부와 귀를 누린다는 명당이었다. 이 명당은 오래 전에 파혈됐다는 말이 나돌았다. 그러나 임 노인은 그 말을 무시해버렸다. 오래 전에 파혈됐다면 지금쯤은 다시 생기가 돌아왔다는 말이기도 했다. 땅의 생기란 그런 것이었다. 많은 공을 들여 혈자리를 찾아낸 그는 사발에 자신의 이름을 써서 묻어두었다. 팔순이 넘은 부친이 돌아가시면 그곳으로 모실 요량이었다.

공교롭게도 공동묘지제도가 강요된 건 아직 묘를 쓰지 않고 기다릴 때였다. 어떤 사설묘지도 허용되지 않았다. 무조건 마을 공동묘지에 묻어야 했다. 초상이 나면 경찰서 지소에서 순사가 들이닥쳤다. 장례식에 참관하기 위해서가 아니었다. 공동묘지에 묻나 안 묻나를 감시하기 위해서였다.

임종술은 야단이 났음을 알았다. 그는 궁리 끝에 서둘러서 가묘를 썼다. 순사가 모르게 식구들끼리 봉분을 조성하고 뗏장을 입혔다. 전부터 있었던 무덤처럼 꾸며야 했으므로 품이 많이 들었다.

"임종술! 당신 공동묘지도 아닌 곳에 묘를 썼다지?"

어떻게 알고 순사가 들이닥쳤다. 조선인 순사보가 일러바친 것인

가. 그러나 아무도 모르게 한 산역이었다. 혹 눈에 띄었다 해도 마을 사람 한둘이 고작일 것이었다. 그러나 그들은 염려하지 않아도 되었다. 종씨들이 거개였던 것이다.

"아니올시다. 죽은 사람도 없는데 무슨 묘를 썼다고 그러시오."

임종술은 딱 잡아뗐다. 어이없다는 표정을 하고서.

"거짓말 마라! 우리가 눈으로 직접 확인했다."

일인 순사가 산을 가리키며 다그쳤다. 정말 산에 올라가서 본 모양이었다. 혹시 새로 생긴 묘가 있나 없나를 관찰하고 다닌다더니 그 말이 옳았다. 묘지취체령이 떨어진 초기라서 빈틈이 없었다.

"오호, 조모 산소 말씀인가 본디 그건 진작부터 있던 묘였습지요. 오래 돼서 봉분이 까뭉개지고 떼가 죽었는디 워낙 먹고사는 형편이 쪼들리다보니 돌보지 못하다가 엊그제 식구들과 다시 봉토를 올렸지요. 그걸 말씀하시는 거 같은디. 호호호—."

임종술이 그렇게 둘러대며 소탈하게 웃었다. 웃음에는 참 재밌게 됐다는 뜻이 배어 있었다. 제법 그럴 듯한 임기응변이었다.

"정말이오?"

"아, 뭣땜이 순사 나리께 거짓말을 허겄소? 우리겉이 없는 사람들한티는 공동묘지가 훨씬 좋지요. 남의 산 빌리느라 아순소리 헐 것도 없고, 숲에 묘 묻힐 염려도 없고. 그러고 참 딱하오. 우리집에 초상이 났어야 묘를 쓰지요."

임종술이 남의 산이라고 했지만 사실 옥녀봉은 종씨가 관리하는 산이었다. 까짓 묘 한 자리 쓰는 일은 허락맡고 자시고 할 것도 없었다. 말만하면 그만이었다.

"거 참 알다가도 모르겠네. 분명 저 늙어 꼬부라진 영감탱이는 저렇게 늘 방구석에 똥을 싸고 들어앉아 있구먼. 임종술, 아무튼 엉뚱한 일 저지를 생각은 마라. 경을 칠 테니."

순사는 부친이 있는 방안을 들여다보고 나서 주의를 줬다. 그는 고개를 갸우뚱거리면서 돌아갔다. 뭔가 냄새를 맡았음이 분명한데 죽은 사람이 없으니 그 말을 믿는 것 외에 다른 도리가 없었다. 임종술은 그새 등짝이 축축하게 젖어 있었다. 식은땀이 흘렀음을 안 그는 중풍이 들어 일년 이상 자리보전하고 누워 있는 부친이 모처럼 고맙게 여겨졌다. 사실 중풍 든 노친네는 싫어도 명당에 묻힐 뼈는 보물이 아닐 수 없었다. 여하튼 증거물이 돼 주었으니 흐뭇했다.

두 달 후, 임종술의 부친은 숨이 넘어갔다. 임종술은 부친의 죽음을 비밀에 부쳤다. 그는 손수 염을 했다. 그러고는 밤을 기다려 아들과 함께 시신을 지고 옥녀봉에 올랐다. 어둠 속에서 남모르게 하는 일이었기 때문에 여간 힘든 게 아니었다. 임종술 부자가 산역을 마쳤을 때는 어렴풋이 새벽이 오고 있었다. 두 사람이 당도하자, 그 집에서는 비로소 울음소리가 담을 넘었다. 초상이 났음을 알린 것이다. 윗목에는 홑이불을 뒤집어쓴 시신이 덩그렇게 누워 있었다. 그 속에 든 것이 진짜 시신이 아니고 통나무에 지푸라기를 입혀서 수의를 입혀 놓은 가짜라는 걸 아는 이는 없었다. 임종술은 아예 칠성판에다 지푸라기 인형을 묶어서 삼베로 똘똘 말아놓고 있었다.

드디어 출상날이 왔다. 뒷산 공동묘지에는 광중(廣中)이 파여졌고 임종술의 집 마당에서는 상여가 나가고 있었다.

"이제 가면 언제 오나. 원통해서 못 살겠네."

어쩌고 하는 상여소리가 구성졌다.

"참 오래 누웠다가 가네. 뭐니뭐니 해도 저녁에 누웠다 아침에 죽는 게 제일이여."

"효자, 효자 해도 임가네가 효자효부여."

"아암, 호상이고 말이여."
"그려, 잘 돌아가셨어. 오줌, 똥 쳐내는 며느리 생각도 혀야지."
구경꾼들이 상여에다 대고 한마디씩 해댔다.
장지에 도착하자, 상여에서 관이 꺼내졌다. 하관할 때, 온 집안 식구들이 대성통곡했다. 산역꾼들은 이제 그만 울라고 말렸다. 그들은 광중에 시신을 내리고 흙으로 덮었다.

질-겅 질-겅 밟아나 주소, 질-겅 질-겅 밟아나 주소.
높은 데는 낮춰서 밟고 질-겅 질-겅 밟아나 주소.
낮은 데는 높여서 밟아 질-겅 질-겅 밟아나 주소.
이왕지사 가신 길이면 질-겅 질-겅 밟아나 주소.
극락세계로 가옵소서 질-겅 질-겅 밟아나 주소.

산역꾼 하나가 회다지 소리를 메기자, 나머지 사람들이 후렴구를 부르며 흙을 밟아댔다. 모토(母土)라 해서 석회와 황토를 물에 섞어서 내광을 다지면 빗물이나 벌레가 들어가지 못한다. 그렇게 내광을 다지는 회다지꾼들이 부르는 노래였다. 물론 지금은 모토가 아닌 그냥 흙이었지만 회다지 노동요를 부르며 일했다. 그들은 자기들이 여기 공동묘지까지 메고 오고, 또 묻은 게 허수아비라는 건 까맣게 몰랐다.
봉분이 완성되자 임종술은 향까지 피워 올리며 제사를 올렸다. 허수아비에게 절을 하면서 그는 속으로 쓴웃음을 지었다. 나라를 빼앗기니 허수아비를 모셔놓고 절을 해야 했다. 그뿐인가. 남의 이목을 봐서라도 한식이며 추석 때는 성묘까지 해야 할 판이었다. 술과 떡과 과일을 올리며. 세상에 명절 때마다 절을 받고 술과 떡을 받는 허수아비는 어느 나라에도 없을 것이다.

외로운 바위섬

 잔인한 겨울이었다. 절집에 몰아닥친 겨울은 유난히 혹독했다. 쇠말뚝 사건은 태을과 구암선사, 그리고 득량에게 치명적이었다. 태을과 구암선사는 이 땅의 장래에 대한 염려 때문에, 득량은 자신의 앞날과 하지인과의 관계, 전주 본가에 대한 걱정 때문에 그랬다. 태을은 벌써 여러 날 동안 거의 식음을 전폐하다시피 하고서 두문불출이었고, 구암선사는 백일기도에 들어갔다. 예불할 때도 이 나라의 산야에 생기를 불어넣어 달라는 구절을 반드시 넣었다.
 이렇게 끝장나고 마는가. 그 동안 읽은 산서도, 바람과 물과 함께 해온 산사의 나날도 모두 허사로 돌아가는 것인가.
 득량은 외로운 바위섬에 갇혀버린 느낌이었다. 꿈이 컸으나 비운에 가신 할아버지 가운데 한 분인 정여립이 자결했다는 내륙의 섬 죽도(竹島)가 무주가는 곳에 있었다. 금강 상류 천반산 동북쪽 첩첩산중에 물돌이동이 된 바위섬이 있었다. 관군에 쫓긴 정여립 할아버지는 그곳에서 자결했다.
 '지금 내가 그 죽도 같은 섬에 갇혀 있다. 나는 이 섬에서 끝장나고 마는가. 지금 이 바위섬에는 지나가는 배도, 배를 만들 나무도 없었다. 은산철벽(銀山鐵壁) 같은 겨울 바위산과 강물에 홀몸으로 완벽하게 고립돼 있을 뿐이다.'
 산서를 보는 일도, 뜬쇠를 들고 방향을 잡아보는 일도 전혀 흥미가 없었다. 꼬박 사흘간을 천장바라기로 지냈다. 그러다 부엉이 우는소리를 듣고는 벌떡 몸을 일으켰다. 문을 열어젖히자 깜짝 놀란 초저녁 별빛이 소스라치고 있었다.

득량은 바우 형 내외가 사는 요사채 모퉁이로 돌아갔다. 도란도란 이야기 소리가 들려왔다. 딴 집에 온 것만 같았다. 한집에 살건만 요사채 이쪽에는 아무런 고민이 없어 보였다. 아기를 어르면서 나누는 두 내외의 이야기에 가눌 수 없는 행복이 묻어났다. 득량은 바우 형을 불러내지 않기로 했다. 득량은 홀로 밤길을 걸어 내려갔다. 아랫마을 주막에 다다랐다. 그는 지나치면서 슬쩍 동정을 살폈다. 처음 와보는 곳이었다. 왁자지껄한 사람들 소리가 밖으로 쏟아져 나왔다. 저런 곳에서 자리 한쪽을 빌려 술을 친다고 생각하니 고개가 저어졌다. 그는 아예 길을 멀리 잡았다.

사십여 분 뒤, 그는 읍내 명월관에 들어섰다.

"어서오시와요. 우리집에 처음 오시는 분이시네 ―. 깎은서방님이라는 말이 있더니 그 말처럼 잘도 생기신 도령이시오."

한복차림에 분을 덕지덕지 바른 여자가 득량을 맞았다. 그녀가 보기에 득량은 시골뜨기가 아니었다. 차림은 수수했지만 잘생긴 얼굴에서 풍기는 인상이 범상치 않아 보였다.

"술상을 봐오도록 하시게. 맘껏 취하겠으니."

방으로 안내되어온 득량이 점잖게 말했다. 대학다니던 시절 친구들과 어울려 종삼 색주가를 드나들었던 경험이 있었다.

"초옥이라 불러주시와요, 서방니임."

짙은 분 냄새를 풍기는 여자가 교태어린 어조로 이름을 댔다.

"서방니임, 혼자 오신 까닭을 쉰네가 맞혀볼까요?"

"…….."

"절 혼자 품으시려고 그러죠, 그죠?"

그때 옆방에서 초옥이를 부르는 소리가 들렸다. 혀 꼬부라진 소리였다.

"아이고, 저 쪽발이놈. 잠시 틈도 안 주려 들어. 전세냈나, 뭐."
여자가 득량이만 들리게끔 구시렁댔다.
"아무 데도 못 가!"
득량이 여자를 끌어안았다.
곧 상이 들어왔고 득량은 초옥을 끼고 앉아서 진탕 부어대기 시작했다. 오늘은 가는 데까지 가볼 요량이었다. 까짓, 공부란 하다가 때려치우기도 하는 것이었다. 미친 적도 있었는데 일년간 헛공부한 거야 그리 억울할 것도 없었다.
마시자. 죽도록 마시고 다 잊어버리자.
"초오기—, 초오기 이리 못 오겠나!"
옆방 쪽발이가 간헐적으로 부르는 소리였다.
"야, 초옥아. 옛말에 명당과 기생은 먼저 차지하는 게 임자라 했다. 내가 이렇게 끼고 차지했으면 그만이니 어느 놈이 감히 지청구냐. 넌 여기서 한 발짝도 나가지 마라. 으하하하—."
취기가 오르면서 득량의 호방한 성격이 살아나기 시작했다. 사는 데가 절이고 스승 앞이라서 지금껏 샌님처럼 지내왔지만 피 끓는 나이였다. 게다가 누구라고 하면 익히 알아서 모실 전주 만석꾼집 도련님이었다.
"쉿, 말씀 낮추셔요. 저 방에 든 이는 경찰분서 서장 나리랍니다."
초옥이 눈을 휘둥그레 뜨며 입술에다 엄지손가락을 갖다댔다.
"서장이 뭣 말라비틀어진 서장이냐. 헐자리에 쇠침이나 박고 술집에 와서 큰소리치라는 게 서장이냐, 엉!"
상대가 누구라는 걸 빤히 알고 있으면서 하는 말이었다. 서장이라고 해서 기죽을 그가 아니었다. 사실 돈으로도 권세로도 막강한 집안 자제였다. 아무리 왜놈 세상이래도 하늘이 낸 부자는 어쩌지 못했다.

물론 그걸 염두에 두고 허세를 부리는 득량은 아니었다. 다만 상황이 상황이었고 취기가 오르다 보니 자제력이 떨어진 것뿐이었다.

이쪽의 만만찮은 응수에 옆방은 찬물을 끼얹은 것처럼 조용했다. 그러다 예기치 않은 순간에, 득량이 들어 있는 방의 문이 열쳐졌다.

"아니, 난 또 뉘시라고. 고상한 정상이 이런 데에 어쩐 일이시오?"

문을 열고 선 사내는 겐사부로였다. 가끔 절집에 들러서 득량에게 안부를 묻곤 하는 그였다. 겐사부로는 득량보다 열 살가량 위였다. 그런 그가 뭣이 아쉬워서 득량의 안부를 물으러 다리품을 팔겠는가. 다만 상부의 지시에 따라 감시를 하느라고 그럴 뿐이었다.

"이리 와서 내 술 한 잔 받으쇼. 그쪽이나 그쪽이나 고달픈 타관살이하는 건 피장파장 아니오?"

득량의 청유에 겐사부로는 비틀거리며 들어왔다. 초옥이 득량을 다시 한 번 쳐다봤다. 아무래도 보통 위인이 아닌 게 분명했다. 그러지 않고서야 나이 차이를 무릅쓰고 이렇게 말할 수가 없었다.

"샌님 같은 정상에게도 이런 면이 있었소?"

"난 장부 아니오?"

"절에서 산공부만 하시는 분이."

"그깟 산공부 왜 하오? 어떤 놈은 혈자리 찾으러 다니고, 어떤 놈은 혈자리 끊으려 다니고."

득량이 노골적으로 불만을 드러냈다. 겐사부로는 움찔했다. 찔리는 데가 있어서였다. 득량의 입장을 생각하자면 이번 일은 등에 비수를 꽂은 일이나 진배없었다.

"우리야 상부 지시에 따를 수밖에 없잖소."

"겐사부로 서장도 양심이 있으면, 일본인들이 너무 야비하다는 걸 알 거요. 세계 역사를 들춰놓고 봐도 이런 예는 없었소. 어떤 정복자도 피정복자를 이렇게 야비하게 탄압하지는 않았단 말이오."
 득량은 사발에 술을 쏟아 들이켰다. 그리고 정신을 잃었다. 누군가가 자신을 뉘는 건 어렴풋이 감지했다. 그리고 그 다음부터는 완전히 의식불명이었다.
 득량이 정신을 되찾은 건 아침때였다. 초옥이 머리맡을 지키고 있다가 득량이 깨어나자 꿀물을 내밀었다. 득량은 그제야 상의를 벗고 있는 걸 알았다. 어찌된 일인지 도무지 기억이 나지 않았다.
 "간밤에 만취하셔서 그만 토하셨답니다."
 초옥이 경황을 설명해줬다. 옷은 빨아서 말리고 있다고 했다. 겐사부로는 득량을 부탁하고는 그냥 돌아갔단다.
 골치가 빠개질 것 같았다.
 "이거 마셔요."
 인삼달인 물에 토종꿀을 탄 거라 했다. 그것을 마신 뒤, 다시 자리에 누웠다.
 "편안히 누워 계셔요. 누가 쫓아내진 않을 테니까요."
 초옥이 음전하게 말했다. 더 이상 간밤처럼 간드러지는 말로 교태를 부리던 여자가 아니었다. 득량은 누운 채로 그녀를 올려다봤다. 어쩌다 술과 몸을 파는 기생 길로 접어들었는지 몰라도 이런 촌구석에서 굴러먹기에는 아까운 미색이었다. 득량은 손을 뻗어 그녀의 손을 잡아보았다. 초옥이 다소곳하게 이불 속으로 파고들었다.
 득량은 연 사흘 동안 명월관에 퍼질러 자빠졌다. 아니 초옥의 품속에서 살았다는 게 옳았다. 그는 초옥이에게 동정을 바쳤다. 여성을 체험한 그는 비로소 명당이 뭔가, 하는 걸 어림하게 된 셈이었다.
 '바깥쪽 좌청룡 우백호는 대음순이오, 안쪽 좌청룡 우백호는 소음순이니라. 주산은 배꼽 밑에 툭 튀어나온 불두덩이고 그 아래 입수처가

음핵이니라.'

좌청룡 우백호, 대음순 소음순. 주산 불두덩, 입수처 음핵.

초옥과 교합을 하면서 그의 뇌리에서 그 말만 떠올랐다. 그러다가 희열이 극한에 달할 때는 그것마저 지워져버리고 머리가 텅 비어버렸다. 득량은 이 비어버림이 오래도록 지속되기를 바랐다.

'이 비어 있음, 이것이 공인가. 이것이 해탈인가.'

그는 밀교 수행자이기라도 하듯 이 비어 있음을 지키려고 애썼다.

'앞으로 어느 것도 채워지지 말거라. 정녕 이렇게 비어 있음으로 모든 걸 잊고 싶노니.'

하지만 불과 일분도 지나지 않아서 그 비어 있음을 채우려 달려드는 것들이 있었다. 잡념이었다. 이런 때의 잡념이란, 단것을 냄새 맡고 모여드는 개미떼와도 같았다.

"잘하는구나, 미련한 놈! 네놈은 왜놈들에게 두 번 당했느니!"

나흘 뒤, 득량이 퀭한 눈을 하고서 절집에 들어서자 불호령이 떨어졌다. 태을은 머리에 불꽃이 튀길 정도로 화가 치밀어 있었다. 태을은 단걸음으로 득량의 방에 들어갔다. 그러더니 마당을 향해 산서들을 집어던지기 시작했다. 몸보다 더 소중하게 아껴왔던 책들이었다. 그것들은 함부로 구겨지고 내동댕이쳐졌다. 어떤 것은 찢겨져 바람에 너덜거리고 있었다. 득량은 가슴이 찢기는 것 이상으로 마음이 아팠다. 그는 널브러진 책들을 정신없이 주워서 가슴에 안았다.

"왜놈들이 이 땅에 쇠말뚝을 막았다면 네놈은 불굴의 기상을 가지고 그걸 녹여버리던지, 생기를 되돌릴 연구는 않고 패배주의에 빠져? 그놈들이 노리는 게 어디 혈자리뿐이었더냐. 이젠 다 글렀다고, 이 나라 이 민족은 끝장났노라고, 자포자기를 노렸던 것이거늘! 네놈은 거기에 맥도 못 추고 당했으니 어리석기 짝이 없다. 젊디젊은 놈이 그렇게 약해 빠져서 무엇에 쓰리. 요새 젊은것들은 숫제 실바람만 불어도 꺾여 넘어지는군. 이제 다 끝났으니 그 길로 떠나거라. 나도 네깟놈 자식 그만 바라보고 홀가분히 내 갈 길을 가련다."

태을은 방문을 꽝 닫고 모습을 감췄다.

득량은 마당에 무릎을 꿇었다. 산서를 가슴에 안은 채였다. 이렇게 많은 산서를 독파하고도 나는 왜놈들의 숨은 뜻을 몰랐더란 말인가. 득량은 스승 태을에게 용서를 빌 입이 없었다. 절망에 빠진 스승보다 먼저 일어나서, 길을 찾게 해달라고 졸랐어야 옳았다. 땅의 마음을 읽을 줄 아는 우리가 이렇게 좌절해서는 아니 되잖겠느냐고 부추겨 세웠어야 옳았다.

득량은 양손으로 흙을 긁어쥐었다. 단단히 다져진 마당이어서 손톱이 까졌다. 피와 나왔지만 통증은 느끼지 못했다. 이런 정도의 통증은 아픔이 아니었다. 그의 가슴은 칼로 후벼 파여진 것처럼 쓰렸다. 그는 마당에서 꼬박 밤을 지새웠다. 하루종일 곡기 하나 대지 않았으나 배는 고프지 않았다. 다만 무릎이 얼어 터졌는지 아무런 감각도 없었다.

《풍수》 제3권 〈땅의 마음〉으로 계속

박경리 대표장편소설

파시

낯선 땅에 버려진 채 사악한 인간들의 먹이가 될 수밖에 없는 수옥, 광녀인 모친을 둔 명화의 근원적인 절망과 그러한 명화를 사랑하는 응주의 고뇌, 몰락한 지주의 딸로 꿈을 잃고 타락의 길로 들어선 학자… 6·25의 상흔으로 얼룩진 이들의 상처와 절망!
신국판 / 값 12,000원

김약국의 딸들

본능의 숲에서 교배한 필연은 비애의 씨앗을 뿌리고 통영의 밤바다 바람 속에서는 다섯 딸들의 숙명적 사랑과 배신, 죽음, 원초적 몸부림이 넘실댄다. 삼베처럼 질긴 한의 씨줄과 설움의 날줄은 비극의 천으로 약국집 다섯 딸들을 옭아매는데…
신국판 / 값 9,500원

시장과 전장

결혼의 굴레에서 뛰쳐나와 전쟁의 소용돌이 속에 휘말린 위기의 여인 지영. 어느 빨치산을 향해 맹목적인 사랑을 바치는 백치 같은 여자 이가화. 소박한 시장의 행복을 꿈꾸는, 그러나 추악한 전장에 의해 철저히 짓밟히는 여인들…
신국판 / 값 12,000원

가을에 온 여인

숲 속의 푸른 저택에 살고 있는 신비스런 미모의 여인. 그녀의 절대 고독과 끝없이 위장된 삶이 엮어내는 검은 그림자. 자의식의 울에 갇힌 이 여인은 과거의 그림자로 자신의 마음을 한없이 몰아간다.
신국판 / 값 9,000원

우리들의 시간 박경리 시집

"구름 떠도는 하늘과 같이 있지만 없고, 없는 것 같은데 있는 우리들 영혼, 시작에서 끝나는 우리들의 삶은 대체 무엇일까. 끝도 가도 없이, 수도 없이, 층층으로, 파상처럼 밀려오는 모순의 바다, 막대기 하나 거머잡고 자맥질한다. 막대기 하나만큼의 확신과 그 막대기의 왜소하고 미세함에서 오는 막막함…"
46판 / 값 7,500원

표류도

전쟁통에 남편을 잃고 다방 마담으로 살아가는 인텔리 여성 강현회. 신문사 논설위원 이상현과 불륜의 사랑에 빠져 허우적대던 그녀는 마침내 우발적인 살인을 저지르고 마는데… 그녀는 죄를 범하는 천사인가? 인생이란 저마다 서로 떨어진 채 떠내려가는 외로운 섬인가?
신국판 / 값 7,500원

나남출판

www.nanam.net   TEL: (031)955-4600   FAX: (031)955-4555

김종록 장편소설

내 안의 우주목

글·그림 김종록

누구에겐가 한 그루의 나무이고 싶다!

사람이 나무와 오랜 세월을 함께하면 어느새 그 사람은 나무를 닮고,
나무 또한 그 사람을 닮아갈 수 있다는 참별이 가족의 전설 같은 이야기를 세상에 전한다.

천 년의 나무와 인연 맺은 참별이 가족 3대의
아름답고 따뜻한 이야기가 감동적인 전설로 살아온다.

4×6판 양장(올컬러) 값 8,500원

* 우주목(宇宙木)은 생명의 나무, 세계수 또는 신단수라고도 한다. 우주의 기원과 구조, 생명의 원천을 상징하며 세계의 중심축으로, 〈내 안의 우주목〉에서는 주목과 마가목은 물론 주인공 참별이를 의미한다. 이는 사람 또한 저마다 우주의 중심축이며 나무라는 뜻을 내포한다.

나남출판 www.nanam.net
Tel: 031) 955-4600

《서북풍》으로 널리 알려지고,《역류》,《미륵을 기다리며》등의 책을 낸 중견작가 최학이 이번에는 화담 서경덕과 황진이의 이야기를 소설로 꾸몄다. 일반사람들에게 전설로 구전된 이야기인 서경덕과 황진이의 이야기를 다시 구성하면서 저자는 핍진한 삶을 살았던 그들의 인간적 면모와 그 전설의 이면(裏面)을 보고자 했다.

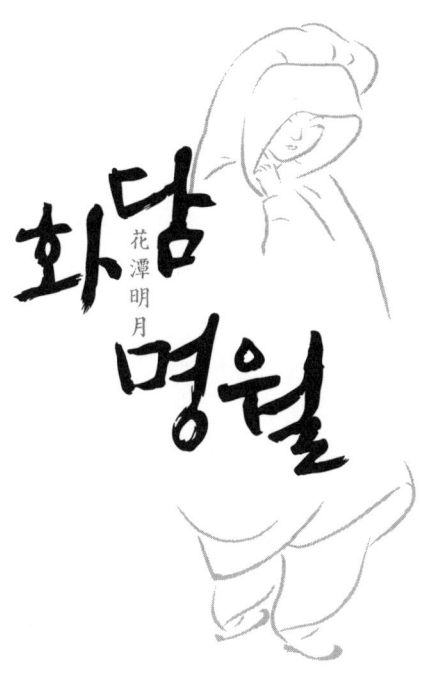

최 학
장편
역사소설

화담 명월
花潭明月

조선 최고의 기생 명월(明月) 황진이를 만나 운우지정(雲雨之情)을 나누다.

한 여인이 어린아이와 함께 화담 서경덕의 제자 서기(徐起)가 있는 지리산 함박골의 초옥을 찾아든다. 얼굴에 난 깊은 상처를 보고 서기는 그 여인이 스승인 화담의 둘째 부인임을 알게 되고, 결국 스승의 옛 자취를 좇아 금강산으로 가는 머나먼 여정에 동행하게 되는데….

황진이가 파계시켰다는 지족선사에 관한 전설,
육체적 사랑과는 거리가 먼 존재로 신화화된 화담 서경덕,
지금까지 우리의 뇌리에 박힌 전설과 신화가
하나둘 벗겨지는데….
신국판 | 234쪽 | 8,500원

화담(花潭) **서경덕** 송도삼절(松都三絶)이자 조선 최고의 기(氣)철학자, 그리고 30년 면벽수도하던 지족선사를 파계시켰던 황진이의 유혹에도 넘어가지 않았다는 전설의 유학자.

나남출판

www.nanam.net
Tel: 031) 955-4600